Jane Austen roubou meu namorado

CORA HARRISON

Jane Austen roubou meu namorado

Um Diário Secreto

Tradução de Dilma Machado

ROCCO
JOVENS LEITORES

Este livro é dedicado a Rachel Petty, editora, entusiasta, fã de Jane Austen, minha companheira e conselheira através dessa excursão especulativa à mocidade de Jane e sua prima, Jenny (Jane) Cooper.

Título original
JANE AUSTEN STOLE MY BOYFRIEND
A Secret Diary

Primeira publicação em 2011 pela
Macmillan Children's Books, Londres.

Copyright do texto © 2011 *by* Cora Harrison

O direito de Cora Harrison ser identificada
como autora desta obra foi assegurado por ela em conformidade
com Copyright, Designs and Patents Act 1988.

Nenhuma parte desta obra pode ser reproduzida
ou transmitida por qualquer forma ou meio eletrônico ou mecânico,
inclusive fotocópia, gravação ou sistema de armazenagem e
recuperação de informação, sem a permissão escrita do editor.

Direitos para a língua portuguesa reservados
com exclusividade para o Brasil à
EDITORA ROCCO LTDA.
Av. Presidente Wilson, 231 – 8º andar
20030-021 – Centro – Rio de Janeiro – RJ
Tel.: (21) 3525-2000 – Fax: (21) 3525-2001
rocco@rocco.com.br
www.rocco.com.br

Printed in Brazil/Impresso no Brasil

preparação de originais
MARCELA DE OLIVEIRA

CIP-Brasil. Catalogação na fonte.
Sindicato Nacional dos Editores de Livros, RJ

H261j Harrison, Cora
Jane Austen roubou meu namorado: Um diário secreto / Cora Harrison; tradução de Dilma Machado.
Primeira edição – Rio de Janeiro: Rocco Jovens Leitores, 2017.
Tradução de: Jane Austen stole my boyfriend
ISBN 978-85-7980-224-9
I. Romance infantojuvenil irlandês. I. Machado, Dilma. II. Título.
14-17107   CDD–028.5   CDU–087.5

O texto deste livro obedece às normas do
Acordo Ortográfico da Língua Portuguesa.

MEU DIÁRIO
Segunda-feira, 11 de abril de 1791

— Odeio a Jane Austen! Odeio de verdade!

Paro. Conheço essa voz.

— Ah, Lavinia, mamãe disse que Jane Austen é apenas uma garotinha atrevida, afetada, vulgar e caçadora de marido. Ela sempre fala que você não deve dar atenção a ela.

Conheço essa voz também.

São Lavinia e Caroline Thorpe. Lembro-me delas muito bem da época em que Jane e eu estávamos no internato em Southampton. Elas fizeram da minha vida um tormento lá. Ainda posso ouvi-las entoando: "Vejam a musselina de Jenny Cooper... parece um trapo." "Jenny Cooper tem o nariz arrebitado de uma criada. Ela é uma anãzinha, não é?" Ou, então, para a dona da escola: "Sra. Cawley, Jenny Cooper transgrediu uma regra!"

E aqui estão elas, nos Salões da Assembleia em Basingstoke.

Hesito na porta do vestiário das damas. Um cacho soltou-se do coque na minha nuca durante o agitado ritmo da dança Boulanger, mas terá de ficar desse jeito. Não posso entrar lá e encarar as duas senhoritas Thorpe. Viro-me para ir embora, mas algo me detém e volto. Antes que minha coragem se esvaia, irrompo porta adentro e digo a elas, friamente:

— Jane Austen é minha melhor amiga; agradeceria se não fofocassem sobre ela.

Abro caminho entre elas e me observo no espelho, tentando parecer calma. Finjo olhar para meu reflexo, mas posso vê-las sorrindo com desdém, dando de ombros como se eu não fosse digna de uma resposta. Com cuidado, levanto o cacho solto, mas decido deixá-lo caído no pescoço — está bonito, penso. Viro um pouco e examino meu vestido por cima do ombro, todo branco e enfeitado com delicadas flores prateadas. A cauda é linda. Cem contas azul-escuras minúsculas foram costuradas nela e brilham à luz das velas. Aliso minhas luvas brancas e longas, certificando-me de que estão esticadas com firmeza até o cotovelo, e em seguida passo como um furacão pelas Thorpes sem olhar outra vez. Ao fechar a porta às costas delas, ouço Caroline dizer:

— Enfim, vamos para Bath nas férias. Ele certamente estará lá. — Ela aumenta um pouco a voz e continua: — E as Austen com a prima desprezível não estarão presentes para interferir.

Quando retorno para os Salões da Assembleia, a nova dança ainda não começou, mas Jane já está de mãos dadas com Newton. Não é de se admirar que Lavinia esteja tão preocupada. O ilustre Newton Wallop é o segundo filho do conde de Portsmouth e há rumores de que ele será o herdeiro das propriedades Portsmouth, pois o filho mais velho, John, é estranho e, segundo Jane, teme-se que seja lunático. Newton foi aluno na casa do sr. Austen em Steventon, e ele e Jane parecem grandes amigos, brincam e dão risadas. Dançaram juntos a maior parte da noite.

— Seu muito humilde servo, senhora — diz Newton.

Jane responde com um tom bastante afetado:

— Oh, senhor, reze para não ser uma provocação.

Depois ela ri quando Newton relembra a vez que os dois pregaram uma peça na irmã puritana de Jane, Cassandra, colocando um lençol dobrado pela metade com um dos lados preso embaixo do colchão e cobrindo-o com uma colcha para disfarçar, de modo que, quando ela deitasse e fosse se cobrir, ficasse presa. Lavinia ficaria furiosa se ouvisse o quanto eles pareciam amigos.

Não desperdiço mais pensamento algum com ela. Posso ver Thomas vindo em minha direção. Não abro caminho na multidão para encontrá-lo. Apenas fico parada olhando para ele.

Thomas Williams, o mais jovem capitão da Marinha — corajoso, bonito e nobre... e apaixonado por mim! Alto — mais alto que a maioria das pessoas no baile; ombros largos; cabelos pretos e brilhantes como a asa de um melro sob a luz de velas dos candelabros acima; olhos castanho-escuros, tão penetrantes. E, no entanto, meu pensamento volta ao pequeno bosque úmido e às campânulas e não-me-esqueças minúsculos aos nossos pés e a como aqueles olhos eram tão suaves e suplicantes na época. E ainda não consigo acreditar que ele tenha me pedido em casamento.

Ele me alcançou.

— Você está tão linda — murmura em meu ouvido, e eu sorrio e sei que tanto faz se meus cachos estão presos com firmeza ou escorrendo pela nuca; não faz diferença para ele. Thomas me ama como sou, não importa o que eu faça ou diga. Vamos nos sentar ao lado de Newton e Jane.

— Oh, senhor, está me deixando ruborizada — diz Jane a Newton.

Ele logo responde com uma grande reverência e retruca em voz alta:

— Senhora, sua beleza toma conta de mim. Nenhuma de minhas pobres palavras é suficiente para descrevê-la.

— Querido Newton... — começa Jane, de forma bem imponente, a voz tão alta que várias pessoas se viram para ouvi-la, e então ela estraga tudo sussurrando: — Está do lado errado, Newton. Você é um grande bobalhão. Vá ficar ao lado de Jenny. Rápido, a música está começando.

Sorrio para Newton quando ele se aproxima de mim. É muito bonito — não tão viril quanto meu Thomas, mas tem olhos grandes, cabelos cacheados e um semblante sereno. Ele estende a mão para Jane, e Thomas pega a minha, em seguida rodopiamos com a última dança da noite.

Vejo Lavinia e Caroline Thorpe. Nenhuma das duas está dançando. Estão paradas em frente à mãe, e Lavinia está parcialmente virada para ela, dizendo alguma coisa. Posso adivinhar o que é. Quando se vira novamente, seu rosto está repleto de ódio, os olhos apertados ao olhar para Jane.

— Jane — sussurro —, olhe para Lavinia Thorpe, ali junto à lareira. Está furiosa com você.

Jane olha por cima do ombro em um lampejo, mas é o suficiente para alguém com sua astúcia.

Newton volta a dançar e Jane ergue a mão para segurar a dele. Ela abre um doce sorriso para ele, faz uma discreta reverência, e depois eles saem dançando mais próximos do que de costume, os dois rindo enquanto as duas filas de dançarinos batem palmas para eles de modo enérgico.

— Jane — digo quando estamos novamente em nosso quarto, em Steventon —, acho que você fez uma inimiga.

— Não me importo — retruca ela, pendurando com cuidado seu vestido de baile.

— Ela fará fofocas sobre você — sugiro, pendurando meu vestido ao lado do dela.

— Quem se importa com Lavinia Thorpe? — A voz de Jane é desdenhosa ao se sentar na banqueta de frente para nosso pequeno espelho e começa a tirar os grampos de seus cachos.

— Eu não — respondo, pegando a escova de cabelo.

Escovarei os cabelos dela cem vezes, e depois ela fará o mesmo com os meus. Também não me importo com Lavinia Thorpe. No momento, só consigo pensar que meu tio, o sr. Austen, voltará de Oxford amanhã e que Thomas pedirá minha mão em casamento.

E depois viveremos felizes para sempre.

Quarta-feira, 13 de abril de 1791

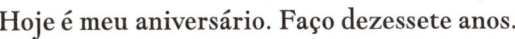

Hoje é meu aniversário. Faço dezessete anos.

E estou apaixonada pelo homem mais lindo do mundo.

E ele também está apaixonado por mim – quer se casar comigo.

Estou tentando desenhá-lo para fazer justiça ao seu porte alto, ombros largos, cabelos negros e seus belos olhos castanhos, mas estou chorando tanto que minhas lágrimas jorram e estragam meu desenho.

Choro porque não podemos nos casar. O casamento foi proibido. E pensar que é por culpa do meu próprio irmão, o único parente próximo que me restou no mundo. Sei que foi sua terrível esposa, Augusta, que o instigou, mas ele não precisava obedecer-lhe dessa forma tão covarde como sempre faz. Se ao menos minha mãe ainda estivesse viva, ela não teria permitido que isso acontecesse.

Olho para o outro lado do quarto, para a figura de minha prima e melhor amiga, Jane. As cortinas de sua cama estão abertas, mas ela ainda está dormindo. Na verdade, não é surpresa alguma, pois deve ser muito cedo. Não há barulho que indique que alguém na casa já se levantou. O som do canto dos pássaros sugere que ainda não passou muito do amanhecer. Jane está com um sorriso nos lábios. Pouco antes de adormecer, suas últimas palavras foram:

— Eu, definitivamente, vou escrever sobre sua cunhada. As pessoas vão rir dela no futuro. Espere e verá.

Sem dúvida, está sonhando com o grande romance que vai escrever um dia.

Ou está sonhando com o Ilustre Newton Wallop e com o quanto foi divertido roubá-lo de Lavinia Thorpe?

Não, deve ser com o romance – para Jane, escrever é mais importante do que qualquer outra coisa.

Sou obrigada a sorrir um pouco ao lembrar de todas as coisas ridículas que Jane escreve sobre essa Augusta, que figurará em seu romance, mas não demora para minhas lágrimas brotarem de novo. Logo acabarei com meus lencinhos, então me esforço para parar.

E vou parar!

Não permitirei que isso aconteça.

Thomas e eu vamos nos casar exatamente como planejamos.

Vou morar na casa dele na Ilha de Wight e caminharei pelos bosques de não-me-esqueças com ele.

É bom que eu fique zangada. Isso me faz sentir que posso mudar as coisas.

Tudo o que preciso fazer para me sentir furiosa é pensar no que aconteceu entre Thomas e o tonto do meu irmão, Edward-John, e sua esposa, Augusta, que me odiou desde o momento em que minha mãe morreu e em que teve de me "dar as boas-vindas" na casa deles.

Preciso tentar anotar tudo o que foi dito e não dito...

O sr. Austen, meu tio muito gentil, pegou um forte resfriado enquanto estava na casa do filho mais velho, James, em Oxford, e ainda não estava muito bem, eu acho, quando chegou na primeira carruagem terça de manhã. Parecia pálido e cansado, e, quando Thomas pediu-lhe, por favor, que o recebesse em seu escritório para uma conversa, ele pareceu mais resignado que curioso. Vi minha tia, a sra. Austen, erguer o olhar com um ar de intenso interesse. Queria tanto que ela tivesse se juntado ao marido desde o início. Se tivesse feito isso, talvez Edward-John não fosse envolvido tão rápido.

Mas ela não o fez, e Jane e eu fomos deixadas de mãos dadas por baixo da mesa até que a sra. Austen disse de repente:

— Vamos, Jane, ajude sua irmã a tirar a mesa do café da manhã. Jenny, você parece estar sonhando... um pouco de tarefas domésticas a trará de volta à terra, não é, Cassandra?

Mas a sra. Austen não parecia aborrecida. Lançou um olhar divertido para a filha mais velha, convidando-a a se juntar à brincadeira e depois deu um tapinha tranquilizante em meu braço quando fui pegar o prato dela.

Naquele momento, a cabeça do sr. Austen surgiu na porta, parecendo confuso.

— Edward-John — disse ele, com seu jeito hesitante —, talvez fosse melhor você entrar em meu escritório e trocar uma palavra com o capitão Williams.

— Claro.

Edward-John levantou-se de forma imponente, e Augusta imediatamente o seguiu, saindo da sala. O sr. Austen fechou a porta com firmeza depois que entraram, sem olhar para Augusta, que apertou os lábios, zangada, e depois tentou sorrir de maneira reconfortante para mim.

— Papai não permitirá que Edward-John diga não — sussurrou Jane para mim, mas não respondi.

Eu estimava muito o sr. Austen, mas, se Edward-John e Augusta, principalmente Augusta, fossem contra esse casamento, eu temia que não houvesse muita chance de o sr. Austen mudar a opinião deles.

Nós três havíamos terminado de arrumar a mesa. Jane varria o piso de tábuas de carvalho com uma postura resoluta, enquanto a sra. Austen, em vez de sair para comprar laticínios como sempre, permaneceu ali, esfregando a chaleira de cobre até deixá-la brilhando. Os alunos do sr. Austen tinham sido mandados para a sala de aula para começarem suas lições sozinhos, e eu havia começado, com nervosismo, a polir o aparador quando Thomas apareceu na porta.

— Jenny, poderia vir aqui um minuto? — pediu ele.

Sua voz estava tensa de ódio. Caminhei em sua direção, tocando sua mão. De repente, senti frio. Atrás de mim, ouvi a sra. Austen se levantar, colocando a chaleira de cobre com um baque de volta no braseiro ao lado da lareira. Ela não disse nada, mas nos seguiu, e Jane foi grudada nela.

O escritório do sr. Austen era pequeno. Ele estava sentado atrás da mesa, com Edward-John parado ao lado, e Augusta havia acomodado seus babados de renda na única outra cadeira do local. A sra. Austen não dirigiu-lhe o olhar ao sentar-se no banco sob a janela. Jane empoleirou-se na escada da biblioteca do pai, e Thomas, ainda segurando minha mão, entrelaçou meu braço no dele e encarou meu tio e meu irmão do outro lado da mesa.

— Não vejo o que isso tem a ver com Jenny e Jane — começou Augusta.

Nem mesmo ela teve a coragem de afirmar que não dizia respeito à sra. Austen.

— Discordo da senhora — retrucou Thomas. Nunca ouvira sua voz tão severa. — Creio que o futuro de Jenny é realmente do interesse dela.

— Srta. Cooper — disse Augusta, tentando explicitar sua reprovação à familiaridade dele com meu nome, mas Thomas não respondeu. Nem mesmo olhou para ela.

Em vez disso, ele apertou meu braço em sua costela e voltou-se para Edward-John:

— Talvez, senhor, pudesse fazer a gentileza de explicar à sua irmã por que recusou minha oferta de casamento — falou ele, como se falasse por entre os dentes cerrados.

Edward-John engoliu em seco. Não estava acostumado a lidar com oficiais navais como Thomas, que tinha um tom de autoridade em cada palavra que dizia.

— Minha irmã — disse, tentando se vangloriar — não precisa de explicação alguma sobre uma atitude que eu, como seu único tutor, tomo para o bem dela.

— Jenny sabe — acrescentou Augusta, com a voz meiga — que só queremos o melhor para ela.

Thomas apertou meu braço outra vez, e isso me deu coragem de falar por mim mesma.

— O melhor para mim — falei, com a voz firme — é ter permissão de me casar com o capitão Williams. É isso que quero fazer e é isso que me fará feliz.

Vi com um pouco de compaixão o olhar levemente envergonhado que o sr. Austen direcionou a mim. Entendi e senti muito por ele.

— Ah, Jenny querida... — Augusta forçou um tom de voz que, a meu ver, deveria ser maternal, porém ainda assim soava vingativo. — Acredite em mim, só queremos o melhor para você. É tão jovem, tem apenas dezesseis anos!

— Ela fará dezessete amanhã — lembrou Jane. — E assim estará no décimo oitavo ano — acrescentou, recebendo um olhar zangado de Augusta.

Respirei fundo. Era ridículo, mas eu tinha tanto medo de Edward-John e Augusta. Acho que eles tinham combinado de me reprimir depois que mamãe morreu. Enquanto morava na casa deles em Bristol, eu era como um ratinho, apenas murmurando respostas e concordando em silêncio com tudo o que era proposto. Somente quando me tornei a melhor amiga de Jane — quando aprendi com ela a ser independente e a pensar por conta própria — comecei a questionar se Edward-John e sua esposa, Augusta, realmente se dedicavam aos meus interesses. Augusta me odeia; sei disso. Ela me odeia e não quer que nada de bom aconteça comigo.

De uma hora para outra fiquei zangada.

— Quero me casar com Thomas. — As palavras saíram um pouco apressadas, mas me certifiquei de que minha voz soasse clara e forte.

Thomas apertou meu braço outra vez. Quase senti como se fôssemos uma só pessoa, parada ali diante da presença hostil de Edward-John e Augusta.

— Por favor, vamos ser sensatos. Quais são as perspectivas do capitão Williams? — A sra. Austen parecia, inesperadamente, conciliatória.

Geralmente dava sua opinião de forma bem direta. Era a única irmã de minha mãe, e, se não mudasse a opinião de Edward-John, ninguém conseguiria. No entanto, em sua usual postura alerta, ela avaliara Augusta e havia um tom de precaução em sua voz.

Thomas virou-se para ela com gratidão.

— Minhas perspectivas são boas, senhora — disse, respeitoso. — Como sabem, sou capitão da Marinha Real; meu salário anual é de quinhentas libras. Além disso, fui privilegiado com a incumbência de fazer vários serviços para a Companhia Britânica das Índias Orientais, e isso provou, de fato, ser bem lucrativo para mim.

Até Augusta pareceu meio impressionada com aquilo. Os Austen tinham relações remotas com Warren Hastings, o diretor da Companhia das Índias Orientais, e todos sabiam que o homem era quase tão rico quanto o próprio rei da Inglaterra.

— E — continuou Thomas, enfatizando sua vantagem —, já que tomei conhecimento de que a mãe de Jane deixou para ela cinquenta libras por ano até ela completar 21 anos, esse dinheiro pode ser investido em minas de diamantes nas Índias Orientais. Garanto dobrar e triplicar essa quantia em poucos anos.

E esse, como Jane disse depois, foi o erro dele. Meu irmão jamais deveria ter mencionado as cinquenta libras. Augusta me odeia, mas gosta bastante de ter essas cinquenta libras por ano — das quais poucas são gastas comigo!

— Aqueles olhos esbugalhados dela saltaram ainda mais que o normal — comentou Jane quando estávamos conversando sobre isso em nosso quarto. — Era óbvio que ela estava pensando sobre o quanto perderia caso você se casasse. Edward-John teria que entregar sua propriedade para seu marido. Essa é a lei. — Jane, como sempre, sabia tudo sobre casamento.

— Claro que o dinheiro será depositado em custódia para Jenny, ou para os filhos dela, se for o desejo dela — continuou Thomas, um pouco intrigado com o silêncio no local. — E, sem dúvida, haverá outra guerra com a França a qualquer momento agora... — Ele parou.

A sra. Austen imediatamente intrometeu-se na conversa.

— Com certeza, o senhor ganhou muitos prêmios significativos na última guerra, não foi? Meu filho Frank me contou tudo. E soube que o senhor tem uma boa propriedade na Ilha de Wight, que foi mobiliada com graciosidade.

Olhei ao redor do cômodo. Edward-John estava ali parado, a boca ligeiramente aberta e uma ruga unindo suas sobrancelhas negras. Conhecia a expressão em seu rosto: era inveja. Não gostava de ouvir que outro homem era mais rico do que ele. Augusta havia franzido os lábios e se esforçava o máximo para parecer uma mãe preocupada. O sr. Austen parecia desconfortável, mas a sra. Austen ficou lá sentada, radiante, um grande sorriso de aprovação iluminando seu rosto castigado pelo sol.

Thomas notou isso, ao mesmo tempo que eu, e imediatamente se dirigiu a ela:

— O que a senhora acha? — indagou ele. — Acha que sua finada irmã, a mãe de Jenny, aprovaria esse casamento?

— Estou certa de que sim. — A voz da sra. Austen elevou-se ao tom mais alto para abafar algo que Augusta estava dizendo. — Minha irmã Jane sempre iria querer o melhor para a felicidade da filha.

— Querida — disse o sr. Austen com hesitação —, acho que não devemos interferir. Edward-John...

— Isso é besteira! — interrompeu a sra. Austen, com a luz da batalha acesa em seus olhos azuis desbotados. — Até parece que não tenho a liberdade de opinar nessa importante questão que diz respeito a minha única sobrinha! Edward-John, tenho certeza, será orientado pela experiência de sua tia... como, de fato, sua pobre mãe teria desejado.

— Afinal, não há motivo algum para ele querer preservar Jenny, já que ela não mora mais com eles... — apontou Jane com um ar inocente.

— Jane! — exclamou a sra. Austen de forma automática, mas, como não era uma mulher de desprezar nenhuma arma, logo acrescentou: — Não que não haja sensatez no que ela disse. Vocês ficaram felizes em deixar Jenny conosco durante os próximos anos, então por que desejam impedi-la de fazer este casamento tão vantajoso, Edward-John? Não teria algo a ver com manter o legado dela para uso próprio por mais quatro anos, teria?

Edward-John corou, num tom desagradável de vermelho, mas Augusta era feita de fibra mais rígida. Levantou-se, o vestido de babados arrastando-se ao redor.

— Depois desse insulto, receio que devamos sair desta casa imediatamente — retrucou com um tom de voz alto e agressivo. — Por favor, senhor — dirigiu-se para o sr. Austen —, envie um garoto para chamar uma carruagem; pegaremos a diligência do meio-dia de volta a Bristol.

— Ainda não! — Thomas inclinou-se sobre a mesa, seu rosto se aproximando de Edward-John, que demonstrou medo, recuou e deu uma olhada de canto do olho para a esposa. — O senhor não deu nenhum motivo sensato para recusar meu pedido. Não fez nenhuma averiguação do meu caráter ou perspectivas. Nem mesmo quer se dar ao trabalho de perguntar a

Jenny se ela seria feliz comigo. Não posso aceitar essa rejeição. E se esperássemos mais seis meses para anunciarmos um noivado? Isso mudaria sua opinião?

— Capitão Williams — disse Augusta, docemente —, tenho certeza de que vocês, cavalheiros navais, estão acostumados a fazer as coisas do seu próprio jeito, mas devo garanti-lo de que meu marido e eu estamos absolutamente decididos sobre essa questão e nada que disser fará diferença alguma para nós. Jenny é muito jovem para ficar noiva e certamente jovem demais para se casar. Penso que nenhuma garota com menos de 21 anos deveria se casar e não apoiarei um noivado longo que estragaria as perspectivas dela de arrumar um compromisso melhor. A resposta é não, capitão Williams.

Ela pareceu bem segura ao dizer aquele "não" final. Meu coração partiu. É claro, a própria Augusta tinha vinte e poucos anos quando se casou com Edward-John, e, como tudo o que ela faz é sempre perfeito, obviamente nenhuma outra moça deveria se casar antes disso. Uma sensação de pânico brotou em mim e voltei-me para Thomas, que havia feito um movimento de impaciência.

— Eu não estava falando com a senhora. — Thomas largou minha mão e atravessou o escritório a passos largos e parou atrás da mesa, colocando-se de propósito, com as costas largas, entre Augusta e o marido.

Curvando-se um pouco, olhou atentamente nos olhos de Edward-John. Os seus, eu podia ver, estavam negros de ódio, e não fiquei surpresa quando Edward-John, que nunca foi o mais corajoso dos homens, desviou o olhar. Mas Thomas persistiu.

— Sr. Cooper, por favor, ouça-me um minuto. — Sua voz tinha um tom de grande formalidade, e, contra sua vontade, Edward-John voltou a olhá-lo. — Pedi ao senhor a honra da mão de sua irmã. Sou um homem de bom caráter, de fortuna razoável e com um futuro promissor. Pode perguntar a qualquer um. Pergunte ao conde de Portsmouth. Pergunte ao meu tio, o almirante Williams. Não estou exigindo uma resposta imediata, embora esperasse recebê-la esta manhã. O que estou pedindo é que considere a questão e me informe da sua decisão o mais rápido possível. Gostaria de ter essa questão resolvida antes de embarcar em minha próxima viagem para as Índias Orientais.

Não sei ao certo se Edward-John estava considerando, ou se estava com muito medo de Thomas para recusar-lhe diretamente, mas ficou calado e parecia constrangido, tentando evitar todos os outros olhares.

Augusta, no entanto, não era de ser derrotada. Naquele momento, passou de forma abrupta pelo sr. Austen e pegou o braço do marido.

— Venha, Edward-John — disse, em um tom frio. — Tenho certeza de que sente que fomos insultados o bastante nesta casa. Esperaremos lá fora até que a carruagem seja solicitada. Por favor, sr. Austen, peça a um criado que providencie o transporte e traga nossas malas.

Ela voltou-se para Thomas:

— Acredite, capitão Williams, estamos buscando o melhor para todos os interessados. Jenny, coitadinha, tem problemas e não seria uma esposa adequada para o senhor. Falo apenas pelo seu próprio bem, Jenny, mas devo dizer que não tem nenhuma graciosidade nos modos, nenhuma educação verdadeira, nenhuma habilidade que valha a pena ter, isso talvez pudesse ter sido compensado pela beleza, se a tivesse, mas, meu Deus!

E então acompanhou o marido ao sair do escritório e deixou todos se entreolhando. A sra. Austen parecia furiosa e o sr. Austen, distraído, mas Jane caiu em uma risada alta e contagiante, e Thomas acompanhou-a. Eu também ri, e um sorriso grande se abriu no rosto da sra. Austen. De alguma forma, naquele momento, deixei o último vestígio de meu medo de Augusta para trás e a vi como realmente era: uma bola concentrada de despeito e malícia.

Depois que partiram, o dia não foi infeliz. Thomas tinha certeza absoluta de que mudariam de ideia. Disse, imediatamente, que pediria ao tio, o almirante, para escrever-lhes. E Lady Portsmouth... e Warren, Hastings como precaução... Ele tinha tanta certeza de que isso funcionaria que comecei a me alegrar um pouco e a me esquecer de tudo que sabia do temperamento teimoso de Augusta. Depois da missa, a sra. Austen sugeriu que eu levasse o capitão Williams para um passeio e lançou um olhar austero ao sr. Austen quando ele tentou dizer alguma coisa. Tenho certeza de que meu tio sentiu que eu deveria ser acompanhada, já que nenhum noivado seria permitido, mas a sra. Austen, assim como Thomas, estava certa de que minha história teria um final feliz.

— Segure minha mão — pediu Thomas, gentilmente, enquanto atravessávamos o portão e entrávamos no campo ao lado do presbitério Steventon.

O sol surgira e iluminava o amarelo pálido das prímulas entre as folhas da grama nova.

— Se ao menos você não tivesse que ir amanhã — falei, dando-lhe a mão com ousadia. Na verdade, não deveria ter feito isso, nem éramos noivos direito. Porém, não me importava. Voltei-me para ele com um sorriso. Fingiria que tudo estava bem e que meu irmão estava satisfeito em saber do meu noivado e que tudo estava sendo planejado para nosso casamento no ano seguinte.

— Fale-me do seu navio — pedi, abaixando-me e tocando uma campânula precoce debaixo dos arbustos castanhos na sebe.

— Já esteve em um navio? — perguntou ele com um sorriso e não pareceu surpreso quando balancei a cabeça negando.

— Um dia você vai viajar comigo — prometeu. — Providenciarei uma cabine pequena e confortável para você pertinho do mastro dianteiro e você poderá se sentar lá e fazer seus bordados.

— Eu preferiria estar no convés com você — falei, com ousadia. — Adoraria. Vi o mar em Bristol. É só um porto, mas posso imaginar o quanto seria maravilhoso se não houvesse nada além do mar e o céu.

Thomas olhou para mim e sorriu.

— Não ficaria com medo do mar? — perguntou, carinhoso. — Nem mesmo em uma tempestade?

Pensei a respeito. Mas depois neguei com a cabeça.

— Não, não ficaria. Não se você estivesse comigo.

— Jenny — disse ele, olhando-me atentamente —, eu sempre estarei com você. Sempre cuidarei de você e nunca permitirei que sinta medo outra vez.

— Nem mesmo de Augusta? — Mas eu ri ao falar isso. De alguma forma, estar ali com ele ao sol claro de abril, com seu braço ao redor de minha cintura e observando os bezerrinhos correndo de um lado para outro no campo, era como se nem mesmo Augusta representasse uma ameaça a nossa felicidade.

— Com certeza, não de Augusta. Ela é apenas um poço vulgar de insensatez. O que deu em seu irmão para se casar com ela? Vamos nos considerar noivos, não vamos? Mesmo que tenha de ser em segredo...

— Um noivado secreto — murmurei.

Parecia muito romântico. Lembro-me de pensar que, se eu ao menos pudesse manter guardado dentro de mim o que sentia naquele momento, não me importaria se o noivado fosse secreto ou se o mundo inteiro soubesse de minha felicidade.

Hora do café da manhã. Antes de me vestir e descer, só me resta tempo para escrever o que aconteceu nesta manhã. Já havia guardado meu diário quando ouvi um rangido na escada e depois um passo suave do outro lado da porta. Enrolei-me no cobertor e corri até a porta. Não havia ninguém lá, mas no chão estava um lindo ramalhete de não-me-esqueças e uma caixa pequena embrulhada com papel dourado. Peguei os pequenos não-me-esqueças e enfiei o ramalhete na renda da minha camisola para que ficassem perto do coração.

E então, sem nem mesmo saber o que ia fazer, desci correndo as escadas.

A porta da frente havia acabado de fechar cautelosamente. Atravessei depressa o corredor, meus pés descalços silenciosos, e abri a porta. Ele começara a cruzar o caminho de cascalho quando me viu. Em um instante, já estava de volta. Agarrou-me, tirando-me da pedra fria e dura.

Eu estava em seus braços. Firme em seu peito largo.

E ele dizia coisas...

Declarações incoerentes de amor e afeto...

— Minha querida, minha querida, minha querida... — Deve ter dito isso quarenta vezes.

E eu tentava responder enquanto ele beijava as lágrimas que caíam por minhas faces.

Pareceu apenas um segundo, mas ao mesmo tempo quase horas, até que enfim me colocou no chão.

Os não-me-esqueças caíram da renda de minha camisola no degrau. Ele os pegou, levou-os aos lábios e depois me devolveu, abriu a porta e gentilmente me colocou para dentro.

Então partiu, e eu fiquei ali segurando o buquê frouxo de não-me-esqueças que havia sido esmagado entre nós quando ele me beijou.

E nunca fiquei tão feliz ou tão triste em minha vida, parada no chão de pedras do corredor e me lembrando de suas últimas palavras, ditas em um sussurro rouco:

— Guarde-as, minha querida; elas serão o símbolo de nosso amor.

Tarde de quarta-feira, 13 de abril

Todos foram muito gentis comigo na hora do café. Cantaram "Parabéns para você" quando entrei na sala usando um lindo crucifixo de ouro, pequeno e incrustado com pérolas minúsculas que Thomas havia deixado para mim na caixinha. Os delicados não-me-esqueças tinham sido prensados. Eu os guardaria para sempre.

A família inteira me deu presentes. O sr. Austen me deu um livro de poemas de sua biblioteca; a sra. Austen, uma caixinha linda para guardar cartas; o pequeno Charles me deu um desenho de meu asno que ele mesmo fizera; Jane me deu uma bolsa que ela costurara; e Cassandra, um pequeno porta-agulhas primorosamente bordado com retalhos. Frank havia esculpido uma caixinha de anel de um pedaço de cerejeira (me parabenizando por ter a mesma idade que ele) e seu irmão mais velho, Henry (que voltou da universidade), um tecido colorido com transparência da Abadia de Tintern para colocar em minha janela. Teria um bolo e talvez até mesmo um syllabub no jantar – tudo seria uma grande surpresa, Jane cochichou para mim. Acho que todos tinham se preparado para a comemoração de meu noivado e também para meu aniversário.

Jane estava fazendo de tudo para me divertir e me fazer esquecer os problemas. De manhã, depois que escovamos cem vezes os cabelos uma da outra, como de costume, ela puxou a escrivaninha embutida da cômoda, mergulhou sua pena no tinteiro e imediatamente começou a escrever. É incrível como ela cria rápido suas histórias. É bem diferente relatar coisas que aconteceram – só tenho que me lembrar e escrever as partes interessantes, mas ela precisa inventar e, mesmo assim, faz isso com muita rapidez.

Eis o que ela escreveu:

Augusta Cooper teria sido considerada dona de uma beleza estonteante se não tivesse os olhos verde-claros mais feios que alguém imaginaria. Seu nariz era razoável, embora fosse melhor se tivesse exatamente metade do tamanho. Sua boca sorriria com doçura se não estivesse permanentemente trancada em uma expressão negativa, com uma carranca que fazia os cavalos dispararem quando a viam. Ela estava perdidamente apaixonada por um belo e jovem capitão da marinha, mas, meu Deus, ele preferiu outra.

— Cole no seu diário — aconselhou Jane. — Depois faça um desenho de Augusta ao lado, e isso a alegrará sempre que olhar para ele. Aquela mulher tem tanta inveja de você que faria qualquer coisa para estragar sua felicidade. Agora vamos lá para a pousada Dean Gate nos encontrar com Eliza. Ela chega na diligência acompanhada de James.

James, é claro, estava vindo para a grande apresentação da peça *As rivais* (ele havia escrito um prólogo), que todas nós ensaiávamos havia séculos. Eliza era a atriz principal — estava determinada a ser a estrela da peça.

Eliza de Feuillide era prima de Jane, sobrinha do sr. Austen. Nascera na Índia, passara seus primeiros anos na Inglaterra, então, quando menina, fora levada para a França e convidada para os bailes da corte de Luís XVI e sua rainha, Maria Antonieta. Conhecera um aristocrata francês, o conde de Feuillide, e se casara com ele. Morava em Londres com a mãe e o filho, já que a França estava tão perigosa em meio aos rumores de revolução, mas o marido a visitava regularmente.

Algumas pessoas, Jane havia me dito, fofocavam que Eliza, na verdade, era filha biológica do grande Warren Hastings, o governador-geral da Índia. Independentemente de seu nascimento, Eliza é extremamente sofisticada e mundana, e Jane e eu a amamos. Ela nos deu conselhos ótimos quando fomos a um baile pela primeira vez e nos aprontou, usando seus xampus indianos — com o qual lavamos os cabelos — e alguns sabonetes maravilhosos e óleos de banho.

Enquanto subíamos a colina íngreme entre Steventon, onde ficava a casa de Jane, e a pousada Deane Gate, onde a diligência parou, eu estava justamente perguntando a Jane o que ela achava que Eliza diria quando soubesse da proposta de Thomas, quando ouvimos um grito atrás de nós, e Henry veio correndo colina acima a nossa procura, suas pernas compridas ganhando terreno rapidamente.

Henry é o irmão favorito de Jane — embora eu ache que gosto mais de Frank. Parece-me estranho pensar que quando me encontrei com Henry pela primeira vez me apaixonei por ele e seus olhos castanho-claros brilhantes. Mas não acho que ele estava apaixonado por mim, só flertando. Ainda assim, hoje somos bons amigos e Thomas gosta dele.

— Esperem um minuto — disse ele, fingindo ofegar. — Vou com vocês. Conhecendo Eliza, é provável que haja uma caixa de chapéu ou uma sombrinha que outra pessoa deveria carregar.

— James estará lá — retrucou Jane, mas ela estava contente por ver Henry.

Eu fiquei meio triste porque estava ansiosa para conversar com Eliza sobre Thomas, mas duvidava que pudesse fazer isso enquanto Henry estivesse lá.

Os Austen, no entanto, são uma família muito unida e Henry parece ter decidido me tratar como uma irmã, uma vez que sabia que não adiantava flertar comigo.

— Pobre Jenny — disse ele. — Que pena! Eu teria pensado que seu irmão acharia o capitão Williams um bom partido. Qual é o problema? Perguntei ao meu pai, mas ele foi reticente e me proibiu de discutir a questão.

Fiquei imaginando como ele sabia que Thomas havia feito o pedido, mas Henry apenas riu para mim e disse que todos os sinais eram bastante óbvios.

— Devia ter perguntado a mamãe. Ela provavelmente teria lhe dito — comentou Jane.

— Eu ia fazer isso, mas então pensei e achei melhor perguntar a você. — Henry olhou para Jane e depois para mim com interesse, suas sobrancelhas escuras levemente erguidas.

Falei para Jane contar a ele, e ela inventou uma bela história. Até eu ri um pouco de sua descrição do rosto de Augusta quando a sra. Austen perguntou a Edward-John se ele estava interessado em minha herança.

— E é claro que ele fará uso do dinheiro até você completar 21 anos. Mamãe é muito impetuosa! — Henry soltou um assobio comprido e baixo.

Falei que achava que o pai dele estava meio aborrecido com tudo isso.

— Ele ficou boquiaberto feito um peixe quando mamãe falou sobre Edward-John querer prender você por causa de sua herança — disse Jane com um sorriso. — O papai querido não suporta pensar mal de alguém.

— Terá que se casar com um lorde, Jenny — comentou Henry. — É a única maneira de compensar Edward-John pela perda de sua fortuna.

Falei para ele que Jane é que deveria se casar com um lorde; que eu ficaria feliz com meu capitão da Marinha.

— E Lavinia não ficaria com inveja — falei para Jane, e nós duas rimos tanto que Henry ouviu o ruído dos cavalos galopando antes de nós.

Eliza e James eram os únicos passageiros na diligência quando foram deixados na pousada Deane Gate. James, o irmão mais velho de Jane, saiu e, antes de nos cumprimentar, estendeu com cuidado a mão para Eliza, que parecia menor que de costume, parada entre os dois primos jovens e altos.

— Jane! Jenny! — Ela beijou nós duas antes de ficar na ponta dos pés e dar um beijinho rápido na bochecha de Henry.

— Ah, mas e Pug?! — exclamou ela. — Esqueci meu querido Pug. James, pegue o Pug e deixe-o conhecer os primos.

Com uma leve careta James entrou de volta na carruagem e saiu, um tanto ruborizado, com o menor e mais feio cachorro que já vi na vida. James estava tão engraçado segurando-o que achei difícil não esboçar um sorriso. Henry caiu na gargalhada.

— Combina com você, James — disse ele, zombando. — O acessório mais moderno para um aluno de Oxford... um pug.

— Tome — retrucou James, sem paciência, jogando o pug nos braços da irmã.

— Ah, ele é meigo — cantarolou ela, e Eliza irradiou de satisfação.

— Pedi a James que escrevesse umas frases adicionais na peça. Pug atuará também. Estou certa de que a sra. Malaprop teria tido um pug.

Jane abriu a boca para dizer alguma coisa, mas depois de olhar rapidamente para James calou-se. Eliza estava ocupada dando instruções sobre as caixas de chapéu e os dois jovens estavam bem ocupados. Estávamos todos de mãos cheias quando seguimos a carruagem colina abaixo, em direção a Deane, e cochichei para Jane não dizer nada a Eliza por ora. Na verdade, não queria que meus casos amorosos fossem discutidos na frente de James. Ele nunca foi tão amigável comigo quanto seus irmãos e irmãs.

O sr. Austen ficou contente em ver Eliza; ela era a filha de sua única irmã, e ele gostava muito dela. A sra. Austen também estava de ótimo humor, embora parecesse um tanto duvidosa em relação a "Puggy". Ela e Eliza gostavam da sagacidade uma da outra, e logo as piadas invadiram o ambiente.

Jane e eu subimos para escrever nossa carta semanal para George, o irmão deficiente de Jane, que agora estava hospedado com uma família em um lugar distante. Como George não sabia ler, a maior parte da carta era de imagens, que eu tinha de desenhar, já que Jane não era boa com o lápis. Fiz um desenho do pug e de uma diligência da qual saíam Eliza e James. George sempre foi interessado em diligências e ficaria feliz em ver uma delas no desenho.

— Vamos lá ajudar Eliza a desfazer as malas — sugeriu Jane assim que terminamos de dobrar a folha de papel e lacrá-la com uma gota de cera vermelha.

Eliza nos recebeu de braços abertos.

— Entrem, entrem, *mes petites* — disse ela, como sempre misturando palavras em francês no meio das frases. — Jenny, conte-me tudo. O que está acontecendo com seus *amours*?

— Conte você — pedi a Jane.

— Em uma palavra — interrompeu Eliza —, ele a pediu em casamento, o galante capitão, *hein*?

— Bem — falou Jane de forma dramática —, primeiro houve uma briga de amantes. Jenny escreveu para ele dizendo que nunca mais queria vê-lo. Então o capitão Williams revelou-se um herói. Você nem imagina, Eliza.

Caminhei até a janela enquanto Jane contava para Eliza toda a história do mal-entendido entre mim e Thomas e sobre o heroísmo dele no assalto à diligência. Ele de fato pareceu tão magnífico!

— Então — disse Eliza, arfando. — Venha me contar, Jenny, *chérie*. Ele fez o pedido?

Voltei e sentei-me na cama ao lado dela, que gentilmente colocou o pug em meu joelho. Devo dizer que acariciar aquele cachorrinho engraçado enquanto contava a triste história sobre a recusa de Edward-John à oferta de casamento aliviava as coisas.

Eliza suspirou fundo e negou com a cabeça de forma solene.

— Isso exige uma boa reflexão — disse ela. — Falarei com *mon cher oncle* a respeito. Há procedimentos legais que poderiam ser seguidos. Se sua herança for retirada das mãos de Edward-John e colocada nas de seu tio, já que agora você mora com ele, então as objeções deverão desaparecer. Tenho um advogado, que está muito apaixonado por mim e talvez ajude nessa questão. Devo vê-lo quando voltar a Bath.

Jane olhou para mim e olhei para ela. Um pequeno arrepio de entusiasmo passou por nós. Podíamos ler os pensamentos uma da outra em nossos olhos. Nenhuma de nós acreditava que esse advogado pudesse fazer alguma coisa — afinal de contas, meu irmão era meu tutor. Era a menção a Bath que era animadora. Tínhamos considerado pedir a sra. Austen para nos levar a Bath, mas ir com Eliza seria muito divertido. Jane bateu palma uma vez.

— Ah, Eliza, você levaria Jenny e a mim a Bath? Ah, por favor... não seríamos um problema para você.

Eliza apertou os lábios e pareceu um pouco preocupada.

— E tomaríamos conta de Pug para você — insistiu Jane.

Eliza riu.

— Não que vocês sejam um problema para mim, Jane, *ma chérie*. Apenas temo que sua mãe talvez não confie em mim com vocês duas. Mas *nous verrons*. Vamos nos concentrar na peça. Vocês me ajudam a desfazer as malas e depois vamos para o celeiro. James está ansioso para começar o ensaio.

Quinta-feira, 14 de abril de 1791

Jane acordou antes de mim e estava inclinada sobre minha cama quando abri os olhos. Seu rosto estava bem próximo do meu, os olhos castanhos faiscando e os cabelos escuros e cacheados amarrados de forma impecável em duas tranças. Ela me deu um susto e tanto.

— Sei o que precisam fazer, você e seu galante capitão — falou como sempre fala quando alguma história elaborada toma conta de sua mente.

— O quê? — perguntei, sonolenta.

— Precisam ir a Gretna Green!

— Onde? — Olhei para ela com cara de boba.

— Acorde, Jenny — disse Jane, impaciente. — Você precisa saber onde fica Gretna Green! Nunca leu sobre ela nos romances? Não sabe que assim que chega à fronteira entre a Inglaterra e a Escócia pode se casar sem pedir permissão a nenhum pai, mãe ou tutor? Um ferreiro em Gretna Green pode casar vocês. Pensei em eu mesma fazer isso a fim de ter a experiência para meus romances, mas, se você o fizer, eu iria junto como acompanhante e não teria que me preocupar em decidir com quem me casar.

Esfreguei os olhos para afastar o sono, sentei-me e disse a ela que não achava que Thomas ia gostar disso e que eu não o imaginava indo a Gretna Green.

— É mais provável que ele decida isso em uma luta com Edward-John — acrescentei.

— Um duelo! — Os olhos de Jane cintilaram de entusiasmo. — Pistolas ao amanhecer! Ou espadas! Com certeza prefiro espadas. Muito mais romântico.

Perguntei com quem ela fugiria para Gretna Green a fim de se casar (em parte para distraí-la da ideia de um duelo — não queria nem pensar sobre isso).

— Acho que Newton Wallop seria o mais divertido — declarou Jane. — Enfim, ele é filho de um conde e eu realmente quero fazer um casamento esplêndido. — E depois acrescentou com ponderação: — A fuga pode até mesmo ser discutida na corte, e o que mais uma garota poderia querer?

Levantei-me da cama e, tremendo um pouco, comecei a me lavar com a água fria da bacia no lavatório. Já que estávamos quase na Páscoa, a sra. Austen declarara que fogo no quarto era uma extravagância, então, em vez de pegar uma lata de água quente e agradável da lareira, tínhamos que usar água fria.

Enquanto eu estava me lavando, Jane rabiscava vigorosamente em uma folha de papel — a pena mergulhando e saindo rapidamente do tinteiro — e estava sacudindo a areia de secar a tinta sobre o resultado no momento em que me sequei.

— Escute só — pediu ela. — Você pode prender no seu diário depois. São mais algumas palavras para minha história sobre Augusta. Acho que será meu melhor romance. Augusta será uma esposa de um reverendo e minha heroína a desprezará. Acho que chamarei minha heroína de 'Emma'. Gosto desse nome. Parece simpático e inteligente, de alguma forma.

Vesti umas meias enquanto ela lia. Quando terminou, me entregou para eu prender em meu diário. Devo dizer que a acho muito inteligente. Não sei como tem essas ideias.

- Querida Augusta - disse Belinda a sua cunhada -, quantas vezes desejei possuir tão pouca beleza quanto você; que minha silhueta fosse tão deselegante, meu rosto tão repugnante e minha aparência tão desagradável quanto a sua.

Foi curto, mas me fez rir. Acho que jamais teria a coragem de dizer algo desse tipo para a verdadeira Augusta.

— Uma carta para você, Jenny — disse Frank quando Jane e eu fomos tomar café.

Ele já havia ido à pousada Deane Gate para receber as cartas que chegavam lá todas as manhãs pela diligência do correio e estava ocupado distribuindo-as. Colocou a folha de papel dobrada e selada ao lado de meu prato e depois continuou para entregar as inúmeras cartas de Henry.

Com certeza, meu rosto revelou meus pensamentos quando vi a caligrafia firme e perfeita do lado de fora da folha. Não conseguia acreditar que já estava recebendo uma carta de Thomas. Ele deve tê-la escrito assim que chegou a Southampton.

— Jenny, minha querida — disse o sr. Austen com calma. — Por favor, entregue a carta para sua tia.

Encarei-o. Não podia acreditar. Ele, tão gentil, tão indolente para interferir, estava de fato me pedindo para dar minha carta para a sra. Austen. Não me mexi para obedecer, apenas mantive a preciosa carta apertada na mão. A sra. Austen olhou com frieza para a frente, com um ar que dizia claramente: isso não tem nada a ver comigo.

— Minha querida. — O sr. Austen levantou-se. — Acho que você e eu deveríamos ter uma conversa rápida com Jenny. Terminem a refeição, o restante de vocês. Não, Jane, você fica onde está.

Sua voz era firme, o que para ele era incomum, e para minha surpresa a sra. Austen, geralmente a que impõe autoridade na casa, levantou-se com tanta humildade quanto eu e o seguiu até o escritório nos fundos da casa.

— Querida Jenny — disse ele, com afeição, levando-me pela mão quando fechei a porta do escritório —, procure entender. Apesar de amarmos você como a nossos próprios filhos, temos que nos lembrar de que sua mãe deixou seu irmão como seu tutor, não nós. Seu irmão declarou que não aprova seu noivado com o capitão Williams, e isso significa que você não pode se corresponder ou se encontrar com o capitão, a não ser como amigo da família, é claro. Vai me prometer que não fará isso enquanto estiver sob meu teto?

Pensei por um momento e respondi que obedeceria a suas ordens. Ele pareceu um pouco surpreso com isso, quase como se de certa forma lamentasse por não usar todos os argumentos que preparou.

— E concordará que sua tia abra a carta e julgue se é uma carta adequada para uma jovem em sua posição receber?

Sem nenhuma palavra, entreguei-a para minha tia, que parecia incomodada com a hesitação do marido. No entanto, é provável que estivesse curiosa, porque quebrou o selo e a abriu depressa, desdobrando a página.

Um pequeno não-me-esqueças caiu e eu o peguei rapidamente antes que alguém mais o tocasse. O sr. Austen estava olhando para a janela com um leve constrangimento e não viu a flor, mas a sra. Austen lançou-me um ligeiro sorriso. Leu a carta com rapidez e depois me entregou.

— Correta de todas as formas — disse ela. — Leia em voz alta para o seu tio, Jenny.

Então li com a voz insossa, a carta em uma das mãos e o não-me-esqueças escondido na outra.

Querida Jenny,

Espero que esteja bem e que seus ensaios da peça estejam rendendo. Fiz uma boa viagem de volta a Southampton e cheguei mais cedo do que esperava. O navio precisa de muito trabalho e estarei ocupado o dia todo verificando os suprimentos.

Seu etc.
Thomas.

Dobrei a carta e a devolvi, obediente, para minha tia, que muito rápido a entregou de volta para mim.

— Ora, ora... ora, tudo isso parece satisfatório. Minha querida, porventura vou deixá-la para que converse com Jenny. — O sr. Austen saiu fechando a porta e voltou para o café da manhã.

— Hum — disse a sra. Austen depois que ele saiu. — Esse é um jovem inteligente, minha querida. Adivinhou que seu tio teria essa dúvida. Esse cavalheiro é para você, Jenny. Seu tio é o melhor dos homens, mas, quando teima com alguma coisa, bem, é melhor cedermos que desperdiçar nosso tempo tentando fazê-lo mudar de ideia. Suponho que a mensagem esteja no não-me-esqueças, não é mesmo?

Quando olhei de volta, a sra. Austen franzia os lábios, satisfeita.

— Ele é um jovem gentil — comentou ela. Pareceu refletir por um minuto e em seguida disse, evitando meu olhar: — Jane gostou dele, não gostou, Jenny? Imagino que não haja nada de errado em Jane escrever para ele e dar notícias suas, certo?

Assenti. Estava prestes a dizer que também havia pensado nisso, mas logo decidi que era suficiente. Havia um brilho nos olhos de minha tia que me alertava de que não deveria dizer mais nada.

Ela olhou-me com satisfação e afastou os cachos do meu rosto, acariciando delicadamente minha bochecha.

— Você é tão parecida com sua pobre mãe — disse, com um surto de emoção. — Ela era uma garota muito bonita. Não sei por que se casou com o dr. Cooper. Seu irmão é a imagem dele. — E depois me deu um rápido beijo e voltamos para a sala do café da manhã.

Ao sentar-me ao lado de Jane, seus olhos me examinaram, e eu sorri com delicadeza, servindo-me o café.

Sexta-feira, 15 de abril de 1791

Hoje o dia foi muito divertido. Finalmente chegou o grande dia da apresentação da peça. Os alunos do sr. Austen irão para casa amanhã, no feriado da Páscoa, então esta é a última oportunidade de ter todo o elenco reunido. Até mesmo James, que é tão exigente, não aguenta mais ensaiar.

Mas, antes de escrever sobre isso, preciso falar sobre a carta.

Depois que terminei de escrever em meu diário ontem à noite, falei para Jane que desejava escrever uma longa carta para Thomas, mas havia prometido ao sr. Austen que não o faria — e Thomas não poderia de fato escrever para Jane, ou todos iriam querer saber de onde veio a carta. E então de repente tive uma boa ideia e pensei em Harry Digweed, o garoto que mora na casa vizinha dos Austen.

Os Digweed moravam em um antigo solar ao lado da igreja Steventon. Harry era o segundo filho, um garoto quieto e amigável com um belo sorriso, mas sem muito a dizer de si mesmo. Passava bastante tempo na paróquia Steventon, e ele e Frank estavam sempre falando sobre tiro, caça, cavalos e cachorros. Eu tinha a sensação de que ele gostava muito de Jane. Parecia fitá-la com frequência quando achava que não estava sendo observado e ria de modo estrondoso de qualquer brincadeira que ela fizesse.

Perguntei a Jane se ela achava que Harry poderia guardar segredo.

— Acredito que sim — respondeu ela após pensar um pouco. — Sempre confiei nele. Contava para ele meus segredos. Sabe como são as crianças com seus pequenos assuntos particulares! — E Jane suspirou de forma mais amadurecida.

— Sabe — falei para ela —, eu estava pensando que, se conseguisse que Thomas enviasse uma carta para Harry Digweed e colocasse uma cruz ou alguma marca como essa do lado de fora, ele poderia trazê-la para mim.

— Melhor ainda, levar as cartas secretamente no meio da noite para o teixo oco do lado de fora da igreja — sugeriu Jane de forma dramática. —Você se lembra de como Cassandra e Tom Fowle costumavam usá-la como uma caixa de correio? Agora já desistiram, uma vez que ficaram noivos oficialmente. Andei olhando algumas vezes e nunca tem nada lá. Podemos usá-la, e é tão perto da casa dos Digweed que seria bem conveniente para Harry.

— E, se conseguíssemos fazer com que o Harry Digweed enviasse suas cartas para Thomas, ninguém nesta família precisaria se envolver.

Eu estava ficando entusiasmada com a ideia. Era bem melhor que a primeira, isto é, pedir a Frank para enviá-las, pegar as cartas de Thomas e entregá-las secretamente para Jane e mandar minhas respostas. Eu odiaria envolver Frank em algo que seu pai reprovasse.

— Terá que cumprir sua parte com astúcia, Jane — avisei-a. — Precisa fazer com que Harry Digweed pense que está lhe fazendo um grande favor. Ele gosta de você.

— Siiim… — disse Jane, pensativa. — Terei que pensar em uma trama sobre 'uma garota angustiada'. — Ficou olhando o nada pela janela por alguns minutos e depois acrescentou depressa: — Você recorreu a mim para ajudá-la, e tudo em que consegui pensar foi procurar esse meu amigo da juventude, meu querido Harry Digweed. Pensar em seu perfil másculo, em seus cabelos loiros e olhos azuis deixava meus joelhos bambos. Era ele, o único em que eu sabia que podia confiar. O único que podia ser amigo de garotas frágeis… um cavaleiro corajoso, bonito, gentil e perfeito.

— Não exagere — aconselhei, embora não segurasse o riso.

— Não, só um toque de tremor na voz, só um gesto de hesitação em tocar sua manga, parando de repente, é claro... deixa comigo. Posso cuidar do Harry.

— Coitado — falei, rindo, mas na verdade não me importava.

Só o que me importava era manter contato com meu adorado Thomas e fazê-lo escrever cartas para mim e dessa forma mostrar livremente o que sentia em seu coração.

— Vamos escrever a primeira carta agora. O que você quer dizer? Ou você mesma quer escrever?

Disse a ela que havia prometido ao pai dela não escrever nenhuma carta enquanto estivesse sob o teto dele, então queria manter minha promessa. Acho que ela ficou bem aliviada porque pegou a folha de papel e preparou uma nova pena com todo o entusiasmo.

— Pode deixar comigo — avisou ela. — Contarei a ele tudo a respeito de como você vagueia pela casa tão pálida quanto um fantasma, como fica sobressaltada e corada quando alguém fala algo que tenha a ver com a marinha, como navios, ou o mar, ou até mesmo a cor azul.

Implorei para que não fosse tão dramática, pois Thomas pensaria que ela estava apenas rindo de nós dois, mas ela me garantiu que seria uma carta perfeita.

Fui até a janela e esperei enquanto ela escrevia. Quando terminou, leu para mim:

Prezado capitão Williams,

Jenny está muito triste sem você. Foi obrigada pelos poderes do mal a concordar em não se comunicar com você, então escrevo para dar notícias dela. Ela me pediu para dizer-lhe que está muito mais apaixonada por você do que estava ontem e que o amor dela duplica a cada hora. Sua imagem está o tempo todo em sua mente e

hoje, no café da manhã, ela passou a chaleira de chá para minha mãe quando lhe foi pedido que passasse a manteiga. Poderia o amor ir além?
   Sua fiel amiga,
   Jane Austen
P.S.: Por favor escreva para Jenny, mas endereçe a carta para o sr. Harry Digweed em Steventon Manor e desenhe uma pequena âncora por fora da carta e logo abaixo o nome dele.

Jane estava muito orgulhosa de sua carta, e tive de admitir que a ideia da âncora era muito boa. Mas queria poder escrever minha própria carta. Havia tantas coisas que eu queria dizer, e definitivamente não teria mencionado o episódio com o bule de chá.

Após o café, Jane e eu subimos a rua em direção à igreja, e quando estávamos quase no solar encontramos Harry e seu cão, um adoravelmente dócil pointer preto, que sacudiu a cauda com entusiasmo ao ver Jane.

— Ah, Harry — disse ela, de forma dramática, batendo as mãos —, estamos com um grande problema, e viemos pedir sua ajuda.

— Qual é o problema, Jane? — perguntou ele, arfando. É mesmo muito meigo.

— Odeio ter que lhe pedir para fazer isso, Harry, mas juraria jamais contar para ninguém sobre esse assunto?

— Que assunto? — Ele parecia tão confuso que senti que deveria explicar. No entanto, fiquei calada. Ele deve estar acostumado ao jeito de Jane, afinal a conhece a vida toda.

— Precisamos de sua ajuda, Harry. O verdadeiro amor precisa achar um caminho. Diga-me que nos ajudará nesse assunto do coração.

— Amor? — indagou Harry.

Ele enrubesceu ligeiramente, e dessa vez não me segurei e tive que intervir.

— Jane está falando de mim, sr. Digweed — falei de maneira digna.

Jane lançou-me um olhar que dizia que eu estava estragando tudo, mas não me importei. Não queria que Harry ficasse confuso. Expliquei a ele o que queríamos que fizesse, e o rapaz balançou a cabeça concordando.

— Sim, é claro, sim, é claro, sem problemas — repetiu. — Sim, isso não é problema, srta. Jenny. Não, de forma alguma. Levarei essa carta agora e a deixarei na pousada Deane Gates antes de a diligência do correio passar. Vou para aquela direção mesmo. E, se receber uma carta, vou colocá-la no velho teixo oco.

Depois ruborizou um pouco ao dizer:

— Lembra-se, Jane, de quando éramos jovens e a senhorita fez comigo e com Frank uma brincadeira lá? Você seria uma nova noiva, lembro que você estava com uma pequena toalha de mesa ao redor dos ombros. Frank era seu marido malvado que só havia se casado por causa de seus bens, e eu era um lenhador que passava e ouvia suas tristes lamentações, e a salvava pouco antes que falecesse. — Ele riu com a lembrança, e Jane riu também, embora eu tivesse a sensação de que ela não se lembrava.

Impressionou-me que Harry se lembrasse tão bem de todos os detalhes.

"Casar por causa de seus bens" e "suas tristes lamentações" e "... falecesse", tudo soava exatamente como Jane. Era como se ele tivesse guardado as palavras dela na mente por todos esses anos. Virei-me para ir embora, e Jane logo me acompanhou, dizendo por cima do ombro:

— Nós o veremos mais tarde na peça, Harry.

Mesmo contra minha vontade, senti pena dele, então protegi um pouco e acariciei seu cão, obrigando Jane a esperar para que todos nós descêssemos o caminho juntos. Ela estava com um pouco de vergonha de Harry, o que provavelmente queria dizer que havia percebido a significância da historinha que ele contara. Para seus padrões, Jane ficou muito calada até nos separarmos dele, nos portões da paróquia, e esperou um instante, observando-o saltar a barreira, entrar no campo e depois subir a colina em passos largos, seguido de seu obediente cachorro.

— Ele parece um cavaleiro dos contos do rei Arthur — falei para ela, observando o sol iluminar os cabelos dourados dele.

— Achei que preferisse homens de cabelos escuros — comentou Jane de repente, depois entrou correndo na casa.

Pensativa, a segui até a sala. Perguntei-me se ela estava pensando em Newton.

Deveríamos fazer as lições que imaginássemos — a sra. Austen estava muito ocupada arrumando as contas de final do período letivo da lavanderia para os alunos para nos dar até mesmo as vagas orientações de sempre —, mas nós discutimos principalmente a melhor maneira de convencer a sra. Austen a permitir que fôssemos para Bath com Eliza.

— Pediremos a ela depois da peça — decidiu Jane. — Quando ela estará de ótimo humor. Mamãe adora teatro.

Nenhuma de nós nem mesmo pensou no sr. Austen. Estávamos muito acostumadas com a aprovação dele a tudo que era proposto pelas mulheres da família.

A peça estava marcada para começar às três horas — o jantar foi mais cedo e apressado. Assim que terminou, todos foram para o celeiro. Os garotos se vestiram lá, e Cassandra, Jane e eu pegamos nossos vestidos e os levamos de volta para nossos aposentos. Eliza havia trazido o próprio vestido — ninguém o tinha visto ainda, mas era algo que ela usara havia dez anos, quando vivia na corte de Versalhes.

Tanto meu vestido quanto o de Cassandra tinham pertencido à sra. Austen quando jovem. O meu era de um lindo tom de azul e tinha anquinhas dos dois lados, sustentando a saia. Foi tão estranho usá-lo – era quase como ter duas cestas, uma de cada lado de minha cintura, debaixo da saia. Pode parecer besteira, mas me senti muito elegante nele. Jane, como a criada, usava uma roupa bem simples, com um vestido listrado de anágua e uma touca enorme cobrindo seus cachos.

Lamentei um pouco por ela não estar mais elegante, ainda mais porque Newton Wallop estava interpretando o papel de criado de James, mas Jane não pareceu se importar; estava dançando pelo quarto, repetindo falas engraçadas de sua personagem.

Eliza estava atrasada para sua parte na peça, e James ficava enviando mensagens frenéticas através de Charles, e eu, na verdade, não a tinha visto até que ela entrou no palco, apontando para Cassandra e declamando:

– *Ali, Sir Anthony, ali está sentada a deliberada tola que quer desgraçar a família e esbanjar-se com um camarada que não vale um tostão.*

Senti Tom Fowle, o noivo pobre de Cassandra, tremer com uma risada silenciosa ao meu lado enquanto esperávamos nas cochias, mas eu estava fascinada demais pelo vestido de Eliza para prestar muita atenção nele.

Podia muito bem imaginá-la dançando diante do rei e da rainha da França nesse traje magnífico. Seu vestido, assim como o meu, tinha anquinhas, mas a coitada da sra. Austen jamais possuíra nada igual a essa criação composta por corselete e anágua verde-claros lustrosos (acho que se chama assim — um tipo de seda brilhante, em todo caso), tudo coberto com um vestido transparente de renda prateada — e a anágua e as mangas eram franzidas e amarradas com fitas de seda e pequenas violetas de seda. Os cabelos escuros, bem pulverizados com uma cor prateada e rosa, estavam tão altos na cabeça que suspeitei que tinha uma pequena almofada embutida neles.

Uma enorme explosão de aplausos ressoou depois que ela disse as primeiras palavras. A plateia de famílias vizinhas — os Digweed, os Terry, os Chute e os Lefroy — todos, obviamente, conheciam Eliza e esperavam que ela dissesse algo engraçado.

Nunca a tinha visto atuar tão bem.

— *Você pensou, srta.!* — gritou ela com Cassandra. — *Não conheço nenhum assunto no qual tenha que pensar de forma alguma... Pensar não é digno de uma jovem.*

E então, aconselhando Cassandra a "afagar" o pensamento de seu adorado da cabeça, ela fez todos no palco caírem na gargalhada. Sempre que pronunciava a palavra errada, como substituir "apagar" por "afagar", dava tanta ênfase nisso que até mesmo a plateia mais tediosa e sonolenta não deixava de entender a piada.

James estava esplêndido como Sir Anthony, e o sr. Austen quase caiu da cadeira de tanto rir quando ele gritou de forma magnífica:

— *Protesto! Deixe o rapaz opor-se se ele ousar! Não, não, sra. Malaprop, Jack sabe que a mínima objeção de qualquer filho meu me dá nos nervos. Meu processo sempre foi bem simples. Na juventude, era "Jack, faça isso". Se ele fosse contra, eu o derrubava. E se ele resmungasse por isso, eu o derrubava outra vez.*

— *Nada é tão conciliador para os jovens quanto a severidade...* — disse Eliza, em seu melhor jeito de sra. Malaprop, dando uma bela pausa artística na palavra errada *"conciliador"* e naquele mesmo segundo Jane, com um rápido vislumbre de um sorriso, deu um pulo para a frente e fez cócegas em Pug, que deu um latido alto e agudo.

Eu estava ao lado de Harry Digweed (que tinha a função de abrir e fechar as cortinas) quando ela fez isso, e ele estava rindo tanto que pensei que a plateia fosse ouvi-lo. Mas esse risco não era grande. A plateia também estava às gargalhadas, e William Chute fez um alto "tut, tut", imitando um chifre de caça, e isso fez Pug latir de forma mais histérica ainda.

Queria que Thomas estivesse presente para me ver atuando como Julia, a garota que se mantém fiel a seu amor, apesar das objeções.

Na verdade, eu não precisava atuar — só fingi que Henry, que interpretava o papel de Faulkland, era mesmo Thomas e, quando disse frases como: *"Nunca poderei ser feliz em sua ausência"*, estava dizendo as palavras para ele. Mais tarde, Jane disse que podia ouvi-las ressoarem com tanta sinceridade que me achou boa o suficiente para atuar em Covent Garden, ou no Theatre Royal em Bath (Jane sempre exagera!), e quando disse as últimas falas da peça e falei sobre *"... corações que merecem a felicidade sendo, enfim, unidos"*, a explosão de aplausos foi tão alta que uma coruja do celeiro, que havia dormido durante todos os muitos ensaios e na peça inteira, de repente acordou, deu um rasante pela cabeça dos atores e da plateia e voou rapidamente em direção à luz do sol.

— Bravo, bravo! — gritou a sra. Austen.

E então todos ficaram de pé, batendo palmas e sapateando e gritando parabéns!

Harry e Charles abriram e fecharam as cortinas tantas vezes que todos começamos a ficar tontos conforme nos curvávamos e acenávamos e sorríamos — muitas e muitas vezes.

Depois tudo acabou. Os atores estavam se beijando e se abraçando, alegres de si mesmos e dos outros. Todos admiraram o vestido maravilhoso de Eliza, e James não disse uma palavra sobre o atraso dela, que quase estragou a peça. Na verdade, ele foi o primeiro a beijá-la!

Então, assim que todos estavam movendo-se depressa em direção à luz do sol, rindo e conversando, repetindo falas da peça, vi Jane voltar sorrateira para o palco. Não consegui ouvir o que ela disse, mas a vi abraçar Harry e acho que também o beijou no rosto.

Felizmente, a sra. Austen já havia saído correndo para preparar a ceia. Ela teria morrido de horror ao ver Jane fazer algo assim. Porém, achei que foi gentil da parte dela. Caso contrário, Harry teria se sentido meio desprezado.

Sábado, 16 de abril de 1791

Sei que é cedo demais para ter notícias de Thomas, mas mesmo assim convenci Jane de dar uma caminhada pelo terreno da igreja, e olhei, como quem não quer nada, a escuridão da cavidade do teixo, mas é claro que estava vazio, então voltamos para casa. Os alunos entram de férias hoje e estão subindo e descendo a escada de madeira, fazendo um barulho atordoante a manhã inteira, trazendo seus baús e malas de couro.

Após o jantar todos fomos à pousada Deane Gate para vê-los partir. Quando todos estavam subindo na diligência, a sra. Austen avisou a Gilbert East que não voltasse muito depois da Páscoa – ao que parecia, no início do último semestre ele ficou em casa depois que o semestre começou porque havia alguns bailes na vizinhança – e Gilbert retirou do bolso o poema que ela havia escrito para ele naquela época e leu em voz alta. Todos riram, e a sra. Austen jogou um beijo para todos e somente riu também quando Jane o fez.

Quando voltamos para casa, perguntei a sra. Austen sobre o poema que escreveu para intimar Gilbert a voltar, e ela fez um rascunho. Aqui estão algumas frases dele:

Que danças como ninguém
Todos os observadores sabem muito bem
Suave e ágil é teu modo de andar;
Mas, por favor, é conveniente
Entregar-te aos teus pés abertamente
E, ao mesmo tempo, sua pobre cabeça desprezar?

Não tinha percebido que a sra. Austen era poetisa. Jane deve ter herdado esse dom da mãe.

Domingo, 17 de abril de 1791

Hoje foi um dia tranquilo. Eliza não desceu de jeito nenhum. Depois da missa de manhã, todos os garotos desapareceram, foram para a casa de vários amigos e vizinhos, e Cassandra, Jane e eu fomos dar uma volta. Foi Cassandra quem falou mais — ouvimos bastante sobre seu adorado Tom Fowle e que, quando voltarmos de Bath, ela vai passar uma semana com a família dele em Berkshire. Cassandra, assim como eu, só pensa em quando poderá se casar — quando Tom receber uma paróquia de seu parente rico, o lorde Craven. Isso vai levar anos e anos, mas não impede Cassandra, que é muito tranquila, de planejar a refeição de seu casamento.

Esta noite, enquanto imaginava o que mais escrever em meu diário sobre esse dia sem graça, fiquei pensando em Cassandra. Sinto pena dela. Afinal de contas, não estou em uma situação pior do que a dela. Na pior das hipóteses, só preciso esperar quatro anos até completar 21 e poder me casar. Tom Fowle não poderá sustentar Cassandra por mais cinco ou seis anos, no mínimo.

Segunda-feira, 18 de abril de 1791

Está tudo resolvido. Como Eliza havia deduzido, a sra. Austen está entusiasmada em nos deixar ir para Bath sob os cuidados da sobrinha. No entanto, ela decidiu que por um tempo tiraria um descanso de todos os afazeres domésticos e da produção de laticínios e passaria algumas semanas com o irmão, James Leigh-Perrot, e a cunhada em Bath. E que nos levaria junto. A pobre Cassandra vai ficar e cuidar das obrigações da casa. Por isso estamos ocupadas lavando e passando e preparando tudo para uma temporada de três semanas em Bath, e vamos partir daqui a dois dias!

Perguntei a Jane o que iria acontecer em relação às cartas de Thomas, e ela disse que pediríamos a Henry para enviá-las a Eliza no endereço de Bath.

Gostaria de ver Thomas antes de ele partir para as Índias Orientais. Parece muito injusto eu não poder fazer isso.

Perguntei a Jane, brincando, é claro, se ela achava que eu poderia ir até Southampton em meu jumento e ela teve mil ideias malucas.

— Vamos pedir emprestado a Eliza o dinheiro da passagem de Bath para Bristol — sugeriu com sua maneira dramática de sempre. — Quando chegarmos a Bristol vamos nos esconder até Augusta sair, então entramos furtivamente na casa e pegamos algumas cédulas da gaveta da escrivaninha dela. Você poderia usá-las para comprar um assento na diligência para Southampton. Se pegar a quantidade suficiente de cédulas, poderia se hospedar em uma pousada respeitável.

Perguntei o que faríamos se Augusta voltasse e nos descobrisse, e Jane tinha uma resposta imediata para isso. Logo exibiu seu romance *Amor e amizade* (Jane nunca conseguia soletrar "amizade") e o leu em voz alta, depois me deu o rascunho para colar em meu diário como exemplo de como eu poderia me comportar na casa de Edward-John e Augusta em Bristol.

> *No momento em que a adorável Sophia estava retirando a quinta cédula da gaveta e colocando-a em sua bolsa, de repente e de modo impertinente, foi interrompida com a entrada de Macdonald. Sophia logo deu uma olhada das mais hostis no intruso, franzindo o rosto zangado, e exigiu em um tom de voz altivo saber por que sua intimidade foi invadida de forma insolente. E quando ele persistiu, "Infeliz!", exclamou ela (rapidamente repondo a cédula na gaveta), "como ousas acusar-me de um Ato cuja simples ideia me faz ruborizar?"*

Isso me animou um pouco, e pensei no que Eliza dissera sobre conversar com o advogado (que estava apaixonado por ela) em Bath.

Fomos procurar Eliza, que estava no jardim. James havia trazido tantas almofadas para fora que quase fez uma cama. Eliza estava reclinada sobre elas, encostada em um olmo, com o pequeno pug no colo, enquanto James lia em voz alta uma revista chamada *O Vagabundo*, que ele e Henry editaram e tentavam vender aos alunos da Universidade de Oxford.

Eliza, acho eu, estava entediada, porque seus olhos reluziram ao nos ver e, com sua maneira dramática de sempre, disse:

– Querido James, que gentil de sua parte me entreter, mas não devo prendê-lo por mais tempo. Você é como todos os homens, quer sair para caçar e atirar. Sentem-se, *mes petites*, sentem-se e me façam companhia. Aqui, Jenny querida, segure Pug. Que rosto triste é este? – indagou ela, depois que James havia feito uma reverência e saído em passos largos pelo gramado.

Até mesmo suas costas expressavam uma vívida contrariedade com nossa presença. Ele estava se divertindo ao ler para Eliza.

Porém, a sra. Austen seria grata a nós. Ela estava sugerindo a James esta manhã que ele deveria falar com Anne Mathew, filha do abonado general Mathew. Ela seria uma boa esposa para ele, e a sra. Austen está muito animada com a ideia (de acordo com Cassandra) e não acha que é relevante Anne ser seis anos mais velha que James. Ela não ia querer que o filho desperdiçasse tempo flertando com uma prima casada.

Acariciei Pug e não respondi, e Jane disse:

— Ela está preocupada por não ter notícias de Thomas.

— Mas, *chérie*, são só alguns dias, você não está sendo *raisonnable*. — Eliza enrolou cada letra *r* no fundo da garganta no estilo francês.

Eu gostaria de falar francês — parece uma língua muito romântica.

— A tia Leigh-Perrot teve tempo de responder — falei, triste.

Eu fora três vezes à árvore oca, mas não havia nada lá. E depois Jane foi ao solar para ver Harry e ele tinha ficado muito chateado por acharmos que ele não se dera ao trabalho de entregar a carta.

— Eu a levarei haja o que houver, mesmo que eu esteja no meio da semeadura dos nabos — disse ele, segundo Jane, que não achou que ele tinha mostrado um gosto muito romântico ao mencionar nabos na mesma frase que cartas de amor.

— Mas há uma diferença — gritou Eliza. — Sua tia é uma senhora idosa que não tem nada para fazer na vida além de escrever cartas. O bom capitão, ah, essa é outra questão. Ele é ocupado, vive dando ordens, ficando no convés do navio... Ah, eu não sei, mas tenho certeza de que mil coisas devem ocupá-lo. Como ele pode se sentar e escrever uma bela carta de amor quando seus homens estão de prontidão, esperando que ele grite "Desçam o barco, meus marujos"?

Tive de rir disso, ainda mais que Eliza não fez o mínimo esforço para imitar a voz de um marinheiro, mas pronunciou as palavras com o tom refinado de uma dama parisiense.

— Sei por que não teve notícias dele! — exclamou Jane quando estávamos respondendo com relutância aos gritos da sra. Austen pela janela aberta.

— Por quê? — perguntei.

Jane havia parado no meio da área de cascalho diante da porta e estava me encarando com os olhos sérios.

— Ele foi aprisionado pelos bandidos franceses, é claro. — Ela parecia bem satisfeita com a explicação e balançou a cabeça quando ressaltei que a Inglaterra não estava mais em guerra com a França.

— Uma vez bandido, sempre bandido — disse ela com sabedoria. — Deveríamos escrever e descobrir as novidades dele e contar as nossas.

Ela correu para o andar de cima, pegou uma caneta, fez uma ponta bem fina, aparou a pena com cuidado e pegou o pedaço de uma folha de papel de carta de sua mesa.

Em seguida, dobrou a folha em quatro, escreveu o endereço, espalhou um pouco de areia nela, abriu-a, virou-a e escreveu a mensagem na parte de dentro com sua caligrafia mais elegante. Depois redobrou a folha, derreteu a ponta de um palito de cera, pingou uma gota para selar a carta, falou para eu guardar a cópia no meu diário e, então, levantou-se em um salto.

— Vamos ver Harry — disse com entusiasmo. — Aposto que ele irá direto para a Deane com ela. Chegará em Southampton amanhã de manhã.

A carta de Jane para Thomas:

Capitão Thomas Williams
HMS Bonaventure
Docas de Southampton
Southampton.
(Para ser aberta por seu subcomandante no caso da ausência inevitável do capitão)

A srta. Jane Austen apresenta seus cumprimentos ao capitão Thomas Williams e toma a liberdade de informá-lo de que ela e sua prima, a srta. Cooper, visitarão a cidade de Bath daqui a três dias por um período de três semanas.

No entanto, providências prévias para a correspondência devem ser seguidas. Envie todas as cartas para o sr. Harry Digweed, Steventon Manor,
Steventon, Hampshire.

Terça-feira, 19 de abril de 1791

Ainda é muito cedo, e estou escrevendo em meu diário antes que os outros acordem. Tudo está pronto para nossa viagem a Bath. A carruagem cuidará de nossas malas e baús, e, depois, na pousada Deane Gate, somente a uma curta caminhada estrada acima, pegaremos a diligência e iniciaremos nossa viagem para Bath.

Jane está muito empolgada, mas eu não. Gostaria de poder ficar em Steventon e continuar examinando aquela árvore oca para ver se Thomas se lembrou de mim. Tudo é tão incerto para mim. Sinto que corro o risco de voltar a ser a garota muito insegura e preocupada que era antes de vir para Steventon.

Talvez Thomas não me ame mais. Esse pensamento insiste em voltar à minha mente. Talvez tenha conhecido outra garota cujos pais estão muito satisfeitos com a ideia de um compromisso entre a filha e o belo oficial naval com sua propriedade na Ilha de Wight e o tio dele, o almirante.

Afinal de contas, meu irmão recusou a oferta dele. Quando voltou para Southampton, Thomas deve ter pensado nisso. Ele deve estar muito zangado.

Terça-feira à noite, 19 de abril

Por volta das seis da tarde já estávamos viajando havia horas. A jornada por Salisbury Plain foi longa e tediosa. Eliza nos entreteve no início, contando sobre um agente secreto — um *rrrrevolucionário* que participou do ataque à Bastilha. Ela nos contou algumas histórias de arrepiar sobre esse indivíduo audaz que chegou a nadar nas águas turvas do rio Sena em Paris, com sua pistola presa entre os dentes. Embora o marido de Eliza seja um aristocrata, ela parece achar esse agente secreto *rrrrevolucionário* muito atraente, e os olhos de Jane estavam brilhando de entusiasmo. A sra. Austen adormeceu no meio da história e então Eliza cochilou, mas Jane e eu conversamos sobre o agente secreto durante muito tempo. Planejamos um livro sobre ele, em que Jane escreveria a história e eu faria os desenhos.

Depois que terminamos de conversar sobre isso, comecei a ficar com sono, e até mesmo Jane começou a bocejar. Todas acordaram de repente em Andover quando a carruagem parou. Uma mulher robusta entrou e sentou-se a meu lado, nos espremendo contra a janela. Jane começou a se divertir um pouco.

— Mamãe — disse ela com um sussurro penetrante —, a senhora soube o que o cavalariço disse sobre os ladrões de estrada?

A sra. Austen lançou-lhe um olhar irritado.

— Não seja tola, Jane. Não ouvi nada sobre isso.

— Querida mamãe — contou Jane, sussurrando, supostamente para mim, mas com certeza dirigindo-se a minha vizinha gorda. — Ela não deseja nos assustar, mas sei que escondeu o colar de brilhantes na bota esquerda.

Pobre sra. Austen! Duvido que ela um dia tenha possuído um colar de brilhantes, mas se tivesse imagino que o teria vendido havia muito tempo para comprar algumas vacas de Alderney. Ficaria muito mais satisfeita em abastecer sua grande família com leite, creme e manteiga do que exibindo um colar de brilhantes para impressionar os vizinhos.

A senhora gorda, no entanto, logo se levantou e gritou pela janela para o cocheiro lhe entregar sua malinha de viagem.

Aquilo foi uma chateação, pois os quatro cavalos tiveram de ser parados, e a mala, retirada do bagageiro na traseira da carruagem, mas foi muito divertido ver a senhora gorda, com o rosto virado de forma determinada para nós, revirando com afinco sua mala e guardando coisas em bolsos secretos embutidos em seu manto de viagem e enfiando algumas outras coisas nas botas.

— Uma época terrível, senhora — disse ela para Eliza, já que a sra. Austen tinha fechado os olhos com firmeza para se distanciar de sua filha inoportuna.

— *Terrrrrível* — repetiu Eliza, pronunciando a palavra com sotaque francês. — A senhora não acreditaria nas cenas que já testemunhei. A máfia! Os motins! Os incêndios!

— O quê?! — gritou a senhora. — Em Andover!

— Não parece possível, parece? — comentou Jane, seriamente.

Eliza, pela expressão em seu rosto, estava tentando não rir.

A sra. Austen abriu um de seus olhos fatigados, olhou do rosto animado de Eliza para o de Jane, e depois o fechou de novo. Acho que decidiu repudiar todas nós.

— São uns animais — declarou a robusta senhora.

— *Oh la, os paysans!* Os... como se diz? Os camponeses... dizem que estão famintos! — contribuiu Eliza.

Achei que isso daria um fim à conversa, mas a robusta senhora estava apenas começando.

— Animais, é disso que os chamo, animais gananciosos. Sempre querendo mais. Nunca estão contentes com o que foi suficiente para seus pais, avós e bisavós. Eu poderia lhe contar uma história e tanto...

— Que é isso? — perguntou Jane de um jeito ríspido, colocando a cabeça para fora da janela. — Espero que não seja um ladrão de estrada!

— O quê?! — gritou nossa companheira de viagem, colocando também a cabeça para fora da janela.

— Estamos sendo seguidas — anunciou Jane, voltando com a cabeça para dentro. — Não, é sério. Tenho ouvido o som de passadas de cavalos nos últimos cinco minutos. Estão se aproximando cada vez mais.

— Cocheiro, tem um homem nos seguindo! — O grito foi suficiente para despertar o bairro inteiro e naquele momento estávamos passando por uma cidade.

— Estamos em Devizes agora — disse a sra. Austen com calma, abrindo os olhos. — Já contei para vocês que parei nessa mesma pousada no dia do meu casamento? O sr. Austen e eu viajamos de Bath até Devizes e depois para Steventon, sabiam? Casei-me com um traje de montaria vermelho e saltei em um cavalo logo após a cerimônia. Já contei essa história?

— Já — respondeu Jane, sem meias-palavras, e Eliza sorriu ligeiramente, espiando esperançosa pela janela.

Para alguém que se entedia tão fácil quanto Eliza, um ladrão de estradas parecia uma perspectiva melhor que a milésima repetição da história da sra. Austen sobre sua viagem de lua de mel e do destino de seu traje de montaria vermelho...

Porém me senti meio preocupada. Quem era esse homem que estava nos seguindo?

A carruagem sacudiu bruscamente para a direita, jogando a senhora robusta em mim e me jogando em Jane. Estávamos entrando no pátio da pousada. Os cavalariços estavam correndo para a frente a fim de pegar as rédeas dos quatro cavalos, as galinhas se espalharam com cacarejos de indignação, e a senhoria saiu com uma expressão de boas-vindas no rosto e um avental branco e limpo, mas não houve confusão nem gritos de terror...

— É Harry Digweed — sussurrou Jane, grudando sua touca na minha, as abas largas formando uma pequena tela particular entre nós e as outras na carruagem. — Ele deve ter uma carta para você!

Olhei-a com os olhos arregalados, mas a sra. Austen já havia aberto a porta da carruagem e descia de forma decidida.

— Harry Digweed! — exclamou ela. — Mas o que é que você está fazendo aqui?

— Olá, senhora, mas que surpresa — disse Harry em um tom tão artificial que eu tinha certeza de que a sra. Austen devia ter suspeitado de alguma coisa. — Estou a caminho de Bristol para cuidar de umas sementes novas para o meu pai — proferiu com dificuldade seu discurso planejado e, então, voltou-se para nós, aliviado. — Fizeram uma boa viagem? — perguntou. Suas palavras pareciam diretas a Jane, mas seus olhos estavam olhando para mim e eram tão cheios de significado que ruborizei um pouco.

— Vai passar a noite aqui, Harry? Você precisa jantar conosco, não é, mamãe? Vamos acompanhá-lo enquanto você vê o estábulo para o cavalo dele. Será bom movimentar-se depois de ficar sentada naquela carruagem por seis horas.

— É uma boa ideia. — Ele disse cada palavra separadamente como uma criança aprendendo a ler.

Ainda bem que James não deu a ele um papel na peça. Com certeza não sabe atuar.

No entanto, assim que chegamos ao estábulo, ele relaxou. Eu até admirei a facilidade com que deu as instruções sobre seu cavalo para o cavalariço e como fez um carinho afável no animal enquanto era levado. Vi Jane sorrindo — um sorriso discreto e suave. Ela colocou a mão no braço dele e ficamos ali na obscuridade com um cheiro ardente dos estábulos da pousada. Harry emanou seu belo sorriso para ela...

— Aqui está sua carta, srta. Jenny — disse ele.

Carregou minha carta com cuidado no bolso interno e até colocou um pedaço de papelão duro com ela para que não amassasse.

— Ah, Harry, não sabe o quanto sou grata a você. — Em meu entusiasmo ao ver a carta de Thomas com a âncora desenhada de forma impecável, eu o chamei de Harry, assim como Jane fazia.

— URGENTE — leu Jane sobre meu ombro.

— Por isso achei que devia cavalgar atrás de você — explicou Harry.

Deu vontade de beijá-lo. Virei-me ligeiramente para o lado, quebrei o selo de cera e abri a folha de papel. Esperava encontrar uma carta longa e podia ouvir Jane envolvida em uma conversa com Harry.

Mas a carta continha apenas algumas palavras. Eu a coloquei aqui.

Eu a vejo em Bath.
Salões da Assembleia na sexta-feira.

E amanhã é quinta-feira!

Mas por que ele não disse algo carinhoso? Ainda me preocupo com a possibilidade de ele ter chegado à conclusão de que seria problemático demais se casar comigo. Talvez, em vez dos bandidos de Jane, ele tivesse sido capturado por uma bela garota — já podia imaginá-la, bem alta, com um nariz adunco e cabelos pretos e sedosos.

Mostrei para Jane, olhando-a com dúvida, pronta para vê-la fazer uma careta diante da falta de expressões de amor, mas ela me abraçou.

— Ah, eu adoro Thomas — comentou ela, suspirando. — Ele é mesmo um homem de atitude.

Então sorri. Estava sendo ridícula e logo tirei a garota alta, cabelos negros e nariz adunco da cabeça. Thomas só estava apressado; talvez houvesse homens parados ao lado dele, esperando suas ordens enquanto ele escrevia o bilhete. O importante é que estava vindo para Bath.

— Chegaremos a Bath esta noite, Harry — disse Jane. — O que acha disso?

— Queria que fosse feriado — respondeu Harry. Havia algo meio solitário em sua voz e senti muito por ele.

Harry é um jovem tão gentil. Tem um rosto meigo, já bronzeado pelo sol, olhos azuis da cor das centáureas, que logo salpicarão os campos de trigo, e cabelos loiros bem-escovados para trás da testa bronzeada. Achei que ele e Jane formavam um belo casal ao vê-los lado a lado — ela de cabelos tão escuros e animada, ele tão loiro e confiável.

— Não poderia passar uns dias em Bath, Harry? — perguntei por impulso. Mais uma vez, o havia chamado de Harry, mas não me importei. Pensava nele quase como um de meus primos.

— Por que não? — me apoiou Jane, mas de forma calma e levemente indiferente. — Quando seu pai o espera de volta?

Harry ruborizou com a pergunta inocente. Suspeito que ele tenha simplesmente saído assim que a carta chegou, deixando um recado para o pai.

— Ah, eu... acho que ele não se importaria — gaguejou após um instante. — Em nossa casa, um ou outro dos quatro irmãos está sempre sumido. Já fiz minha parte do trabalho nesta primavera. Tenho trabalhado tão arduamente quanto qualquer um dos trabalhadores braçais. Todas as ovelhas já nasceram, as sementes foram plantadas... é uma época tranquila para nós até que o feno esteja pronto para ser cortado.

— Onde você ficaria? — Eu estava tão grata por Harry ter cavalgado aquela distância enorme atrás de nós que queria ajudar. Como teria sido horrível se eu não tivesse recebido a carta de Thomas e não ficasse sabendo que ele queria se encontrar comigo!

— Bem, conheço o senhorio da pousada Greyhound. Ele tem muito interesse em agricultura e fica sempre feliz com uma conversa. Ouso dizer que me daria uma cama por uma ou duas noites. — Harry parecia alegre, e eu sorri encorajando-o.

Mas me ocorreu que eu nunca tinha visto Harry nos Salões da Assembleia em Basingstoke, embora ele geralmente estivesse na casa dos Austen e sempre participara da dança lá.

— E você irá aos Salões da Assembleia na sexta-feira, certo, Harry?

Jane não dissera nada, o que não era de seu feitio, mas estava sorrindo, então pensei que fosse o suficiente.

— Venha, vamos jantar agora.

E assim que os vi me seguindo com obediência, me certifiquei de não olhar para eles por cima do ombro. Jane agia diferente com Harry, em comparação a como se portava com Tom Chute ou Newton Wallop, pensei nisso ao entrar na pousada. Com Newton e Tom, ela flertava sem parar, mas com Harry ela não falava muito. Assim que entramos na pousada, ela o abandonou e procurou Eliza, fazendo sinal com uma inclinada rápida da cabeça para que eu a seguisse.

— Mostre sua carta para Eliza, Jenny — murmurou ela.

Peguei uma olhada rápida da sra. Austen, que estava contando a Harry que estávamos prestes a jantar um pescoço de cervo, mas sem molho de ostras, o qual ela teria preferido. Enquanto ela estava empolgada, tirei a carta de minha bolsa de mão.

Os olhos de Eliza se arregalaram ao ler as poucas palavras.

— *La, la,* mas que homem é esse capitão, *n'est-ce pas?* — Suspirou profundamente. — Um homem assim, *mes petites,* um homem assim eu teria amado em minha juventude. Ele não fica de braços cruzados, não é? Não diga nada, Jenny querida. Sua tia não é contra esse casamento, mas precisa fingir que obedece ao marido. Deixe tudo comigo. Será ideia minha, e arrumarei uma festinha para irmos aos Salões da Assembleia sexta-feira... afinal de contas, minha prima Philadelphia Walters ficará comigo, e preciso entretê-la, *n'est-ce pas?* Você ficará muito surpresa ao ver seu capitão na sexta, Jenny, *ma chérie,* não é mesmo?

E quando Eliza pegou seu leque, sacudindo-o para afastar o cheiro diário das aves do pátio da fazenda e o suor dos cavalos, e o colocou na posição de "se ao menos eu fosse livre...", Jane e eu, nos lembrando das lições que ela nos ensinou sobre como enviar recados com um leque, mal nos aguentamos de tanto rir.

Após a refeição, quando Jane estava conversando com Harry no banco da janela e sua mãe cochilando perto da lareira, sussurrei para Eliza que achava que Harry gostava de Jane. Ela o olhou com um olhar superficial e negou com a cabeça.

— Sem perspectivas — sussurrou para mim. — Conheço os parentes dele, uma família boa, de berço e criação, mas não tem dinheiro ali. Ele nem é o filho mais velho. O dinheiro que eles têm irá para John, o primogênito. Deve herdar a fortuna do tio.

Odeio como tudo acaba em dinheiro. Por que as pessoas não podem viver e se apaixonar sem que o dinheiro esteja sempre envolvido?

Naquela noite, quando estávamos indo dormir na pousada, falei para Jane o quanto eu era grata ao Harry e o quanto foi maravilhoso da parte dele cavalgar atrás de nós assim que a carta chegou. Depois, com muito cuidado, perguntei-lhe o que sentia pelo rapaz.

Jane arregalou os olhos.

— Mas eu o adoro! — exclamou ela. Não fui enganada. Esta era Jane interpretando uma heroína romântica.

— Gosta dele tanto quanto de Tom Chute ou Newton Wallop ou qualquer um dos outros rapazes com quem você dança? — perguntei.

Jane não respondeu de imediato. Houve um estrondo de risadas na taberna da pousada no andar de baixo e um rangido na escada do lado de fora de nosso quarto, que nos deu a entender que a sra. Austen e Eliza foram para o quarto depois do nosso. Queria saber onde Harry estava dormindo. Ele esteve muito calado durante o jantar, e tanto a sra. Austen quanto Eliza tinham desistido de tentar conversar com ele e se ocuparam fofocando sobre o príncipe de Gales e o rei. A julgar pelas risadinhas que ouvimos do outro lado da porta, Eliza ainda estava relatando as últimas histórias sobre o príncipe para a tia.

Tentei novamente.

— Você se imagina se casando com ele? — perguntei.

— Ele é diferente — respondeu Jane por fim.

Não a apressei. Lembrei-me de todas as vezes que Jane havia permitido que eu pensasse nas coisas e por fim extravasasse meus sentimentos. Seus olhos estavam voltados para a lareira, e esperei com paciência até ela se virar para mim.

— Gostaria de algo romântico — falou ela, pensativa. — Acho que meu homem ideal seria alguém como aquele revolucionário francês do qual Eliza estava falando. Muito ousado, muito espirituoso. Envolvido em missões secretas. Ou então... alguém que salvaria uma donzela inocente da garras de um baronete covarde, galopando atrás deles em seu nobre garanhão negro.

— Parece coisa de um romance. — Ri, mas Jane negou com a cabeça.

— Olhe para você, Jenny — argumentou ela. — Seu caso de amor com o capitão Williams foi tão romântico. Lá estava você, correndo grande perigo, sozinha, e ele a protegeu. Você acha que nunca se encontrarão de novo, e então ele aparece nos Salões da Assembleia em Basingstoke. Ele dança com você, você se apaixona por ele. Encontram-se novamente no baile de Portsmouth. Você está ainda mais apaixonada. Ele vai visitá-la. Então há um mal-entendido. Você escreve uma carta indignada para ele. Ele vai vê-la e se comporta como um herói, salvando a nós todas. Depois você descobre que ele é inocente. Ele a pede em casamento e você aceita.

Eu estava sorrindo para mim mesma, pensando no quão romântica parecia a história entre mim e Thomas. E logo me senti egoísta por pensar em mim e olhei para Jane, que havia ficado em silêncio por um momento. Tentei sorrir para ela. Ela não retribuiu o sorriso. Parecia mais séria que de costume.

— Isso é o que chamo de história romântica, Jenny — disse ela. — Conheço Harry Digweed desde que era um bebê de camisola curta. Eu o conheço a vida inteira. Nada minimamente romântico aconteceu entre nós. Realmente não creio que possa me apaixonar por ele a esta altura.

Ela parou por um momento, penteando os cabelos, distraída e olhando seu reflexo no espelho.

— Gostaria de me casar com um homem que fosse um herói, um homem que me ame louca e apaixonadamente, que cavalgaria no meio de um forte temporal para ficar ao meu lado, um homem que eu adore e venere.

— Mas você gosta do Harry, não gosta? — Eu estava começando a me sentir deslocada do assunto. — Ou talvez Newton fosse a pessoa certa. Você se imagina se casando com ele?

Jane olhou, incerta.

— Ele é filho de um conde, é claro. Não podemos nos esquecer disso, podemos? Condes são românticos. Aparecem em todos os romances.

— Bem, case-se com ele então. Newton parece gostar muito de você. Vocês dois estão sempre conversando, fazendo os mesmos tipos de brincadeiras. Seria tão emocionante se vocês se casassem, Jane. O que Lavinia diria?

— Os cabelos dele *são* meio longos — disse Jane de maneira duvidosa, apertando os lábios — e muito cacheados. Talvez eu devesse me casar com um homem loiro, já que meus cabelos são escuros. Deus me livre de estar enganada a respeito de meu marido. — Ela pareceu chocada ao pensar nisso.

— Bem, Harry, então — disse eu. — Ele é loiro.

— Sim, ele é — concordou Jane. — Mas não poderia dizer que ele é muito romântico, poderia? Você o imagina lutando em um duelo com pistolas ao amanhecer? Ou salvando uma donzela de um afogamento?

— Frank disse que Harry é um exímio nadador e um atirador muito bom — ressaltei. — E você gosta mesmo dele, não gosta?

— Sim, eu gosto dele... — Jane hesitou, depois se levantou e espreguiçou. Tinha um sorriso maldoso no rosto. — Estava pensando que se ele me beijasse eu poderia me decidir. O que você acha? Devo lhe pedir que me beije?

Pensei a respeito; me senti meio chocada.

— Jane — falei —, realmente não acho que você possa pedir a um homem para beijá-la. Pode destruir sua reputação. Acho que deve esperar que ele a beije de livre e espontânea vontade. E... — Podia ouvir minha voz soando duvidosa ao continuar. Geralmente era Jane a especialista em casos de amor. No entanto, terminei dizendo: — Na verdade, ele deveria pedi-la em casamento antes de beijá-la.

— O problema é que Harry está muito acostumado comigo dizendo a ele o que fazer — confessou Jane. — Não creio que, de repente, se aproximará de mim e me beijará a menos que eu diga a ele para fazer isso.

— Mas acha que ele seria um marido adequado? — Estava começando a me arrepender de ter me envolvido nesse caso.

Jane tinha razão; não parecia muito romântico.

— Sinto... Sinto... que não saberei até beijá-lo — respondeu Jane, de modo inconsequente, olhando para mim com os olhos grandes e inocentes.

Fui pega totalmente de surpresa e lhe disse com a voz firme que tinha certeza de que ela não poderia beijar um homem até que estivesse certa de que o amava, mas Jane apenas deu um sorriso malicioso e me perguntou o que senti quando Thomas me beijou. Respondi que não sabia descrever, mas que sabia que o amava antes mesmo de ele me beijar.

— E quanto ao Newton, então? — perguntei.

A expressão de Jane mudou, adquirindo um olhar de desejo.

— Ah, Newton é tão maravilhoso, com seu rosto bonito e seu adorável cabelo longo e cacheado — disse ela. — Devo admitir que sinto os joelhos enfraquecerem quando penso... — parou e depois acrescentou com maldade: — ... na fortuna dele.

Em seguida, deitou-se e eu não disse mais nada.

Não tenho muita certeza do que pensar.

Quinta-feira, 21 de abril de 1791

Passamos o dia de ontem viajando e chegamos bem tarde. Quando acordei, por um momento, deitada e cerrando os olhos contra a claridade, mal sabia onde estava. E, então, com o gorjeio das andorinhas e o toque de dois tons do cuco, ouvi o trote dos cavalos na rua pavimentada. Meu primeiro pensamento foi em Thomas — vou vê-lo amanhã! Eu me levantei da cama em um pulo.

— Acorde, Jane — chamei, com insistência.

Não ouve resposta, e olhei por trás das cortinas de sua cama para ver se ela ainda estava dormindo, mas não havia ninguém lá. Deve ter se vestido mais cedo e descido.

Naquele momento, alguém bateu na porta, e a camareira entrou com uma lata de água quente.

— Bom dia, srta. Jenny — disse ela, fazendo uma rápida reverência. — Sou Rosalie. Aqui está sua água quente.

— Sabe onde está a srta. Jane, Rosalie? — Senti-me um tanto importante ao pegar a lata dela.

— Por Deus, senhorita, não. Ela não está na cama? — Parecia um pouco chocada ao espiar atrás das cortinas, mas até este exato momento eu tinha deduzido que Jane tinha acordado cedo, se lavado na água fria e descido, ou até mesmo saído. Falei para Rosalie não se preocupar, pois Jane provavelmente fora falar com meu tio.

Quando desci para a sala de café, no entanto, não havia ninguém lá. Então ouvi o riso de Jane ressoar pelas escadas, vindo da cozinha. Por um momento, hesitei. Não tinha certeza se meus tios gostariam que eu fosse lá, mas então achei que não haveria nenhum mal nisso.

Jane estava sentada no peitoril da janela conversando, toda feliz, com Franklin, o criado negro dos Leigh-Perrots. Ele pareceu um pouco desconcertado ao me ver e disse que precisava cuidar do café da manhã. Então Jane e eu subimos de volta para a entrada, e Jane abriu a porta da frente e observamos a rua movimentada, onde todos os tipos de veículos — carruagens, caleches, landós, até mesmo uma carruagem do correio — pareciam estar indo colina acima em direção à estrada para Londres ou colina abaixo em direção ao centro de Bath.

— Vamos dar uma volta e ver se conseguimos encontrar a Praça da Rainha — disse Jane. — Faremos uma surpresa a Eliza. Aposto que ela ainda está na cama.

— Melhor não. O café da manhã logo será servido.

Falei isso olhando para trás, na direção que as criadas e um empregado e Franklin, é claro, estavam indo e vindo rapidamente com pratos e bandejas.

— Venham, meninas — chamou nosso tio, da escada. — Olhe para elas, Franklin! Mal podem esperar para sair e visitar Bath. Nem mesmo querem o café da manhã.

— Bath é uma bela cidade para duas jovens bonitas — comentou Franklin. — Elas serão as belas do baile, sr. Leigh-Perrot, não é mesmo?

— E vocês foram convidadas para uma festa esta noite — disse o tio Leigh-Perrot. — Nossos amigos, os Forster, darão uma festa para a neta que acabou de sair da escola.

A sra. Austen e sra. Leigh-Perrot estavam conversando aos sussurros no banco sob a janela quando entramos na sala de café. Pararam assim que nos viram. A sra. Austen olhou pela janela de maneira indiscreta, mas a sra. Leigh-Perrot estreitou os olhos e me examinou da ponta dos pés até os cachos amarrados no topo de minha cabeça.

E então deu um sorriso largo — feito um crocodilo que acaba de ver algo saboroso, comentou Jane mais tarde, quando subimos, depois do café da manhã, para pegar nossas sombrinhas antes de irmos para o Pump Room com nosso tio.

Bath é tão linda, pensei, enquanto Jane e eu, com nosso tio entre nós, caminhávamos pelas ruas requintadas construídas com pedras cor de mel e ladeadas por prédios. Nosso tio foi muito gentil conosco, nos guiando pela Gay Street e mostrando a Praça da Rainha, com suas belas casas ao redor de um gramado com árvores no centro. As cortinas ainda estavam fechadas nas janelas superiores do número 13, e deduzimos que Eliza ainda estava dormindo.

Então descemos pela Milsom Street, onde nos mostraram todas as lojas requintadas, com vitrines repletas de vestidos e toucas elegantes por trás de vidraças arredondadas. Nosso tio esperava que ficássemos um bom tempo olhando para eles, mas Jane parecia ansiosa para seguir em frente e continuou perguntando se faltava muito para chegar ao Pump Room e tentando fazê-lo andar um pouco mais rápido.

O Pump Room ficava mais abaixo perto da esplêndida abadia. As portas pesadas de madeira estavam abertas e passamos entre os dois conjuntos de colunas de pedra e entramos em um salão enorme, cheio de pessoas, mesmo ainda sendo tão cedo. Havia alguns bancos nas laterais do salão, mas tirando eles o Pump Room não tinha móveis. Assim como parecia ter centenas de pessoas ali dentro. Havia homens e mulheres em quantidades quase iguais; a maioria das mulheres caminhava em duplas ou trios, olhando para as toucas umas das outras, e os homens estavam trocando jornais. Havia duas lareiras, uma na frente e a outra no fundo do salão, mas nesta manhã tão encantadora poucas pessoas se preocupavam com elas.

— Vamos tomar um pouco de água — disse nosso tio, e nos acompanhou até onde havia um cântaro gigante com outro cântaro mais elegante sobre ele.

A água fluía continuamente das quatro torneiras no topo do cântaro e ele me entregou uma caneca cheia. Tinha um gosto horrível, pensei — quente e com um sabor estranho e cheiro de ovos velhos. Bebi por educação e ouvi sua palestra sobre o quanto a água era boa, mas Jane mal experimentou a dela e disse a ele que, de qualquer maneira, nunca ficou doente.

Parecia mais interessada no relógio enorme na parede lateral do salão, sobre o qual titio contou que estava ali, naquele mesmo lugar, havia mais de oitenta anos. O relógio marcou dez horas, bem no momento em que ele terminou de falar. O olhar de Jane voltou-se para a porta. Por um instante, fiquei confusa. Com certeza, ela não esperava que Eliza estivesse de pé tão cedo, mas então vi uma figura alta bloquear a luz do sol por um instante e percebi quem ela estava esperando.

Harry Digweed parecia estar bem desconfortável ao abrir caminho no meio da multidão, tentando não pisar nos vários cachorrinhos que latiam sem parar, presos às longas guias das damas da moda. Imaginei-o nas florestas e campos de Steventon com sua pointer bem-treinada e senti pena dele. Parecia um peixe fora d'água naquele mundo perfumado de pessoas finas da alta sociedade. Mas ele nos avistou e veio em nossa direção.

— Vamos escrever o nome de sua mãe na lista de novos visitantes — sugeriu titio.

— Pode ir, querido tio — disse Jane, com discrição. — Eu gostaria de ficar aqui descansando no banco por um instante, observando este belo relógio.

— Irei com o senhor, titio — ofereci-me.

Afinal de contas, não poderia haver nada de errado em Jane cumprimentar um conhecido naquele salão cheio de gente. Mesmo que houvesse uma conversa particular entre eles, ninguém poderia ouvir com a música da orquestra tocando na galeria acima e o murmúrio de centenas de vozes.

Quando nosso tio terminou de colocar nossos pormenores no imenso livro de visitantes colocado aberto em um suporte enfeitado, Jane se aproximava, seguida de Harry. Percebi um jovem cavalheiro, bem-vestido, erguer seu monóculo e olhar para os calções de Harry com um sorriso de desdém nos lábios. De repente, senti muita pena de Harry, e isso me inspirou um grande ímpeto de lealdade a ele.

— Tio — falei, animada —, aquele jovem é filho de um dos melhores amigos da sra. Austen, o sr. Digweed de Steventon Manor. — Não acrescentei que os Digweed alugaram o solar do primo dos Austen em Kent, mas talvez, mesmo que eu tivesse dito, não teria feito diferença alguma para o caráter hospitaleiro e generoso do sr. Leigh-Perrot.

Jane fez tudo graciosamente, apresentando Harry e explicando que ele passaria algumas noites em Bath e viera beber das águas e que, para surpresa dele, nos viu. Pereceu um pouco improvável que um homem jovem de aparência extremamente saudável como Harry teria se incomodado de ir beber as águas em Bath, mas nosso tio não ficou desconfiado. Cumprimentou Harry com grande cordialidade, convidando-o para se unir a nós em uma volta pelos Jardins Sydney e para voltar à casa e almoçar conosco.

Harry concordou em passear pelos Jardins Sydney, mas recusou o almoço — com razão, pensei, pois a sra. Austen teria ficado um pouco desconfiada com a presença dele.

— Irei ao baile nos Salões da Assembleia amanhã à noite — disse ele com um tom pomposo, o que mostrou que Jane o havia instruído com cuidado. — Espero ter o prazer de ver os três por lá.

— Não é maravilhoso? — comentou o gentil tio James. — Bem, meninas, pelo menos conhecerão um dos jovens no baile. Mas terão de dividi-lo entre as duas.

Sorri para ele com doçura e guardei meu segredo comigo. Espere até titio ver meu Thomas, pensei de forma exultante, e quando entramos nos Jardins Sidney me entreti em uma conversa com ele a fim de proporcionar a Jane e Harry algum tempo juntos. Meu tio não suspeitava de nada e estava apenas muito contente em me contar sobre suas magníficas propriedades em Berkshire. E me contou a história inteira sobre como um rico tio-avô, Thomas Perrot, lhe deixara a propriedade quando titio tinha apenas quatorze anos e o quanto tivera sorte de se casar com uma mulher tão maravilhosa quanto a sua esposa.

— Tive apenas de acrescentar Perrot ao nome Leigh, e lá estava eu vivendo bem para o resto da vida — disse ele.

Sorri em resposta e dei uma espiada rápida por cima do ombro. Jane e Harry, a essa altura, estavam a uma boa distância atrás de nós. Não seria maravilhoso, pensei, se Harry tivesse um tio-avô rico em algum lugar que deixasse uma propriedade para ele? Fiquei me lembrando do que Eliza dissera sobre os Digweed — *uma família boa, de berço e criação, mas não tem dinheiro ali.*

— Ah, uma orquestra de instrumentos de sopro! Vamos lá ouvir. — Arrastei meu tio pelo gramado.

Harry e Jane encontrariam muitos bancos tranquilos e pequenos recantos, onde poderiam se sentar e conversar, enquanto a atenção de meu tio estava voltada para o barulho esplêndido que os enormes instrumentos estavam fazendo.

Após o almoço, Jane e eu fomos visitar Eliza. Minhas duas tias estavam planejando uma visita às lojas da Milsom Street, então todas caminhamos juntas pela George Street e depois pela Gay Street, e tia Leigh-Perrot nos mostrou várias celebridades de Bath. Em seguida, chegamos à adorável Praça da Rainha, com seus prédios majestosos brilhando ao sol da tarde e os belos álamos espalhando longas sombras.

— Resolveu aquilo com Harry, não foi, Jane? — perguntei quando nos afastamos de minhas tias na esquina da Wood Street e atravessamos para o quarteirão inferior da Praça da Rainha.

Dois rapazes, em suas carruagens, passaram por nós, e Jane, sem responder a minha pergunta, disse que tinha certeza de que os dois eram jovens lordes e que podia ver pelos olhos do segundo que ele havia se apaixonado perdidamente por ela. Diante disso, demos risadinhas e apertamos os passos quase correndo.

Então batemos na porta do número 13 e de imediato fomos conduzidas aos aposentos de Eliza por uma senhora gorda vestida de luto, que tinha um gatinho preto correndo atrás dela. Na subida, provoquei Jane sobre dar um jeito de se encontrar com Harry no Pump Room, mas ela apenas sorriu de forma misteriosa. Perguntei-me se aquele teria sido um encontro secreto — e, se foi, será que Jane executou seu plano de beijá-lo???????

Eliza só estava se vestindo, mas parecia estar em casa. Vestidos despontando dos armários, anáguas com babados dependuradas das gavetas meio abertas e a superfície de seu toucador estava quase completamente coberta com seus pertences. Enquanto Jane descrevia nossa manhã, inclusive a aparição de Harry Digweed, fiquei sentada na casa e fiz uma lista em minha mente de tudo que Eliza tinha ali.

Esta era a lista:

- Uma caixinha de pomada
- Um frasco de vidro cheio de furinhos para espalhar pó
- Uma esponja de pó de arroz sobre um delicado pires azul-claro
- Quatro frascos de perfume
- Uma pequena taça de vinho
- Um espelho de mão
- Quatro velas em castiçais de prata

- Uma bandeja de pastilhas para perfumar o hálito
- Uma miniatura de seu filhinho, Hastings (mas nenhuma do marido, Monsieur le Comte)
- Um recipiente de vidro com um colar de pérolas
- Tiras de couro carmesim para colorir os lábios
- Um conjunto de marfim de palitos de unha
- Um lenço de renda
- Um leque (é claro)

Isso é tudo de que consigo me lembrar – acho que devia ter mais uma dúzia de itens, mas minha atenção foi despertada por uma batida leve na porta, e uma mulher de aparência estranha entrou de forma hesitante.

– Ah, Phylly – disse Eliza.

Ela levantou-se e deu toda a atenção a ela, apresentando-a e se certificando de que Phylly tivesse uma cadeira confortável para se sentar.

Philadelphia Walters tem quase a mesma idade de Eliza (embora ninguém teria adivinhado, pois ela parece dez anos mais velha). Ela deve ter uns 30 anos, eu acho. Também é sobrinha do sr. Austen, mas por parte do meio-irmão dele, William-Hampson Walters. Ela é uma dama solteira, que mora com os pais idosos em um vilarejo em Kent, uma pessoinha estranha, que usava um vestido muito deselegante e antiquado. Tem o estranho hábito de inclinar a cabeça e olhar para você com um brilho malicioso no olhar, o que a deixa bem parecida com um rato – ou talvez mais como um filhote de pardal.

– Conhece a querida Jane, não é, Phylly?

Cabeça para o lado, a prima Philadelphia examinou Jane, da ponta de seus bem-cuidados sapatos sem salto, subindo para seu vestido matinal de musselina pontilhado de amarelo, com seu spencer amarelo abotoado firmemente, até o topo de sua touca de palha, e então assentiu de maneira resoluta.

— Sim, é claro... Lembro-me de você quando tinha uns doze anos... Deus do céu, como era uma garotinha estranha naquela época! Lembro-me de achar que era uma pena sua irmã mais velha ter herdado toda a beleza. — Essa foi a resposta cordial de Philadelphia, a qual acrescentou, dizendo: — Então esta é a Jenny? Não se parece nada com a mãe, não é mesmo? — E olhou para mim expressando desagrado.

Jane fez uma careta para mim e virou-se para olhar pela janela.

— Você vai sair, Eliza? — indagou ela, ignorando Phylly. — Esperávamos dar um passeio e subir a colina com você até o parque. Temos muito o que lhe contar. — Deu uma olhada rápida com desdém para Philadelphia, que agora havia lançado os olhos no toucador de Eliza e estava cheirando de forma insípida um pote de pó para cabelos.

Eliza pareceu meio preocupada quando disse:

— Phylly, querida, por que não faz uma pequena sesta, afinal de contas, você saiu cedinho, quando eu ainda estava *endormie*. Cuidarei das duas meninas.

— Não, prima Eliza, vim para Bath a fim de lhe fazer companhia e não a abandonarei agora. — Phylly estava inflexivelmente decidida. — Não que eu goste de Bath — continuou. — Não suporto a modernidade resplandecente do local e os olhares e as conversas, e é claro que é tão barulhenta que não é a toa que seus pobres nervos fiquem abalados com isso, Eliza. Não se preocupe, fique sossegada que eu entreterei as meninas. Talvez elas queiram visitar a igreja de St. Swithin?

— Não, não queremos — respondeu Jane de forma brusca. — Então vamos sair, Eliza, se estiver pronta.

Eliza deu uma última batidinha de pó de arroz no rosto, esguichou um pouco de perfume, ajeitou o chapéu, com suas elaboradas pencas de cerejas, para compor seu pequeno rosto em forma de coração, e depois pegou sua sombrinha e avisou que estava pronta.

— Deveríamos ter ido com mamãe e titia — sibilou Jane furiosamente para mim enquanto seguíamos as duas senhoras, Philadelphia falando sem parar sobre seus bons trabalhos em Kent e sobre como insistiu com um infortunado menino do vilarejo para aprender a ler e falou para o pai dele que lhe desse uma surra porque o menino era muito lento e não prestava atenção às lições dela.

Concluí que não gostava muito dessa Phylly. Entendia por que Jane antipatizava com ela — todo mundo dizia que eu parecia com minha mãe, então acho que ela quis insinuar que eu era comum.

— Vamos visitar algumas lojas — disse Eliza por cima do ombro. — Venha conosco, Phylly. Insisto em comprar um novo chapéu para você. Permita-me esse agrado.

— Assim o chapéu que ela está usando pode ser devolvido para o espantalho — comentou Jane baixinho, mas com certeza não foi um sussurro.

Philadelphia virou-se depressa, mas Jane apenas sorriu docilmente para ela.

— O que admiro em você, prima Philadelphia — disse de maneira amigável —, é seu grande senso de humor. Meu pai está sempre falando sobre isso. Ninguém tem um senso de diversão maior que minha sobrinha Philadelphia, é o que ele diz.

Jane falou isso com seu semblante mais sério, que ela sempre assume quando está dizendo uma mentira absurda, e Phylly deu um sorriso de incerteza e continuou andando.

— Preocupação — disse Jane em meu ouvido. — Por que ela não levou a mal e voltou para os aposentos delas? Tem alguma maneira de nos livrarmos dela? Acha que eu poderia empurrá-la debaixo daquela diligência?

Olhei para a diligência e seus quatro cavalos. Parecia bem divertido andar nela, cujos passageiros eram garotas animadas e rapazes galantes.

E então vi Harry, com um elegante chapéu novo, que tirou ao se aproximar de nós.

— Boa tarde, srta. Jenny, srta. J-Jane. — Harry gaguejava de leve de vez em quando. Achava que complementava sua atratividade e sorri, encorajando-o, enquanto fazia reverência.

Jane estendeu a mão para ele com seu jeito impulsivo.

— Eliza, conhece Harry Digweed, não é mesmo? Encontrou-se com ele na peça.

— Ah, a peça — interrompeu Phylly antes que Eliza pudesse abrir a boca. — Ouvi tudo sobre aquela peça. Sua mãe, Jane, queria que eu participasse, mas meus princípios não permitiriam. É um estorvo ter sido criada sob princípios cristãos tão fortes, mas a vida é assim mesmo, não podemos mudar quem somos, podemos?

A última frase foi dirigida a Harry, que — querido Harry! — imediatamente gaguejou dizendo que ela estava absolutamente certa.

Jane lançou a ele um olhar zangado, que o desconcertou e o deixou ruborizado, batucando a aba de seu chapéu novinho em folha contra um poste de luz devido ao constrangimento.

— Vamos ir a Crescent a pé — sugeriu Eliza em um tom confortante. — Você nos acompanharia, sr. Digweed?

Ele pareceu não ter certeza por um momento, olhando para o rosto hostil de Philadelphia e em seguida para o rosto irritado de Jane.

— Vamos, Harry — falei e ganhei de Philadelphia aquele olhar duvidoso de passarinho, com a cabeça inclinada. — Conte-me sobre sua escola, prima Philadelphia — pedi, movendo-me para seu lado e permitindo que Jane ficasse para trás e caminhasse com Harry.

Eliza sentiu que era seu dever manter Phylly e Jane distantes uma da outra. Então caminhou a meu lado, de forma corajosa, fazendo perguntas a Phylly sobre seus métodos de ensino (envolvendo principalmente, entendemos bem, o uso de uma pequena régua afiada que espetava as costas dos dedos de seus alunos quando cometiam um erro de leitura) e depois, após histórias sobre a escola do vilarejo, ouvimos sobre o baile empolgante de Phylly em uma cidade vizinha onde um cavalheiro pediu de verdade que ela dançasse com ele uma segunda vez!!!

Eliza, com sua maneira generosa, ficou muito feliz com o admirador de Phylly, e seus comentários provocantes quase relaxaram sua desagradável prima, que deu um sorriso estranho feito passarinho. Ela até mesmo chegou a ponto de provocar Phylly sobre a impressão que ela teve de Harry, e Phylly graciosamente reconheceu que o achou um rapaz bem-comportado.

Adorei ver Crescent pela primeira vez, quando enfim chegamos lá. Era como se alguém tivesse pegado uma mansão gigantesca, dobrado-a com delicadeza em um semicírculo e a colocado no topo da colina para ter uma vista panorâmica da área verde. Não consegui contar quantas casas havia porque ficamos bem no início. (Mas meu tio me disse no jantar que eram trinta.)

Eliza ficou muito interessada na qualidade da bagagem que foi levada para o número I, em Crescent, onde uma imensa diligência de viagem estava descarregando uma enorme quantidade de pertences e criados bem-vestidos entravam e saíam apressados. Alguém da primeira categoria da moda deve ter alugado a casa, supôs Eliza.

Perguntei-lhe se ia aos Salões da Assembleia na noite seguinte e ela assentiu com entusiasmo e contentíssima ao saber que o tio James aprovou a ideia.

— Jenny, vai vestir seu lindo vestido branco, *n'est-ce pas*? E Jane? — Eliza olhou pensativa para Jane, que estava olhando para Harry, no entanto foi obrigada a tranquilizar Phylly, que estava se exaltando por não saber se deveria ou não ir ao baile.

Harry, então, decidiu que deveria nos deixar. Ele é um jovem sensível e sentiu que Phylly não gostou dele. Nada que Jane ou eu dissesse o convenceu a mudar de ideia. Jane acompanhou-o até o topo da calçada de cascalho, e pude ver que estava dando as direções a ele. Foi divertido observá-los ao longe, ele inclinando a cabeça loira para perto da cabeça escura de Jane, ela falando e gesticulando com veemência e ele concordando com a cabeça de vez em quando.

Depois todas nós saímos para comprar o novo chapéu para Phylly. Fomos de loja em loja até que por fim a mulher encrenqueira escolheu algo cor-de-rosa e verde na loja de Gregory, logo abaixo na parte baixa da cidade na Bath Street, perto do Pump Room. Após tudo isso, caminhando de volta para a Praça da Rainha, ela continuou falando sobre reformar a touca.

Naquele mesmo instante, sem dizer nada, Jane me entregou o rascunho de algo que ela havia escrito.

— É para colocar em seu diário — disse ela. — Em homenagem a Phylly. Estou pensando em dedicar um de meus romances a ela.

Dedicatória
Senhora: A senhora é uma Fênix. Seu gosto é refinado; seus Sentimentos são nobres; e suas Virtudes, inumeráveis. Sua Pessoa é adorável; sua Figura, elegante; e sua Forma, majestosa. Sua Conduta é elegante; seu Diálogo é racional;

e sua aparência, singular. Se, por essa razão, o seguinte Conto proporcionar um momento de diversão para a senhora, cada desejo será satisfeito.
Sua mais obediente
e humilde criada,
A Autora

Jane realmente me faz rir (gosto do jeito majestoso como ela escreve). Pobre Phylly!

Sexta-feira, 22 de abril de 1791

O barulho do tráfego me acordou cedo esta manhã. Jane ainda está dormindo então preencherei meu tempo escrevendo em meu diário.

Ontem à noite, Franklin e Rosalie nos acompanharam ao banquete. Até agora fico rindo quando penso sobre isso, mas devo explicar de forma adequada.

O sr. e a sra. Foster são um casal deveras idoso dono de uma bela casa em Laura Place, na parte inferior da cidade além do Pump Room. A neta deles, Frances, acabou de sair da escola, então eles ofereceram uma festinha para ela e alguns de seus amigos antes que ela partisse de Bath para se juntar aos pais em Londres.

— Parece tão tediosa, não é, Franklin... uma festa para colegiais — comentou Jane enquanto descíamos a colina seguidos de Rosalie carregando nossas sapatilhas em uma bolsa limpa.

— Talvez o sr. e a sra. Foster pensaram que fosse uma ameaça para a neta deles se encontrar com duas moças — disse Franklin em tom reconfortante.

— Vamos orientá-la, não é, Jenny? — observou Jane com um sorriso irônico. Ela empinou o nariz e disse em alto e bom tom: — Minha querida coisinha jovem, por favor, não me incomode com conversas sobre o globo terrestre ou tais coisas. Deixe-nos falar sobre nossos admiradores. Eu mesma tenho cinco ou seis e nunca consigo me decidir entre eles.

— Srta. Jane! — exclamou Rosalie, horrorizada, mas Franklin apenas jogou a cabeça para trás e riu com tanto ânimo que ecoou nas casas ao redor da Praça da Rainha.

Mas, quando fomos deixadas na porta do número 3, Laura Place, ficamos surpresas ao ver quatro bicornes na mesa da entrada.

— Militares! — sussurrou Jane em meu ouvido enquanto o mordomo soberbo nos acompanhava até a sala de visitas.

Seus olhos encantados eram redondos e cheios de entusiasmo. Parecia, porém, que o jantar não ia ser tão tedioso no final das contas.

Havia, de fato, quatro rapazes na sala de visitas vestidos com seus uniformes militares completos. Os olhos de Jane cintilaram de alegria quando ela os viu. Eram todos jovens e bonitos. Ouvi um leve arquejo de surpresa atrás de mim, virei-me rapidamente e me deparei com Lavinia e Caroline Thorpe — outra vez!

A sra. Forster, uma dama idosa de cabelos brancos, aproximou-se, seu vestido de seda arrastando-se no tapete caro.

— Então são as sobrinhazinhas do sr. Leigh-Perrot. Quem é quem? — perguntou ela.

— Sou Jane Austen e esta é Jenny Cooper. — Jane deu uma olhada esnobe para as duas garotas Thorpe, que estavam dando risadinhas enquanto éramos apresentadas.

— Ambas com aparência tão pobre quanto as criadas — sussurrou Lavinia.

Deu para ver que a intenção era que o murmúrio chegasse a nós, mas não à sra. Forster.

Fiz reverência à sra. Forster e mantive o olhar fixo nela. Havia enfrentado Lavinia e Caroline nos Salões da Assembleia em Basingstoke e as enfrentaria outra vez se tentassem me intimidar.

A garota no piano revelou-se Frances Forster, e um dos militares, o coronel Forster, era seu irmão. Ah, e havia mais uma moça, Charlotte Manners — muito quieta, mas de aparência delicada.

— Agora, minhas queridas, deixem-me apresentar os cavalheiros a vocês. Estes são o tenente Carter, tenente Denny, tenente Brandon e coronel Forster, meu neto.

— Oh, um coronel! E tão jovem! A senhora é realmente abençoada com seu neto — observou Jane, toda séria, para a sra. Forster.

A sra. Forster pareceu meio surpresa; Lavinia Thorpe soltou uma risadinha silenciosa e lançou um olhar astuto para sua irmã, Caroline.

Coronel Forster, no entanto, fez uma grande reverência a Jane.

— A senhora me deixa muito honrado — disse ele, respeitoso.

— Por favor, diga-me, senhor, gosta muito de Bath? — indagou Jane de forma antiquada.

— Na verdade, gosto muito, senhora — respondeu ele.

— Eu também, mas ainda tenho que comparecer aos bailes — disse Jane, faceira.

— Tenho certeza absoluta de que fará um grande sucesso, senhora! — O coronel Forster era um jovem bonito. O uniforme escarlate combinava com seus cabelos escuros, e ele tinha uns olhos cinza magníficos, enfeitado com cílios bem pretos e lustrosos.

Ele parecia entretido com Jane, e eu podia ver que Lavinia Thorpe havia parado de olhar com desdém e agora estava com as bochechas vermelhas de raiva.

— Por favor, a senhora pretende dançar o minueto nos Salões da Assembleia? — O tenente Denny havia saído de perto de Caroline Thorpe e se juntado a seu amigo, o coronel Forster.

— Primeiro necessito de prática, senhor — disse Jane. Ela suspirou. — Meu Deus, moro nas profundezas da província e não danço o minueto há bem dizer um ano!

— Ah, não podemos ficar assim — disse o coronel Forster. Sua expressão era séria, mas seus grandes olhos cinza estavam cheios de alegria. — Vovó, poderia tocar um minueto para nós, não é mesmo? Denny, Carter, Brandon, afastem os móveis como bons camaradas. — Ele saudou Jane com uma profunda reverência e disse: — Por favor, segure minha mão, senhora.

Jane fez o mesmo.

— Sou imensamente grata, senhor. — Seus olhos estavam com um brilho maldoso quando olhou em direção a Lavinia Thorpe, mas estampava um sorriso acanhado enquanto seguia em frente.

Jane, certamente, é uma dançarina experiente, e Eliza havia ensinado a nós duas o minueto, mas Jane, de forma artística, cometeu alguns erros e de modo geral deu um jeito de manter tanto o tenente Denny quanto o coronel Forster ocupados, ensinando-a, até que o jantar foi anunciado.

Depois do jantar — que foi uma refeição bem divertida com o coronel Forster e os três tenentes trocando gracejos com Jane —, a sra. Forster sugeriu que Frances talvez gostasse de levar as jovens damas ao quarto dela para se refrescarem e ajeitarem os cabelos, e ela nos levou. Foi bem amigável comigo, mas muito fria com Jane. O tenente Denny estava sentado ao lado do piano perto dela, quando chegamos, mas havia saído para ensinar o minueto a Jane. Charlotte nos fez algumas perguntas corteses sobre como era viver na província, mas não pareceu interessada.

As duas irmãs Thorpe apenas nos olharam de cara feia.

— Estão gostando de Bath? — perguntei a Lavinia, esforçando-me para iniciar uma conversa.

— No que isso a interessa? — respondeu com desprezo.

— Tsc — sibilou Jane com reprovação, estalando a língua de maneira maternal. — Meninas queridas, estão prestes a entrar em um mundo onde conhecerão muitas coisas maravilhosas. Deixe-me adverti-las para que não sofram ao serem vilmente influenciadas pelas tolices e vícios dos outros.

— Você é tão ridícula, srta. Jane Austen — comentou Lavinia, dando as costas com desdém. — Minha querida criatura — acrescentou para Frances, entrelaçando seu braço com afeição —, por favor, não dê atenção a essas duas garotas tolas. Vamos voltar para a sala de visitas.

— Ah sim, vamos — disse Jane com entusiasmo. — Mal posso esperar para dançar com o coronel Forster outra vez.

— Tome cuidado, Jane. — O rosto de Caroline estava com manchas vermelhas de raiva. Agarrou a manga de Jane para atrasá-la e sibilou: — O coronel Forster é um admirador de minha irmã. Você não vai roubá-lo!

— Como se ela pudesse — retrucou Lavinia com desprezo, virando as costas. Transferiu seu olhar de Jane para mim e resmungou: — Jenny, você continua sem graça como sempre. Acha que um dia crescerá?

Pude sentir Jane enrijecer a meu lado, mas coloquei uma das mãos em seu braço.

— Não, Jane — pedi. — Talvez essas garotas só saibam ser mal-educadas. Talvez nunca tenham aprendido boas-maneiras. Temos de nos lembrar do quanto temos sorte por nossa boa criação. Por favor, vamos voltar sem dizer mais nenhuma palavra grosseira.

A expressão de choque de Lavinia foi tão divertida que entrei na sala de visitas com um sorriso de orelha a orelha. O tenente Carter logo foi para meu lado.

— Devo dizer que tem um belo sorriso. Precisa conceder-me esta dança, srta. Cooper.

— Não só o coronel Forster, mas também o tenente Denny se adiantaram para convidar Jane.

— Impondo sua autoridade sobre mim, não é mesmo, garotão? — comentou o tenente com alegria quando Jane saiu de forma triunfante segurando o braço do coronel.

Então Jane e eu nos posicionamos para dançar a quadrilha, e o tenente Denny convidou Frances para dançar. O tenente Brandon olhou preocupado para as garotas que restavam, mas, como Charlotte era a única de aparência agradável entre as três, ele a saudou. Tanto Lavinia quanto Caroline sobraram para tomar chá de cadeira.

Quando a dança terminou, Lavinia aproximou-se de nós. Ela me ignorou e apenas falou diretamente com Jane.

— Venha ao meu quarto — falou, asperamente.

— Com certeza — disse Jane. A luz da batalha cintilou em seus olhos.

Ela seguiu em frente, resoluta, com as duas irmãs Thorpe. Segui-as a contragosto. Não podia abandonar Jane, embora não goste de discutir.

— Escute aqui, srta. Jane Austen — disse Lavinia de forma agressiva quando fechou a porta depois que entramos. — Suponho que não vá aos Salões da Assembleia amanhã, mas, se for e dançar uma dança que for com Newton Wallop, vai se arrepender.

— Ah, vou? — indagou Jane com um tom de surpresa. — Bem, suponho que devo dançar. Ele não dança muito bem e pode pisar no meu pé. É isso que quer dizer?

— Sabe muito bem o que quero dizer — sibilou Lavinia, ruborizando tanto que chegava a ser feio. — Estou avisando.

— Você só me avisa — reclamou Jane. — Gostaria que me dissesse o que vai fazer. Então eu poderia decidir se vale a pena dançar com Newton... isso se ele for aos Salões da Assembleia.

— Conterei a Bath inteira sobre você — sibilou Lavinia. — Direi a todos que você vem de uma família miserável e que está desesperada tentando encontrar um marido rico. Direi que está determinada a roubar os admiradores de outras garotas e que ninguém pode confiar em você.

— Obrigada — disse Jane, séria. — Fico feliz em saber que está mais interessada em Newton do que no coronel Forster. Agora sei em qual devo me concentrar. — Ela sorriu com doçura para Lavinia e passou por ela dizendo: — Venha, Jenny, preciso continuar praticando.

Ela foi direto para o coronel Forster e pediu que ele lhe contasse tudo sobre o regimento. Logo o pequeno grupo de militares se juntou ao redor de mim e de Jane, enquanto as outras garotas fingiam estar interessadas em livros de ilustrações.

Então Franklin e Rosalie chegaram para nos acompanhar na volta.

E os quatro oficiais decidiram que também deveriam ir!

Jane acabou de acordar e me perguntou o que eu estava escrevendo. Respondi que acabara de escrever sobre a festa de ontem à noite e a adverti de que Lavinia Thorpe provavelmente contaria a Bath inteira que Jane era uma namoradeira incorrigível.

— Não me importo — foi a resposta de Jane para isso. — Pretendo ter centenas de admiradores antes que nossas férias em Bath terminem.

Pobre Harry, se estiver interessado em Jane — não acho que tenha muita chance, pensei, mas não disse nada.

Jane acabara de me entregar este papel, dizendo:

— Sabe que é minha melhor amiga. Prometo dedicar boa parte de meus textos a você.

Prima,

Consciente do Caráter Charmoso que em Cada país e Cada Clima do mundo Cristão é Clamado, Concernente a você, com Cautela e Cuidado, Confio à sua Crítica Caridosa esta Coleção Caprichada de Comentários Curiosos, que foi Cuidadosamente Compilada, Colecionada e Classificada por sua prima Cômica.

A Autora

Os Salões da Assembleia em Bath

Jane e eu estamos nos vestindo para o baile nos Salões Superiores da Assembleia. A sra. Leigh-Perrot mandou sua própria criada para nos ajudar, mas já estávamos quase prontas quando ela chegou. Estamos de chemisier, que nos espeta até o último minuto antes de colocarmos nossos lindos vestidos de baile – ambos feitos do mesmo material: uma musselina maravilhosa bordada com flores, mais branca que a neve e com borrifos minúsculos de bolas prateadas espalhados por ele.

Cada um é da última moda, ajustado levemente ao corpo, amarrado com uma faixa debaixo do peito e depois se abrindo em uma cauda atrás. A minha tem um bordado primoroso de contas de vidro azuis – era do vestido de noiva de minha mãe que ela havia guardado para meu primeiro vestido de baile – mas fora isso os vestidos são iguais.

– Deixe-me arrumar esse cacho para a senhorita – disse Rosalie depois de admirar nossos vestidos.

É óbvio que ela tem habilidade como cabeleireira porque prende novamente meus cachos laterais em um lindo coque no topo de minha cabeça e coloca a rosa de veludo azul neles com grande destreza. Em seguida, puxa um cacho curto do rabo de cavalo e o deixa sobre minha testa e põe a corrente de ouro em meu pescoço. Olho no espelho e admiro o belo crucifixo incrustado com pérolas minúsculas que Thomas me deu de aniversário.

Depois Rosalie cuida dos cabelos de Jane, prendendo seu coque na nuca com uma rosa de veludo vermelha, e nos ajuda a colocar os vestidos com cuidado por cima.

– Não se preocupem em encontrar um par, meninas – diz a tia Leigh-Perrot, com delicadeza, depois de sermos admiradas. – O mestre de cerimônias dos Salões da Assembleia, o sr. King, é de fato muito bom em encontrar acompanhantes para seus visitantes. Ele é um grande amigo meu e podemos confiar nele para encontrar dois rapazes adequados.

Posso ver que titio está prestes a abrir a boca e contar sobre o rapaz que conhecemos no Pump Room na manhã de ontem, então rapidamente pergunto se iremos a pé para os Salões da Assembleia.

Isso é ótimo para distraí-lo. Meu tio sugere o landô. Minha tia é contra. Não valerá a pena para alguns quarteirões. Ela sugere liteiras para si e a sra. Austen, que acha ridículo usar uma liteira para ir a dois quarteirões e diz que irá a pé, então a tia Leigh-Perrot decide ir a pé também.

Então todos nós saímos, com Rosalie carregando nossas sapatilhas em uma bolsa, e descemos um pouco pela George Street, depois subimos a Bartlett Street e passamos de maneira triunfante por centenas de carruagens enfileiradas para que damas e cavalheiros desembarcassem, por carregadores de liteira suados, todas titubeantes colina acima com uma dama ou um cavalheiro espiando atrás das cortinas. Em seguida, subimos as escadarias atravessando os arcos dos Salões da Assembleia.

Sinto-me mal enquanto sigo os outros que entram no vestiário, onde deixamos nossos mantos e colocamos nossas sapatilhas. E se Thomas não tiver conseguido vir?

Então Jane e eu seguimos com discrição as duas damas pela sala de entrada octogonal até entrar no salão de baile.

É tão, tão lindo.

Enorme.

Paredes muito, muito altas com janelas a seis metros acima do chão – todas as paredes azuis –, o mais claro dos azuis e o branco mais cremoso rodeando as janelas e as quatro lareiras sustentadas por pilares e as portas entalhadas...

E a iluminação! Lustres magníficos. Nunca vi nada mais primoroso. Cinco deles... Reluzindo, como minúsculos pingentes à semelhança de cristais! E as chamas de milhares de velas! Eu me senti incapaz de parar de olhá-las, pois eram tão lindas.

Então ouvi uma voz, a voz de Thomas, macia como chocolate:

– Boa noite, sra. Austen. Senhor, senhora, às suas ordens.
– Ele se curva para os três adultos. Depois se curva para nós. – Srta. Jenny, srta. Jane, espero que estejam bem.

Então olha para mim, e, embora seja apenas por um segundo, parece que não há mais ninguém no salão além de nós dois. O olhar que ele me dá é tão cheio de amor, de saudades, de promessa e esperança, que me pergunto como consigo respirar sem ele.

Apesar de seu tom ser bem formal, alguma coisa sobre a ternura em seus olhos castanhos me faz sentir que estamos de volta no jardim em Steventon, que estou usando minha camisola em seus braços. Fico corada e olho para o magnífico piso de madeira polido.

A sra. Austen está maravilhosa. Está cumprimentando Thomas com uma boa mistura de surpresa e prazer, como se ele fosse um antigo amigo da família. Ele mantém um diálogo fácil, falando sobre Bath e as estradas e os problemas com seu navio que o impediram de ir ver o tio, o almirante. Eu mal consigo acompanhar tudo. Tento controlar minha respiração. Há um barulho estrondoso em meus ouvidos e sinto o rubor quente crescendo em minhas bochechas. Como ele está bonito sem seu uniforme azul e dourado da marinha. Posso ver muitas garotas lançando um olhar furtivo para sua figura alta.

Elas apenas veem isso. Não veem as pequenas coisas que amo nele – a maneira que seus olhos mudam tão rapidamente de escuros e penetrantes para os castanho-dourados mais ternos e gentis; da maneira que ri; como se lembra de tudo que digo e, melhor de tudo, da maneira como me faz sentir completamente amada e protegida. Fico ali parada, fascinada por ele como se não o visse há um ano.

– Talvez a srta. Jenny me dê a honra de uma primeira dança? – pede Thomas.

Faço uma reverência em silêncio. Não me atrevo a falar. Meus sentimentos estão borbulhando dentro de mim, por isso temo que, se abrir a boca, provavelmente vou rir ou chorar – ou as duas coisas ao mesmo tempo.

A multidão aumenta a cada instante, todos se adiantando para ver os dançarinos do minueto – somente eles têm permissão para a primeira dança. Aproximo-me um pouco mais de Thomas e posso sentir seu calor. Mal posso esperar para ficarmos sozinhos na pista de dança. A orquestra toca suavemente, e os passos na pista são feitos sem palavras trocadas entre os dançarinos.

Logo tudo acaba – todos batem palmas. As damas vestidas de forma primorosa e os cavalheiros retiram-se. A pista fica vazia por um momento. Todas nos enfileiramos de frente a nossos pares, para a quadrilha. Primeiro um casal, depois outro e então Thomas e eu, seguidos de Jane e Harry e mais uma dúzia.

Esta é uma dança que já dancei milhares de vezes, na sala de visitas em Steventon ou nos pequenos Salões da Assembleia em Basingstoke. Mas dessa vez é diferente. Thomas e eu tocamos as mãos, nos separamos, nos juntamos de novo, trocamos uma palavra, um olhar... E todas as vezes que nos separamos quase sinto como se tivesse perdido uma parte de mim mesma, algo importante para minha vida e felicidade. E quando nos juntamos outra vez é como se duas metades separadas fossem unidas. Minha felicidade parece transbordar e de repente sinto medo de que essa seja a última vez em minha vida que me sentirei completa desse jeito. Talvez Augusta e Edward-John consigam nos separar, no final das contas.

Então olho para Thomas e me esqueço de todo o resto. Não seria adorável terminar a noite nos braços um do outro e depois sair sob o luar e partir, só nós dois? Penso nisso, mas não me atrevo a dizer.

A primeira dança termina. As pessoas saem em todas as direções. Algumas ficam ao redor das lareiras, outras docilmente voltam para seus acompanhantes, outras, como Jane, ficam conversando e rindo com seus pares. De repente, Thomas se curva, beija minha mão e sussurra:

– Recebeu os não-me-esqueças intactos?

Eu sussurro que sim, mas não me atrevo a dizer-lhe que prendi as flores secas em meu corselete! Jane vê Newton e o chama do outro lado do salão. Phylly, que está conversando com um cavalheiro ao lado da lareira, não se contém ao chamá-la com severidade, e todos olham para Jane, que ri.

E, neste momento de confusão, quando ninguém está nos olhando, Thomas se abaixa e beija minha mão – seu olhar nunca se desvia do meu. Mesmo por cima de minha luva de seda, posso sentir o calor de seus lábios e preciso unir todas as minhas forças para não me jogar em seus braços.

Jane está contando para Newton tudo sobre a prima Phylly.

– *E então ela colocou o chapéu, ficou na ponta dos pés, espiou no espelho da loja, fez um pequeno som de gorjeio e disse: "Ah, olhem para mim! Que lindo!" Ela parecia um filhote de papagaio em uma gaiola! Quase morri de rir.*

Newton ri com entusiasmo, embora olhe ao redor com uma leve culpa, para ter certeza de que Phylly havia se afastado.

Mas ela está tendo uma conversa séria com Harry, então Jane e Newton começam a trocar piadas sobre ela e papagaios. Estava pensando em perguntar a Thomas se deveríamos nos juntar a eles, quando percebo um senhor mais idoso de uniforme naval me encarando. Ele nota que eu o vi, mas não sorri nem caminha em nossa direção. Seu rosto é deveras desagradável, penso eu.

— Meu tio! – exclama Thomas. – Ele deve ter recebido minha carta e me seguido até Bath. Espere por mim – diz de repente.

Ele me leva até Jane e depois atravessa o salão de volta em direção ao cavalheiro de uniforme. Os dois conversam enquanto observo com ansiedade. O homem de uniforme retira uma carta dobrada do bolso, a apresenta de forma um tanto ameaçadora para Thomas e depois fala com seriedade, batendo a carta no peito de Thomas como se quisesse enfatizar seu argumento. Thomas o encara com um olhar severo, sem dizer nada, apenas se curvando de leve de vez em quando. Jane fala comigo, mas não respondo. Estou observando com atenção.

Terminam a conversa e Thomas o conduz em minha direção, atravessando com dificuldade pela multidão que ri e conversa feliz.

— Posso apresentá-la ao meu tio, Jenny? – pergunta Thomas.

Sua voz tem aquele tom frio e seguro que estou começando a perceber que significa conflito. Ele me leva pelo braço e faço uma reverência ao tio dele – vestido de forma esplêndida com o uniforme completo de almirante da frota.

— Não sabia que ele estava em Bath, Jenny – diz Thomas, em meu ouvido. – Srta. Cooper, este é meu tio, o almirante Williams. Senhor, tenho a honra de apresentar a srta. Cooper.

O almirante se curva com formalidade e faço referência outra vez sem dizer nada, dando graças a Deus por Jane e eu termos praticado umas reverências mais cedo em frente ao magnífico espelho em nosso quarto. Ele não fala comigo, mas se dirige a Thomas com um tom brusco:

– Sua irmã, senhor, estava sem par para aquela dança. Está parada ali com aquela governanta tola que você contratou para ela. Ainda é muito jovem para esse tipo de acontecimento. Deveria estar melhor na escola. Enfim, Bath não é mais o que era nos meus tempos de jovem. Onde está o mestre de cerimônias? É função dele encontrar pares para as jovens damas e cavalheiros.

Thomas está dizendo, com calma, algo sobre o sr. King, o mestre de cerimônias, mas seu tio o interrompe e ordena que ele busque a irmã.

Fico sozinha com o almirante e o encaro sem dizer nada, pensando se deveria dizer alguma coisa enquanto ele me olha da cabeça aos pés, como se calculasse mentalmente o valor do meu vestido de musselina e minhas luvas brancas. Estou a ponto de perguntá-lo se está gostando de sua estadia em Bath quando ouço uma voz atrás de mim, uma voz familiar com a pronúncia do "r" de Hampshire.

– E ela é uma cachorrinha adorável, minha pointer preta. Poderia dar-lhe um dos filhotes quando ela parir em junho.

Só pode haver um homem em Bath que estaria conversando sobre pointers pretos em um baile, então me viro rapidamente enquanto Jane pondera:

– Eu já me imagino com uma jaqueta de caça. Querido Harry, poderia pegar um daqueles para mim?

E então ela faz uma reverência elegante bem diante do almirante estupefato.

– Jane, este é o tio de Thomas, o almirante Williams. Minha prima, a srta. Jane Austen. E este é o sr. Harry Digweed de Steventon Manor – digo.

O almirante Williams curva-se para Jane e saúda Harry com a cabeça. Ele me encara atentamente. Tenho a sensação de que não me estima muito. Uma mulher alta, magra e de aparência delicada aparece, seguida de Thomas. Uma garota loira segura seu braço, lançando um olhar carinhoso para Eliza.

Thomas sorri para ela e depois, sem prestar atenção ao almirante, diz:

– Jenny, gostaria que conhecesse minha irmã Elinor. Elinor, já lhe falei sobre Jenny.

Sorrio para Elinor, mas ela não retribui o sorriso. Aproxima-se mais de Thomas, espremendo-se nele e olhando-o como se tivesse 10 anos. Fico deprimida. Tinha esperanças de sermos amigas, mas ela me olha com ar de desgosto. Eu me pergunto se está com ciúmes do interesse de Thomas em mim. Suponho que, desde que os pais deles morreram, quando Elinor era muito jovem, ela se acostumou a achar que Thomas era sua propriedade. Nem ela nem o almirante parecem ansiosos em me dar as boas-vindas como um novo membro da família.

Tento manter o sorriso no rosto. Quero tanto que ela goste de mim, para que possamos ser como irmãs. Elinor é uma garota bonita, um pouco mais jovem que eu, imagino – muito branca, muito magra – até seus cabelos loiros são pálidos. Thomas a abraça e sorri para a irmã caçula. Descubro que estou meio irritada. Afinal de contas, ela não é tão jovem assim!

Então olho para o almirante, que ainda está me encarando de forma crítica. Ele eleva o olhar para a sacada onde a orquestra está começando a afinar os instrumentos.

– Minha querida – diz ele a Elinor –, acho que se olhar em seu cartão verá que a próxima dança foi oferecida ao Sir Walter. – Ele olha para a governanta e logo diz a ela para acompanhar sua protegida. Depois acrescenta: – Talvez, srta. Cooper, possa me dar a honra de acompanhar um velho nesta dança. Thomas, a nobre Clotilde Wallop está aqui. Deveria convidá-la para dançar. Foi muita gentileza do Conde hospedá-lo quando você esteve em Hampshire. Acompanhe-me, também devo cumprimentá-la. Dê-nos licença por um momento, srta. Cooper.

Thomas me lança um olhar como se pedisse desculpas e tento sorrir de maneira animada.

Em seguida, ele se curva diante de Clotilde, a irmã mais velha de Newton Wallop. Ela está com um vestido maravilhoso e esvoaçante de seda dourada bordado com fios de ouro. Como filha do Conde de Portsmouth, ela terá um dote imenso. Quando o almirante começa a voltar em minha direção, seu olhar de satisfação é repugnante.

— E sua família é de Bristol? — pergunta ele quando chegamos ao início da fila e temos a oportunidade de conversarmos.

Afirmo com a cabeça sem dizer nada.

— E seu pai, ele é um... mercador? — Ele hesita antes da palavra "mercador".

Não tenho certeza de que está satisfeito com a ideia — afinal de contas, a maioria dos mercadores de Bristol é rica — ou acha que sou de família pobre, mas explico a ele de forma sucinta que meu pai está morto, mas que era reverendo. Ao ouvir isso, ele faz uma expressão de quem sentiu um cheiro podre. Vejo Jane rindo com Newton e sinto inveja do companheirismo fácil deles. Estão testando suas inteligências e sussurrando no ouvido um do outro.

— Ótimo, ótimo — comenta o almirante, mas o tom em sua voz diz: *Péssimo, péssimo.* — E onde conheceu meu sobrinho?

— Nos Salões da Assembleia em Basingstoke. Meu primo Frank Austen nos apresentou.

Sinto meu rosto ruborizar de culpa. O que ele diria se soubesse que nos conhecemos à meia-noite nas ruas de Portsmouth?

Thomas e a irmã de Newton parecem estar se dando muito bem. Claro que ele a conhece – provavelmente ficaram grandes amigos quando ele se hospedou na casa deles não muito tempo atrás. Ele ri de alguma coisa que Clotilde diz, jogando a cabeça para trás, a luz de vela reluzindo em seus cabelos negros. Fico olhando, querendo estar em seus braços. Até que percebo que o almirante fez uma pergunta e peço desculpas.

– Perguntei se está gostando de Bath. – Ele parece incomodado.

Desvio o olhar de Thomas e respondo que adoro Bath. Tento ficar empolgada com os Salões da Assembleia, mas ele apenas assente demonstrando tédio e então me calo. Ele me pergunta se já passei uma temporada em Londres e sou pega tão de surpresa que deixo escapar que minha família jamais poderia pagar algo assim para mim. Ele ergue as sobrancelhas e cumprimenta um velho conhecido atrás de mim, no entanto não me dirige mais a palavra, e não consigo pensar em mais nada para dizer.

Quando a dança termina, eu o reverencio, e ele permite que eu vá para onde minhas duas tias estão sentadas, com Phylly sentada no banco abaixo delas. Ele não acha que sou digna de receber mais atenção. Estou extremamente infeliz e sinto que deveria ter me esforçado mais para impressioná-lo.

– Quem é ele? – Tia Leigh-Perrot está encarando o almirante.

– É o almirante Williams, tia. Onde está Eliza?

– Dançando com um francês – diz a sra. Austen. – Então, aquele é o tio do capitão Thomas?

Faço que sim. Ela parece interessada, mas acho que fiz a maior confusão. Harry e Jane aparecem naquele momento. Com muita educação, Harry chama Phylly para dançar e ela salta do assento olhando triunfante para Jane.

E então Newton chega para chamar Jane mais uma vez e continuo esperando, olhando a multidão, procurando Thomas, que está falando com outra donzela. Ele conhece muitas pessoas aqui em Bath.

Posso ver a irmã de Newton entretida em uma conversa com Elinor – elas estão rindo e falando como se fossem melhores amigas. E então a música começa.

E Thomas vem me chamar de novo e tudo volta a ficar maravilhoso outra vez. Decido não pensar em relacionamentos. Meu irmão e minha cunhada não gostam de Thomas, e o tio e a irmã dele não parecem gostar de mim. Vou me preocupar com isso amanhã, digo a mim mesma.

A noite chegou e as janelas no topo das paredes ficaram escuras – parecem espelhos negros, e os reflexos dos cinco lustres cintilam em seus vidros. As chamas queimam com um brilho vermelho, mas a multidão é tanta que tenho a sensação de que estamos em nossa própria bolhinha de luz.

– Escrevi para seu irmão – conta Thomas suavemente em meu ouvido. – Vou vê-lo amanhã. Devo partir logo de manhã e voltarei para Bath ao anoitecer.

E ele se vai, cruzando as mãos com Phylly enquanto Harry me gira, e eu saltito de forma impecável sob nossas mãos dadas.

– Você dança muito bem, Harry – digo, e ele sorri.

– Graças a sra. Austen! Ela não deixaria nenhum garoto escapar dançando de forma desajeitada. Nós quatro, os garotos, nos divertíamos muito na paróquia nas noites de inverno. Meus pais não são muito sociáveis, e o antigo solar está em ruínas, caindo aos pedaços, velha como o grande rei Henrique VIII, é o que dizem, mas sempre fomos bem-recebidos pelos Austen.

Então Thomas voltou, e fomos para o início da fila. Jane, percebi, está conversando toda feliz com Newton Wallop e os dois riem outra vez. Confiro se Lavinia está dançando, mas não – está parada ao lado da mãe, se abanando com tanto vigor que ninguém consegue ver seu rosto. Phylly vai até ela e começa a conversar. As duas olham para Jane do outro lado. Volto-me para Thomas e ruborizo quando vejo a expressão de seus olhos.

– O que dirá a Edward-John? – pergunto quando chegamos ao fim do salão.

– Farei com que enxergue o bom senso – responde ele lentamente, depois enruga a testa. – Mas por que meu tio permite que Elinor dance com o Sir Walter Montmorency? – Ele cospe as palavras entredentes. Sua expressão é sombria e tempestuosa. – Não gosto daquele camarada. Ouvi algumas histórias sobre ele, alguns escândalos... – Ele olha para mim e parece decidir ficar calado.

– Ele é muito charmoso – comento, e devo confessar que não quero falar sobre Elinor. – Enfim, seu tio parece gostar dele.

Thomas balança a cabeça.

– Não confio em meu tio. Ele gostaria de fazer um casamento esplêndido para Elinor, mas ela mal fez dezesseis anos, é jovem demais para pensar em se casar. É imatura para a idade dela – acrescenta ele de forma precipitada quando me vê sorrir. – Mas tem medo do almirante e fará qualquer coisa para agradá-lo. O problema é que ele não resiste a contar para todo mundo que ela terá um dote de vinte mil libras dado por ele quando se casar com sua aprovação.

– E você? – pergunto, ansiosa. – Precisa da aprovação dele antes de se casar?

Thomas dá de ombros.

– Por mim, ele que fique com o dinheiro. Quero escolher minha própria esposa.

Ele não negou, percebi. Quero perguntar se abrirá mão da fortuna do tio se casar-se comigo, mas ele está olhando para a irmã do outro lado outra vez. Seu rosto abranda-se enquanto a observa.

– É diferente para a pobre Elinor. Ela é uma criança que precisa de aprovação. Não sabe se defender sozinha. – Ele baixa o olhar para mim e diz: – Tentará cuidar dela por mim, Jenny? Talvez você e sua prima pudessem fazer amizade com ela. Elinor é muito envergonhada e tímida. Seria bom ter algumas amigas da mesma idade para se divertir. Ela é uma garota divertida. Não a entendo. Está sempre tentando agradar, e isso a faz parecer muito assustada metade do tempo. É como se não pudesse pensar sozinha. Não deveria se preocupar com casamento por alguns anos.

Sorrio por dentro quando penso que Thomas pediu para se casar comigo embora eu não seja tão mais velha que a irmã dele. No fundo, não tenho certeza de que sua concepção de Elinor como uma criancinha meiga é tão precisa. Havia algo um tanto rancoroso na maneira como olhou para mim e, com certeza, parecia estar fofocando a meu respeito com a irmã de Newton. Contudo, prometo-lhe que Jane e eu faremos o possível para sermos amigáveis.

Olho com ponderação para Elinor. Ela ainda está dançando com Sir Walter. É um homem de traje muito elegante, usando uma calça amarelo-clara. Seus cabelos são um tanto longos, mas combinam com ele. Tem um rosto muito bonito, quase como se fosse uma estátua esculpida. Pergunto-me qual seria o escândalo, mas imagino que Thomas não me contará. Elinor está olhando para ele com timidez, seu tio a observa com um sorrisinho. É óbvio que aprova o parceiro dela!

Então Thomas dança pela fila e eu espero, marcando o tempo. Vejo Elinor me olhando. Está com um olhar de aversão estampado no rosto. Fica na ponta dos pés, sua boca aos ouvidos de Sir Walter. Ele me olha e não baixa a voz.

97

– Um pároco da província, sem boas maneiras, sem família, sem fortuna? O que passa na cabeça de seu irmão?

Fico com o coração apertado.

Então Thomas volta, e dançamos juntos até o final da fila. Lá esperaremos até chegar nossa hora de dançar de novo. Decido que não contarei a ele sobre as palavras de Sir Walter. Não quero causar nenhum constrangimento e ainda tenho esperanças de que Elinor e eu possamos ser amigas no devido tempo.

Enquanto marcamos o tempo, Thomas começa a me falar sobre sua casa na Ilha de Wight e explica que ela fica perto da casa do tio, e as duas têm vista para o mar, mas a de Thomas tem um bosque nos fundos.

– Se ao menos eu não tivesse essa viagem para as Índias Orientais – diz ele –, e se ao menos você pudesse me visitar em maio. A floresta de faias fica cheia de campânulas nessa época. Adoraria ver a senhorita entre elas. Só a senhorita e o tapete azul e verde. Daria um belo quadro. Seus olhos são exatamente da cor das campânulas.

Então toca o sino para o jantar. Todos estão se movendo em direção à porta que leva ao Salão Octogonal. Os jogadores de cartas estão vindo da sala de carteado. Elinor e sua governanta estão logo a nossa frente e o almirante abre caminho passando por nós e se junta a elas. Não há sinal de Sir Walter Montmorency, e o almirante parece zangado. O coronel Forster vem convidar Jane para a dança após o jantar, e ela escreve o nome dele em seu pequeno cartão de dança. Vejo Lavinia olhar para Jane e sussurrar para uma garota sentada ao lado. Só espero que Jane não esteja criando uma má reputação em Bath!

Então chegamos ao lado oposto do Salão Octogonal e conseguimos entrar na sala de chá. A sala é quase tão linda quanto o salão de baile, as paredes são de um delicado tom de salmão-rosado, e os três lustres de contos de fadas iluminam as dezenas de mesas redondas espalhadas e cobertas com toalhas de linho branco-neve. No fundo da sala, há uma fileira de arcos de mármore branco e mais adiante uma mesa comprida repleta com os alimentos mais deliciosos: doces, geleias, biscoitos, presunto, peru e muitas outras coisas maravilhosas.

– Ó – diz Jane atrás de nós.

Ela está com Harry, e fico emocionada em ver o quanto ele está feliz. Ainda bem que tive a ideia de sugerir que ele viesse aos Salões da Assembleia.

Jane me pega pela mão.

– Vamos ficar com Eliza – diz ela rapidamente. – As mesas são só para seis pessoas, e isso nos poupará de ter de conversar com minha mãe e minha tia e meu tio... sem falar na querida Phylly!

Eliza e seu acompanhante já estão se sentando à mesa ao lado de uma das quatro lareiras. Ela está sorrindo e acenando, então sigo Jane enquanto Thomas e Harry vão pegar uma bandeja de comida e xícaras de chá para nós.

– Jenny – diz Eliza com gentileza –, seu querido tio, o sr. Leigh-Perrot... quem é o herdeiro dele?

Olho espantada para ela, que ri.

– Você não pensa nessas coisas na sua idade, *ma chérie*, mas elas são importantes. Não há filhos e nunca haverá, então a fortuna é bem considerável se somar a da sra. Leigh-Perrot com a do marido, bem, sem dúvida será deixara para alguém da família. Talvez um dos sobrinhos.

– Para o irmão mais velho de Jane?

– Ou para Edward-John – diz Eliza. – Não pense que seu irmão não considerou isso. Vamos garantir que a sra. Leigh-Perrot seja a favor de seu casamento com o capitão Williams.

Harry e Thomas voltaram com duas bandejas grandes de comida, e Eliza volta a dar atenção ao seu acompanhante francês. Ela está falando em francês com ele, mas o chama de "Monsieur Malvado", o que ele parece achar muito engraçado. Estão discutindo se gostam de zabaione ou não – todos gostam, menos Harry, que acha doce demais. Thomas e eu estamos em nosso mundinho particular, comendo pouquíssimo, apenas nos entreolhando. Encontro coragem para dizer a ele o quanto vou sentir saudades. Mal posso suportar pensar que ele ficará longe durante quase um ano.

– Você me ama muito? – Sua boca está muito perto de meu ouvido.

Todos estão conversando alto e a música está tocando ao fundo, então parece haver uma parede de som ao nosso redor. Viro a cabeça para que minha boca fique perto dele.

– Eu o amo mais que o sol e a lua e as estrelas – respondo, e nem ligo se alguém ouve.

Os outros em nossa mesa estão brincando de um jogo barulhento de "gosto" e "desgosto" – tudo de que Jane gosta Harry também gosta – até de zabaione, ainda que há alguns minutos antes ele tenha dito que não gostava!

– Acho que seu tio não gostou de mim – digo a Thomas.

– É provável que esteja com ciúmes – responde Thomas.

Ele não parece se importar com a possibilidade de o almirante não gostar de mim, e isso me anima. No entanto, realmente fiquei imaginando se o almirante estava lamentando muito por Thomas não estar tomando chá com a filha de um conde.

– E se ele o deixar sem um tostão por se casar com uma pobretona como eu? – pergunto isso de maneira despreocupada e ele logo responde tão despreocupadamente quanto eu.

– Quem se importa!

Espero que esteja falando sério. Talvez Thomas também receba vinte mil libras e ele se case de acordo com a vontade do almirante. Quando ele estiver longe de mim, se lembrará disso? E pensará que um casamento com alguém como a irmã de Newton, Clotilde, será mais atrativo para ele?

Então percebo que a sra. Leigh-Perrot e a sra. Austen se aproximaram e estão paradas a meu lado.

Os três homens levantam-se e Eliza apresenta o Monsieur Malvado (que na verdade é o Monsieur le Comte de sei lá o quê). A sra. Austen menciona o nome de Harry, e a sra. Leigh-Perrot o cumprimenta com a cabeça, dizendo que ele cresceu desde a última vez que ela o viu – e Harry fica todo corado. Então ela olha para mim com esperanças.

– Tia, gostaria de apresentar a você o capitão Thomas Williams – digo.

– Encantada em conhecê-lo, capitão Williams! – A sra. Leigh-Perrot parece bem entusiasmada. – Harry – diz ela, como se ele ainda fosse um menino –, quem sabe possa me emprestar sua cadeira? Poderia me trazer uma xícara de chá enquanto converso com o capitão Williams?

– Também gostaria de se sentar, sra. Austen? – pergunta Thomas com educação, mas ela nega com a cabeça e responde, culpada, que precisa voltar e fazer companhia a Phylly.

– Vamos arrumar nossos cabelos, meninas – chama Eliza, toda contente. – Monsieur Malvado – diz ela, batendo de leve com seu leque no braço dele –, comporte-se enquanto eu estiver longe. Pode pegar mais um bolo, mas só um. Muitas danças estão por vir, então nada de bolos demais.

E logo estamos a caminho. Passando pelas mesas cheias, deixando Thomas sozinho com a sra. Leigh-Perrot. Vejo que Elinor ainda está sentada com sua governanta e o tio, nenhum deles está conversando, e sinto pena de Elinor. Talvez devêssemos tê-la convidado a se juntar a nosso grupo. Então fico chocada. Ela está olhando para mim com uma expressão estranha – quase como se me odiasse.

Mesmo assim, ela apenas acabou de me conhecer!

– Veja, Eliza – diz Jane enquanto atravessamos o Salão Octogonal –, ainda tem uma mesa com pessoas no salão de carteado. Será que elas não querem jantar?

– Rápido, vão ouvir você – sussurro, mas percebo que as pessoas na mesa não têm olhos nem ouvidos para nada além de cartas e apostas.

– *Ó, la, má chérie* – diz Eliza. – Há alguns homens, e mulheres também, que não conseguem parar de jogar. Imagina desistirem de um jantar! Oras! *C'est rien!* Não é nada! Conheço homens que apostam uma bela casa e uma grande propriedade em uma jogada de cartas.

Eliza olha ao redor para ter certeza de que ninguém está por perto para ouvir e sibila:

– Estão vendo aquela mulher ali, a que está com um chapéu enorme com cerejas e damascos de enfeite? É Georgiana, duquesa de Devonshire, e não consegue parar de jogar. E com isso ela me deve cinquenta mil libras!

Dou uma olhada rápida na duquesa, uma mulher rechonchuda de cabelos loiros com um chapéu bem grande, mas estou mais interessada no belo Sir Walter Montmorency e na expressão de desespero em seu rosto ao virar suas cartas na mesa e empurrar o monte de dinheiro diante dele. Parece mais preocupado que a duquesa, apesar de todos os débitos dela. Começo a entender por que Thomas não o quer como marido para a irmã apesar do charme e da beleza.

E a dança começa de novo. Esqueço-me de Elinor, esqueço-me do almirante, esqueço-me de todos, porque estou nos braços do homem que amo...

Sábado, 23 de abril de 1791

Que noite maravilhosa nos Salões da Assembleia! Dançar com Thomas, no salão de baile magnífico com suas paredes azuis e cinco lustres reluzentes. Tomar chá com Thomas na sala de chá rosa e branca, espiar a sala de carteado comprida e verde como a grama. E, para terminar, dizer adeus.

Se ao menos pudéssemos ter escapado para a rua, sob o luar. Se ao menos pudéssemos ter ido a qualquer lugar. Fecho os olhos e tento imaginar como seria estar naquela floresta de campânulas com Thomas.

Mas será que eu teria me despedido em um lugar assim?

Então Thomas e eu tivemos que nos despedir no Salão Octogonal sob os olhares atentos dos Leigh-Perrot, da sra. Austen e da metade da população de Bath.

Duvido que um dia esquecerei o Salão Octogonal. As oito paredes inclinadas pintadas de amarelo cor de prímula, as quatro portas duplas, as quatro lareiras de mármore e as dezesseis janelas envidraçadas acima delas.

E Thomas, muito formalmente segurando minha mão, reverenciando-me.

Mas sua mão, mesmo com luvas, queimava na minha, e seus dedos apertavam os meus com tanta força...

E seus olhos quando ele ergueu a cabeça...

De repente todo o barulho desapareceu e era como se estivéssemos sozinhos...

Trocando olhares...

— Eu voltarei — disse ele, baixinho.

— Se ao menos o tio e a irmã de Thomas gostassem de mim, e Edward-John desse permissão para o casamento, eu seria tão feliz — comentei com Jane enquanto nos preparávamos para o café da manhã.

— Bem, pelo menos você encontrou o homem de seus sonhos — observou Jane. Ela suspirou de forma teatral, dizendo "*Hélas*", como Eliza faz.

— Jane — falei, distraída de meus próprios problemas —, não seja ridícula. Você tem Bath inteira lhe cortejando. Só precisa escolher. De quem exatamente você gosta mais, Newton Wallop, capitão Forster, tenente Carter, tenente Denny, tenente Brandon ou qualquer outro homem que fica na fila para dançar com você?

Jane suspirou outra vez.

— Preciso de conselhos, eu acho. Minha vida amorosa está ficando muito complicada para uma simples garota provinciana como eu.

Então o sino, indicando o café da manhã, tocou e descemos correndo, rindo como sempre.

Acabamos de terminar nosso jantar, e Jane e eu subimos para o quarto a fim de descansar. Todos nós vamos a um concerto nos Salões Inferiores à noite.

Meu tio acha improvável que Thomas volte de Bristol hoje, então terei de esperar até amanhã de manhã para vê-lo. Ele prometeu me levar para visitar sua irmã Elinor depois da missa, então talvez esse deva ser o tempo.

Jane acaba de parar de olhar para sua folha de papel e me pergunta se já escrevi sobre nossos novos vestidos, então preciso fazer isso agora.

Hoje, no café da manhã, nosso tio nos perguntou se havíamos gostado da noite. Nós estávamos tão entusiasmadas que ele sorriu de alegria para nós, e até mesmo a sra. Leigh-Perrot deu um sorriso.

— As duas estavam muito bonitas, eu achei — comentou ela para a sra. Austen. — Aquelas musselinas brancas são tão frescas. Muito adequadas para garotas dessa idade.

— E o que vestirão no baile sábado que vem? — perguntou o sr. Leigh-Perrot.

Jane e eu nos entreolhamos. Outro baile em uma semana!

— O mesmo — respondi depois de um instante.

— Ah, não, não podem fazer isso. — O sr. Leigh-Perrot estava tão horrorizado como se fosse um entendedor da moda.

— Nós só temos um vestido de baile cada uma — disse Jane, ignorando o olhar de censura da mãe. — Nossos antigos estavam em trapos.

O sr. Leigh-Perrot olhou para a esposa.

— O que você acha, querida? Vamos presentear cada uma com um vestido? Acha que sua costureira os faria a tempo?

— Com certeza. — A sra. Leigh-Perrot também estava de bom humor. — Você pode conseguir cortes tão finos aqui em Bath quanto em Londres. Não, não, sra. Austen. Seu irmão e eu adoraríamos fazer isso. Agora, meninas, assim que terminarem o café da manhã, subam e coloquem suas toucas. Vamos levar Franklin conosco para carregar os pacotes — acrescentou ela ao marido, e ele assentiu de forma favorável.

Jane e eu fomos as primeiras a descer. Franklin já estava nos esperando, parado do lado de fora perto da grade, usando uma cartola e um par de luvas brancas.

— Franklin — perguntou Jane assim que nos aproximamos dele —, você tem esposa?

— Eu não, srta. Jane. — Franklin tinha um ar muito nobre ao responder à pergunta, e senti-me envergonhada por ele ter sido questionado.

Acho que Jane também ficou um pouco envergonhada, porque refletiu por um instante antes de falar de novo — e isso não é de seu feitio.

— Só perguntei porque fiquei pensando se poderia me dar conselhos sobre escolher um marido.

Franklin ficou rindo disso por um bom tempo. Gostei da forma como fez isso. Jogou a cabeça para trás e gargalhou bem alto. Vi alguns pedestres olharem para ele surpresos.

— Não esquente a cabeça com isso, srta. Jane — disse ele quando se recuperou. — Seus pais farão a escolha. E escolherão a pessoa certa para a senhorita.

Jane fez cara feia. Quando as duas senhoras saíram, Franklin caminhou na frente delas, e Jane, pegando meu braço, ficou para trás um pouco.

Enquanto caminhávamos ao longo do lado oeste da Praça da Rainha, ouvi claramente uma voz estridente dizendo:

— Venha, Eliza, vamos fazer uma caminhada rápida. É do que precisamos depois de ficarmos presas naqueles abafados Salões da Assembleia ontem à noite. Caminhe rápido, querida. Ficará feliz por eu tê-la tirado da cama em uma hora razoável.

— É a Eliza — falei, apressada.

— E a Phylly — resmungou Jane.

A Praça da Rainha possuía um jardim no centro das quatro fileiras de casas. Havia alguns arbustos altos ao lado de onde caminhávamos, mas de repente Phylly apareceu, pavoneando-se rápido, seguida de Eliza ainda com aparência de sono.

A sra. Austen sorriu com a cena.

— Levantou cedo, Eliza.

— *Chère Madame*, acho que não acordo tão cedo assim desde que era criança — comentou Eliza, séria, fazendo o possível para reprimir um bocejo. — Isto é, a menos que eu não tivesse ido dormir na noite anterior — acrescentou.

— Nossos tios vão comprar novos vestidos para mim e Jenny! Venha conosco, Eliza, e nos ajude a escolher — disse Jane, com entusiasmo.

Ela recuou e permitiu que os Leigh-Perrot e a sra. Austen ficassem na nossa frente. Voltou-se ansiosa para Eliza, mas Phylly a empurrou ficando no meio das duas.

— Jane, minha querida — disse Phylly —, posso dar-lhe um conselho? — Ficou na ponta dos pés e sussurrou alto no ouvido de Jane. — Só estou um pouco preocupada com você. Não deveria se interessar demais por bailes na sua idade. Está ficando afamada por flertar. Um passarinho me contou ontem à noite que você se preparou para roubar os jovens de outras garotas, e isso não é nada bom. E há outra coisa também, Jane querida, se me perdoa comentar. Acho que está tentando virar a cabeça daquele bondoso rapaz Harry Digweed. Tenho certeza de que ele é muito sensível para prestar atenção em você, mas precisa ter cuidado com sua reputação, sabe.

Então ela ficou para trás de Jane e assentiu de modo firme. Jane encarou-a com os olhos arregalados e inocentes, e Eliza olhou de uma para a outra de maneira constrangida, depois assumiu o controle da situação mudando de assunto, decidida.

— Que estilo de vestido vocês vão escolher? — Eliza pegou o meu braço e o de Jane e caminhou entre nós titubeante com seus saltos altíssimos.

Jane respondeu que não tínhamos certeza, e Eliza logo começou a falar sobre a última moda, até caminhar rápido e fazer o possível para alcançar as outras três. Ela não pareceu muito preocupada quando Phylly, atrás de nós, disse com desdém:

— Bem, vou continuar minha caminhada matinal. Tomei a decisão de dar dez voltas ao redor do jardim da praça todas as manhãs. Caso contrário, minha saúde sofrerá nesta cidade abafada.

— Como você é forte, Phylly querida — comentou Eliza de modo admirável por cima do ombro, mas para nosso alívio não fez esforço algum para convencer a prima de nos acompanhar.

— Gostaria de ter algo da última moda em Paris — declarou Jane com determinação. — Algo que fizesse um lorde com dez mil libras ao ano imediatamente pedir minha mão em casamento.

— Jane — falei, com reprovação.

Senti pena de Harry, que era tão dedicado. Até mesmo Phylly percebeu isso. Harry não se importaria com o que Jane vestisse.

— Que tal a última moda: uma anágua, uma cauda e uma sobressaia, cada um de uma cor diferente? — sugeriu Eliza.

Ela soltou nossos braços e ficou parada no meio da calçada, gesticulando amplamente com as mãos na frente do próprio corpo, esboçando um estilo solto franzido debaixo do peito, abrindo-se em uma cauda e em seguida esboçando um decote em V acentuado na frente. Entendi de imediato o que ela quis dizer.

Chegamos ao meio da Milsom Street e uma pequena multidão de compradores interessados começou a se juntar para ouvir a mistura de inglês com francês de Eliza. Ela mesma se vestia de forma tão moderna que a maioria olhava com uma atenção das mais intensas, que me fez lançar um olhar para Jane, e pude ver que ela, assim como eu, estava com dificuldade de segurar uma risada.

A sra. Leigh-Perrot estava com um ar de aborrecimento, mas a sra. Austen mantinha a usual expressão de tolerância distraída que reservava para a sobrinha excêntrica do marido.

— *Voyons* — concluiu Eliza. — Vamos entrar. Esta é a loja, *n'est-ce pas?*

A loja de tecidos foi construída como uma pequena versão de uma igreja, com pilares dividindo o espaço em corredores. De forma muito engenhosa, cada pilar estava rodeado com uma faixa sustentando cinco ou seis ganchos grandes, que eram usados para drapejar longas faixas de musselina ou seda de cores variadas. Entre os pilares e encostados nas paredes havia vários espelhos altos de chão, e as cores se refletiam neles. Enquanto a sra. Leigh-Perrot mantinha um diálogo amigável com a dona da loja, Jane e eu passeávamos pelos corredores, olhando os belos tecidos.

— Musselina ou seda? — Eliza juntou-se a nós.

Rapidamente respondi musselina. Seda seria muito caro, e não queria abusar da generosidade dos Leigh-Perrot. De qualquer forma, seda era difícil de limpar, já a musselina podia ser lavada várias vezes. Jane estava admirando uma seda brilhante de cor dourada, mas assentiu de forma relutante quando expliquei as vantagens da musselina para Eliza. Quando a sra. Leigh-Perrot veio até nós, já havíamos decidido pela musselina.

— Muito mais adequada para as jovens — disse a sra. Austen, decidida, e pude ver que estava satisfeita com nossa decisão.

— Acho que eu gostaria desta, mas o que usaria como anágua? — Jane estava examinando um amarelo-claro.

— Muito claro para você, *chérie*. — Eliza sempre foi bem precisa sobre essas coisas.

Moveu-se com passos rápidos, quase dançando, entre os pilares drapejados. Jane e eu a seguimos obedientemente.

— ... dá-se muita liberdade aos filhos hoje em dia. Pergunta-se o que querem em vez de dizer a eles o que fazer. Quando eu tinha cinco anos, fui colocada em um navio sem mãe ou pai ou qualquer parente, me mandaram de Barbados para a Inglaterra e me colocaram em um internato. Fiquei dez anos sem ver minha família. Não me fez mal algum.

A sra. Leigh-Perrot estava tendo essa conversa com a sra. Austen enquanto a dona da loja nos rodeava. Fiquei imaginando se ela achava que estávamos independentes demais, tendo permissão de escolher os tecidos de nossos vestidos. Rapidamente me afastei, deixando Jane e Eliza olhando umas musselinas amarelas, e atravessei o longo corredor tentando me decidir. O problema é que todas as musselinas eram muito bonitas. Pensei na duquesa de Devonshire, que tínhamos visto jogando cartas nos Salões da Assembleia. Se eu fosse ela, gastaria cinquenta mil libras em musselinas em vez de desperdiçar o dinheiro em uma mesa de carteado.

— Que tal esta? — Jane estava de olho em uma amarela chique.

Voltei para perto delas. Era mais fácil escolher para Jane do que para mim mesma.

— *Parfait!* — entusiasmou-se Eliza, pegando a ponta da musselina, segurando-a na frente de Jane e olhando depressa para os cabelos e olhos castanho-escuros de Jane e depois para o tecido.

— Eu gosto muito — disse Jane. — É a cor dos narcisos. Minha flor favorita. — Baixou a voz e sussurrou com maldade para mim: — E a favorita de Harry... não se esqueça disso.

De repente eu me decidi. O comentário de Jane sobre o narciso havia me dado uma ideia.

— Que tal a cor de campânula para mim? — perguntei a Eliza, e ela assentiu com entusiasmo.

Enquanto Jane hesitava entre dois tons de amarelo-claro para a cauda e o decote em V na frente do vestido, continuei caminhando e olhando todos os azuis. Mas muito engraçada estava a sra. Austen, que, cansando-se das memórias da sra. Leigh-Perrot e do choque de um internado inglês após o calor e a diversão de Barbados (é provável que tenha ouvido todas essas histórias centenas de vezes), chamou-me para um canto reservado.

— Veja, Jenny — disse ela.

O pilar está drapejado apenas de tons suaves de azul. A dona da loja chegou em um instante.

— Precisará de mais luz para vê-los bem, senhora. Abigail, traga um lampião.

Abgail trouxe o lampião. A sra. Austen disse alguma coisa sobre vê-los à luz do dia, mas Eliza, que se juntou a nós, deixando Jane contemplando seu amarelo-narciso, negou firmemente com a cabeça.

— Minha querida tia, à luz do dia, não. *Quelle horreur*! Esses vestidos são feitos para serem vistos à luz de velas. Pegue duas velas, *ma petite* — disse a Abigail, que entregou o lampião para a patroa, fez reverência, saiu correndo para os fundos da loja e voltou com duas velas e um acendedor.

— Não vá atear fogo em tudo, Senhora de Feuillide — advertiu a sra. Leigh-Perrot friamente, mas Eliza não deu ouvidos.

— *Regarde-moi*, Jenny — disse ela. — Deixe-me ver estes olhos. Ah, *ravissante*!

Podia sentir meu rosto ficando um tanto vermelho. Todas estavam olhando para meus olhos.

— Outro lampião, se puder me fazer a gentileza — murmurou Eliza, e a dona da loja acelerou-se.

Antes que ela voltasse, no entanto, Eliza havia retirado uma das musselinas. A cor era suave, não clara — e mesmo assim não era o azul do mar, nem o azul do céu, nem azul-escuro, nem o azul da centáurea; esse azul tinha um brilho ardente e vivo com o mais leve toque de verde na intensidade de sua cor.

A sra. Leigh-Perrot pegou o lampião e o segurou na frente do meu rosto enquanto Eliza arrumava a musselina em meu ombro, deixando o tecido cair em minha frente.

— Combinação perfeita — murmurou a sra. Austen. — Muito bem, Eliza.

Eu não disse nada. Estava perdida na cor. Quase podia sentir o cheiro das campânulas sobre as quais Thomas vivia falando.

— Mais claro ou mais escuro para o decote em V na frente? O que acha, Jenny? — perguntou Eliza.

— O mais claro — aconselhou Jane. — Eu serei um narciso e você, uma campânula. As campânulas são mais claras no centro.

— Depois ela sussurrou para que somente eu pudesse ouvir: — Thomas vai achá-la encantadora nesse vestido!

Sorri para ela, mas de repente tive vontade de chorar. Thomas não estaria no baile de sábado. Ele estaria longe, no navio. Não me veria com meu vestido azul campânula. Depois de amanhã, eu não o veria por talvez um ano inteiro.

Estou sentada em nosso quarto no Paragon, número I. O material para os dois vestidos fora entregue à costureira, nossas medidas foram tiradas e faremos a primeira prova na quinta-feira de manhã.

Esta noite vamos a um concerto. Não tenho certeza de que quero ir.

Ah, eu queria, eu queria, queria tanto que Thomas estivesse aqui. Sinto imensamente a falta dele. Não posso esperar. Queria saber como foi a conversa com Edward-John. Com certeza, com certeza, com certeza vai dar tudo certo e poderei ser feliz outra vez.

Jane acaba de me dar uma folha de papel para prender em meu diário, e devo dizer que isso me alegrou! É um pouco mais sobre Phylly.

> *De uma Jovem donzela Apaixonada, para sua amiga — POR QUE essa última decepção deveria pesar tanto em meu HUMOR? Por que eu deveria senti-la mais, por que ela deveria me ferir mais profundamente que aquelas que vivi antes? Será que é porque nossos sentimentos tornam-se mais aguçados por sermos feridos com frequência? Devo supor, minha querida Belle, que esse é o Caso, já que não tenho consciência de estar, com sinceridade, mais afeiçoada a Digweed do que estava a Neville, Fitzowen ou um dos Crawford, pelos quais um dia*

senti a afeição mais duradoura que jamais aqueceu o coração de uma Mulher. Diga-me então, querida Belle, por que ainda suspiro quando penso no infiel Harry, ou por que choro quando observo sua Amada, pois com certeza é esse o caso. Minhas Amigas estão todas alarmadas por mim; temem o definhamento de minha saúde, lamentam minha falta de Coragem; receiam os efeitos dos dois.

Carinhosamente,
Philadelphia Walters

Segunda-feira, 25 de abril de 1791

Odeio meu irmão! Odeio meu irmão! Odeio meu irmão! Odeio meu irmão! Odeio meu irmão! ODEIO meu irmão!

Queria ter estado em Bristol ontem e falado para ele como eu me sentia. Como minha mãe pôde deixá-lo como meu tutor? Ela devia saber como ele era e o quanto era manipulado pela esposa. Devia ter pedido aos Austen para cuidarem de mim. Ou até mesmo aos Leigh-Perrot.

Thomas me disse que estava pensando em desafiar Edward-John para um duelo, mas que achava que não devia caso eu gostasse de meu irmão. Sua mão tocou a espada presa na lateral do corpo quando disse isso, e senti um calafrio percorrer minhas costas.

— Isso não — falei de imediato.

Eu gostava de Edward-John? Naquele momento, pensei que não, mas ele era meu único irmão e meu parente mais próximo.

— Mas o que vamos fazer em relação a Edward-John? — perguntei a ele.

Eu não havia chorado, ainda não. Meus olhos estavam secos. Só sentia uma dor de cabeça terrível e uma sensação de desespero.

Thomas apenas deu de ombros. Porém, pareceu não achar que Edward-John era tão importante. Que de um jeito ou de outro ele o convenceria a concordar ou o obrigaria.

— Você não entende — falei, sem esperanças. — Acha que é apenas uma questão de repetir argumentos, que Edward-John acabará caindo em si.

— É claro que não entendo! — De repente, ficou zangado e olhou fixamente como se um inimigo invisível estivesse diante dele. — Não consigo entender como qualquer irmão trata uma irmã do jeito que o seu faz. Ele não se interessa por você, não se importa.

— A culpa não é tanto de Edward-John — argumentei, desesperada. — É Augusta. Você não entende que, pouco a pouco, Augusta o está envenenando. Não posso me casar. Eles não podem abdicar do controle sobre minha pequena fortuna. É isso que ela o faz pensar.

— Besteira — disse ele, impaciente. — Ele não pode ser tão tolo assim. O que são cinquenta libras por ano? Eu disse a ele que com todo o prazer o deixaria ficar com o dinheiro. Falei para esperar até ver o que posso trazer de uma viagem, mas aquela sua cunhada parecia achar que eu estava insultando-os e usou isso como desculpa para terminar a conversa. Achei melhor partir enquanto ainda tinha o controle dos meus nervos.

— Ela nem se importou em preservar meu dote? — Comecei mesmo a ficar desesperada. Pois, antes, eu poderia ter sido compreensível, mas agora eu sabia que Augusta me odiava tanto que faria qualquer coisa para garantir que eu não fosse feliz. — Ela nunca desistirá. Você não entende...

Thomas de repente ficou zangado.

— Não, minha querida — retrucou com fervor —, você é que não entende. Não há nada neste mundo que me impedirá de torná-la minha esposa, muito menos seu irmão covarde e sua esposa megera! Farei minha fortuna, e você e eu não vamos nos importar com nenhum parente que discorde.

Ele me tomou em seus braços e me beijou, e eu sorri ao retribuir o beijo. Não podia estragar nossos últimos momentos juntos. Estávamos sozinhos. Jane havia feito um alvoroço para encontrar o melhor salão conosco, depois escapou pela porta lateral até as escadas quando ninguém estava por perto. Foi gentil da parte dela, e eu não deveria desperdiçar o tempo. Logo ele partiria, e eu não o veria por, no mínimo, um ano.

— Não vamos mais falar sobre meu irmão idiota — comentei. E, quando ele estendeu os braços para mim, caí neles instantaneamente.

Ele me pegou no colo e me embalou em seus braços. Uma das mãos segurava meu corpo e a outra estava em minha bochecha, o polegar tirando os cabelos do meu rosto. E então me beijou.

Foi um minuto?

Ou uma hora?

Não sei, mas lembro que quando a voz da sra. Leigh-Perrot ressoou no corredor nos separamos.

Então a outra porta abriu e Jane entrou, um segundo antes de os Leigh-Perrot e a sra. Austen entrarem pela porta do vestíbulo.

E então todas as despedidas formais foram ditas, Thomas beijou minha mão, sorri e desejei-lhe uma boa viagem, e todos fizeram o mesmo.

E assim ele se foi. Não vou revê-lo durante um ano inteiro.

Esperei até que partisse para subir correndo para nosso quarto, jogando-me na cama e caindo aos prantos, o que me assustou.

Se eu não tivesse Jane, não sei o que teria feito!

Ela manteve todos longe da porta, dizendo que eu queria ficar sozinha. Sentou-se a meu lado, acariciou meus cabelos e trouxe-me bebidas, lavou meus olhos com água de lavanda e depois, quando comecei a bocejar e virar a cabeça em direção ao travesseiro, ela puxou as cortinas e sentou-se a sua escrivaninha ao lado da janela.

Fiz um desenho dela ali, seguindo o contorno de seu rosto contra a luz fraca, pouco antes de adormecer.

E não há mais nada a ser dito.

Esta manhã quando acordei, com a mesma dor no coração, não chorei mais, mas meus olhos estavam ardendo e minha garganta, seca.

Esforcei-me durante o café da manhã, mas podia sentir as lágrimas se acumulando outra vez, por isso a sra. Leigh-Perrot me deu algumas gotas de láudano para me acalmar, e subi as escadas cambaleando de volta para a cama. Tive a sensação horrível de que jamais o veria outra vez. Acreditava-se que uma de minhas bisavós tinha o dom da clarividência. Espero não ter herdado isso dela.

Quando acordei novamente sabia, pela luz, que já era o final da tarde. Jane ainda estava lá e escrevia. Sentei-me na cama e olhei-a.

— O que está escrevendo? — perguntei.

Fiquei surpresa ao descobrir que minha voz era a mesma. Parecia que eu tinha caído no fundo de um poço escuro, mas de alguma forma saíra outra vez. Eu ainda era Jenny. Ainda estava apaixonada pelo homem mais bonito, corajoso e gentil do mundo.

— Estou fazendo uma lista — respondeu Jane. — Enquanto você estava dormindo, o tio Leigh-Perrot vinha na ponta dos pés até a porta a cada meia hora, querendo saber o que poderia fazer por você. Ele tinha várias sugestões estranhas. Continua pedindo os conselhos de Franklin.

Apesar de minha tristeza, tive de rir. Já imaginei nosso tio caminhando de um lado para outro e consultando Franklin sobre o que deveria ser feito com sua sobrinha. Jane riu também e pareceu animada ao me ver sorrir.

— Bem, aqui está o que ele sugeriu. Pode colocá-lo no seu diário:

Azeitonas
Manjar branco
Uma touca nova
Alguns doces

Um pedaço de gengibre
Uma fatia de torta de presunto e vitela
Manteiga preta e dois pedaços de patos selvagens

— Falei para ele que seria melhor para você dormir à tarde, mas sugeri que tivéssemos um bom jantar esta noite e que depois visitássemos os fogos de artifícios nos Jardins. Também foi sugestão de Franklin. Ele me disse que os fogos são extremamente bonitos.

— Vá você. Vou ficar. — Fiz força para me levantar da cama e olhei meu rosto no espelho.

— Acho que você deveria ir — disse Jane, observando-me com ansiedade. — Se você não for, não vou me divertir, nem nosso tio nem Franklin. Todos vamos ficar preocupados com você em casa, deitada aqui na cama. Venha, desça agora para jantar. Ouvi o relógio bater sete horas. Não é bom estar em uma casa cheia de relógios de todos os tamanhos e formas?

E, antes que eu pudesse argumentar, Jane havia escovado meus cabelos, passado levemente debaixo de meus olhos um pouco de água de rosas que havia sobrado em uma tigela Wedgwood para nosso uso, tirado um vestido fresco de musselina do cabide e o colocado em mim, passando por minha cabeça, como se eu fosse a irmã caçula dela.

— Vamos — chamou ela, e apagou a vela.

Jane estava em seu mundo durante o jantar. Havia criado um novo plano.

— É claro, o irmão de Jenny, Edward-John, deve admirá-la muito, senhora — assegurou à nossa tia enquanto sorria para que Franklin servisse mais pudim de chocolate em seu prato.

A sra. Leigh-Perrot envaideceu-se.

— Bem, devo dizer que ele sempre presta atenção ao que digo. Também visita sempre.

— Foi o que pensei — comentou Jane com discrição. Cruzou o olhar com o de Franklin e depois mirou o jarro de creme. Gentilmente ele derramou uma quantidade generosa na segunda porção de pudim dela. — Jenny estava dizendo que ele está sempre citando a senhora, às vezes até mesmo nos sermões — continuou ela com aquela expressão mansa que sempre assume quando está dizendo uma mentira absurda.

Fiquei me perguntando o que Jane estava aprontando e vi a sra. Austen lançar-lhe um olhar desconfiado.

— Estava pensando nisso hoje, quando soubemos que ele estava sendo tão irracional em relação ao casamento de Jenny com um jovem tão qualificado quanto o capitão Thomas Williams. — Jane falava com tanta formalidade quanto uma solteirona de meia-idade. Até mesmo apertou os lábios, embora tenha estragado de leve o efeito ao lamber um pouco de chocolate do canto da boca. — Eu estava pensando... — continuou ela, colocando outra colherada de pudim de chocolate na boca, mas mesmo assim dando um jeito de falar. — Estava pensando que se alguém pudesse influenciá-lo a ter a opinião correta sobre isso, seria alguém que ele respeita muito... alguém como a senhora...

Jane é tão inteligente, pensei enquanto tentava engolir um pouco de pudim de chocolate — mais para agradar ao Franklin do que a mim, pois ele estava me observando tão ansiosamente com seu olhar gentil.

Ela voltou para nosso tio e indagava-lhe como o chocolate era feito. Jane, é claro, havia percebido que nossa tia, embora compreensiva, era mordaz e autoritária. Não aceitaria de bom grado que alguém lhe dissesse o que fazer, muito menos uma jovem da idade de Jane. Durante toda a longa explicação sobre os grãos de cacau e sobre um irlandês chamado John Hannon, que inventou as primeiras fábricas de chocolate, Jane nenhuma vez olhou para a sra. Leigh-Perrot.

Mas eu, sim, enquanto me esforçava para comer, e podia ver sua expressão pensativa. Também notei como a sra. Austen lançou um olhar rápido de apreciação para a cunhada e depois baixou o olhar de volta para o prato.

Quase no fim da refeição a sra. Leigh-Perrot, sem pedir licença, levantou-se de súbito e atravessou a sala em direção a sua escrivaninha. Houve um momento de silêncio enquanto ela pegava uma folha de papel e mergulhava a pena na tinta, mas então Jane perguntou se os grãos de cacau tinham cascas e, se sim, o que acontecia com elas. Franklin e o sr. Leigh-Perrot começaram a conversar sobre isso e quando resolveram a questão a sra. Leigh-Perrot havia selado a carta, escrito o endereço e a entregado para Franklin com instruções de levá-la para o correio o mais breve possível.

— Era para Edward-John — contou Jane, quando subimos para nosso quarto — com instruções de nosso tio para vestirmos spencers quentes de lã por baixo dos mantos e para usarmos meia de lã.

— Tem certeza? — perguntei, abotoando o botão da cintura de meu spencer.

— Claro — respondeu Jane, tirando seu regalo da mala de viagem. — Dei uma olhada quando me abaixei para amarrar o cadarço.

Então escrevi depressa tudo isso em meu diário.

Queria poder ficar na casa e escrever o que penso sobre Thomas, mas não seria justo com Jane.

De qualquer forma, de repente me sinto mais alegre. Vi com os próprios olhos o quanto os Leigh-Perrot são ricos — o Paragon, número 1 é apenas a residência deles em Bath; também possuem uma propriedade e um belo solar em Berkshire.

Disse a mim mesma que Edward-John (e Augusta) concordaria com qualquer coisa se achasse que poderia herdar toda essa riqueza.

Terça-feira, 26 de abril de 1791

Está chovendo esta manhã então tenho tempo de anotar tudo sobre nossa experiência na noite de gala nos Jardins Sydney.

Foi assim que nossa noite começou:

— James, você precisa de uma liteira. Se caminhar até os jardins com essa sua perna com gota, não conseguirá fazer nada. Estragará nossa diversão. — A sra. Leigh-Perrot parecia muito preocupada com o marido quando disse isso.

— Besteira, besteira. Até parece que eu permitiria que quatro belas damas caminhassem enquanto sou carregado! Seria algo muito gentil da parte de um cavalheiro. — Meu tio soou resoluto, mas eu havia notado que ele mancava com dificuldade.

— Por que vocês dois não vão de liteira e vou caminhando com Jane e Jenny? Só levaremos quinze minutos no máximo. É o melhor a fazer — sugeriu a sra. Austen.

— Vamos alugar liteiras para todos. Será divertido para as meninas. — O sr. Leigh-Perrot pareceu tão animado com a ideia que Franklin sorriu.

A sra. Leigh-Perrot não ficou muito satisfeita. O aluguel de uma liteira, eu sabia, custa seis centavos, e parecia um desperdício terrível alugá-las para duas garotas saudáveis e vigorosas que podiam facilmente caminhar ou até mesmo correr colina abaixo até os jardins à margem do rio.

— Ah, tio — disse Jane. — O senhor é o homem mais gentil do mundo. Como sabia que, entre todas as coisas, isso era o que eu desejava? Como uma romancista pode escrever sobre sua heroína em uma liteira sem nunca ter experimentado algo assim?

— Bem, está resolvido — falou ele, com um ar de satisfação como se alguém tivesse lhe dado um presente. — Franklin, vá até a loja de liteiras em Queen's Parade e peça cinco delas.

Não sei o que Jane pensa, mas eu teria preferido andar. A liteira parecia muito bonita do lado de fora, mas era abafada e meio fedorenta por dentro, e não gostei da maneira como os carregadores correram pelas calçadas, empurrando as pessoas para abrirem caminho e me sacolejando de um lado para outro. Mesmo assim foi bem emocionante, admito. Talvez eu só esteja tendo o que Jane chama de "falta de ânimo".

Quando saímos de nossas liteiras na entrada, Eliza e Phylly estavam descendo a colina.

Eliza cambaleava com seus saltos altos, tentando acompanhar Phylly, que dava passos largos energicamente – tenho certeza de que ela estava com um par de botas pesadas debaixo de seu vestido de babados que, suspeito, pertencia a Eliza.

— Bem, meninas, vocês gostaram? — Nosso tio havia saído da liteira com esforço e estava distribuindo os seis centavos para cada carregador.

— Foi adorável, titio — respondi com delicadeza, mas Jane foi melhor.

— Isso elevou meus pensamentos a um nível maior — assegurou-lhe, e lhe deu um beijo rápido. — Vamos entrar e ver as iluminações? — continuou ela, entrelaçando seu braço no meu, enquanto Phylly interrogava os Leigh-Perrot sobre os motivos de eles alugarem liteiras para todos e os lembrou do quanto custava.

— Onde fica a cascata? — Jane girava em tantas direções que quase me deixou tonta. — Isso é o que chamo de romântico! — Sua voz era alta, e apesar da banda tocando ao longe, muitas pessoas a ouviram.

Eu podia ver o sorriso em seus rostos e tive de sorrir também. Os jardins pareciam mesmo maravilhosamente românticos, com luzes por todo lado, mudando as cores das árvores, gramado e flores em uma versão estranhamente mais profunda e misteriosa do que a do dia a dia.

Sugeri que fôssemos ver as grutas, mas Jane não respondeu. Havia ido em direção às placas de sinalização e estava estudando-as.

— Lá está, bem ali. A cascata é descendo aquele caminho.

— Jane — falei de um jeito severo. — Você não marcou um encontro amoroso com um jovem rapaz, por acaso?

— Rápido — sibilou Jane, ignorando. — Vamos antes que tenhamos que aturar a companhia de Phylly.

A cascata era espetacular. Luzes a iluminavam — dando à água em tons de verde e azul e vermelho-rosado. Ao lado dela, havia um jovem alto e loiro, parecendo mais confortável do que da última vez que o encontramos com seu traje usual de botas, calça e um casaco de montaria verde-oliva gasto pelo uso.

— Vá na frente, Jane. Preciso ajeitar meu cadarço. — Daria a eles alguns minutos juntos, assim como Jane me proporcionou um tempo em particular com Thomas.

Eu estava tão ocupada com meus cadarços que, embora tenha ouvido as palavras, "Boa noite", não prestei muita atenção nelas, e foi somente depois que o almirante Williams repetiu a frase "Boa noite, srta. Cooper" que me dei conta de que ele estava parado perto de mim.

Estava aprumado e pomposo como sempre. Ao lado estava Elinor, com uma aparência muito pálida, e do outro lado dela, Sir Walter Montmorency. A governanta estava um pouco atrás dos três.

— Posso ajudar? Está com algum problema? — Sua voz era fria, como sempre.

Ninguém jamais iria pensar que seu sobrinho lhe dissera que tinha um compromisso de casamento comigo. Não havia nenhum sinal disso em seu comportamento indiferente e um tanto distante. Era como se eu fosse apenas uma conhecida distante e não especialmente interessante. Eu ainda estava abaixada, ocupada com meu cadarço, mas não me levantei. Se fizesse isso, talvez tivesse que me juntar a eles e ser acompanhada de volta à sra. Austen e aos Leigh-Perrot. E então trairia Jane.

— Boa noite, almirante, srta. Elinor, srta. Taylor — cumprimentei, tentando parecer segura. — Não, não há problema algum. É só meu cadarço. Minha prima e minha tia voltarão daqui a pouco. — Rezei para que ele não visse Jane e Harry romanticamente contornados pela cascata colorida e brilhante.

Ele hesitou um momento, olhando para a multidão em movimento e para um grupo de jovens oficiais rindo alto.

— Bem, talvez a srta. Taylor espere com você — disse ele, acenando para a governanta sem nem mesmo olhar na direção dela.

Eu o achei muito grosseiro com a pobre moça, devo dizer. Dava para ver por que Thomas não gostava dele.

— Sir Walter, poderia lhe pedir um grande favor? Faria a gentileza de acompanhar minha sobrinha naquele labirinto? Ela gostaria de ir, e eu não consigo tolerar esses lugares. De qualquer forma, acabei de ver um velho conhecido ao longe e ele ficará muito ofendido se eu não for cumprimentá-lo. Pode ir, minha querida — disse ele a Elinor, que ficou mais pálida ainda. — Sir Walter cuidará muito bem de você.

Não achei que Elinor parecesse feliz com essa situação. Mas ela murmurou:

— Tio...

Porém, ele a enxotou como se ela fosse uma galinha no caminho. Ela parecia muito jovem, muito pequena e frágil ao lado da figura alta e endeusada que era seu acompanhante, que me deu uma olhada fria da cabeça aos pés.

— Cuidarei bem dela, senhor. — Sir Walter sorriu para Elinor enquanto entrelaçava o braço dela ao dele e garantia ao almirante que ele se certificaria de que nenhum homem rude se aproximasse da srta. Williams.

Fiquei olhando os dois irem em direção ao labirinto. Grupos de garotas com acompanhantes masculinos soltavam risadinhas ao se entremearem na confusão de passagens secretas. Eu podia imaginar o quanto teria sido divertido se Thomas ainda estivesse aqui e talvez Jane e Harry nos acompanhassem. Mas Elinor não parecia estar se divertindo. Parecia recuar de Sir Walter. Sua cabeça estava abaixada e sua touca escondia seu rosto. Preocupada, observei-a e ela olhou para cima, nossos olhares se cruzaram. Na mesma hora, sua expressão mudou, assumindo uma de arrogância esnobe. De uma forma ou de outra, achei que fosse como se ela estivesse representando um papel. Não havia dúvidas de que estava com ciúmes de mim e Thomas, mas ele tinha razão? Será que ela era apenas uma criança — uma criança que precisava de proteção? Ou simplesmente tinha uma aversão tão grande por mim sem nenhum outro motivo além de ciúme? Contudo, foi o que Thomas havia me pedido e eu não poderia falhar. Continuei firme e olhei para eles, sentindo-me um tanto preocupada. Não havia muito que eu pudesse fazer, disse a mim mesma.

No entanto, havia prometido a Thomas. Lembrei-me do que ele disse sobre Sir Walter estar envolvido em um escândalo. Ele não era a pessoa ideal para se responsabilizar por uma garota.

— Srta. Taylor — chamei, rapidamente. — Você se importaria de aguardar aqui por um momento? Preciso ver minha prima. Ela está me esperando.

Dei uma olhada rápida por cima do ombro ao seguir em direção à cascata. A srta. Taylor havia se sentado em um dos bancos rústicos no meio de pequenas pérgulas. Os casais ocupavam todas as outras, e por um instante quase senti que ela parecia ligeiramente cômica, sentada ali, tão formalmente, e sozinha.

Mas então, quando um dos jogadores de golfe passou, carregando uma tocha acesa, vi seu rosto. Estava com traços de ansiedade e notei que estava profundamente preocupada com Elinor.

Quando me aproximei, Harry e Jane estavam rindo juntos de uma de suas brincadeiras infantis — algo sobre construir uma casa na floresta quando Jane tinha 8 anos. Não pareciam especialmente românticos, então não me incomodei em interrompê-los. Contei para Jane sobre Elinor e Sir Walter Montmorency entrarem no labirinto sozinhos e sobre a promessa que eu fizera a Thomas de que ficaria de olho nela. Jane logo ficou intrigada.

— Como ela estava?

Hesitei e depois respondi que achava que ela estava pálida e preocupada. E que a governanta também parecia preocupada. Contei a eles o que Thomas dissera.

— Vamos segui-los — disse Harry.

Era possível ver que as palavras "baronete covarde" estavam tremendo nos lábios de Jane, e logo concordei com Harry. Quanto mais rápido os seguíssemos, melhor. Perguntei-me se devia contar para a srta. Taylor, mas depois pensei que o almirante, se soubesse, acharia que era intromissão minha. Afinal de contas, foi ele que havia sugerido que Sir Walter acompanhasse a sobrinha no labirinto.

O labirinto teria sido muito divertido se eu não estivesse preocupada com Elinor. Embora pudéssemos ver o centro dele, com o famoso balanço de Merlin, como um barco decorado de forma esplêndida, muito acima de nós, as passagens, com suas sebes de três metros, continuamente terminavam somente com a escolha de ir para a esquerda ou direita, mas nunca seguia adiante na direção necessária. Grupos de casais vagavam para cima e para baixo, rindo e chamando um ao outro, a maioria parecendo bem feliz por estar perdida.

Comecei a ficar desesperada para encontrá-los — havia tantas pessoas e tantas vozes de pessoas invisíveis — muitos gritos agudos de garotas e risadas de homens —, mas nem sinal de Elinor e Sir Walter.

Após uns dez minutos, falei para Jane que eu, talvez, estivesse criando caso por nada e que não queria estragar a alegria deles. Talvez devêssemos nos concentrar apenas em procurar o balanço de Merlin no centro do labirinto.

— Não, devíamos procurar por ela, porque quando chegarmos ao balanço de Merlin teremos que sair — disse Jane, mas o jeito que seu rosto iluminou e apagou quando mencionei o balanço de Merlin foi suficiente. Eu sabia que ela estava louca para experimentá-lo. Harry olhou para ela e depois para mim.

— Não, vamos — insisti. — Consegue vê-lo, Harry?

— Consigo vê-lo — respondeu ele. — Por aqui.

Mesmo dentro dos caminhos de sebes, o balanço de Merlin era facilmente visível a todos que não eram tão baixos quanto eu. Para torná-lo mais fácil ainda de ser encontrado, um homem ficou de pé nele quando esvaziou e gritou incentivando os casais que pareciam que estavam ficando desesperados — embora muitos, aninhados nos bancos em recantos cobertos de folhas, parecessem felizes por estarem perdidos para sempre!

Porém, não era fácil encontrá-lo já que os caminhos se entrelaçavam para dentro e para fora e viravam em várias direções de um jeito muito confuso. Harry, no entanto, era um homem acostumado a encontrar seu caminho no meio de bosques densos. Em cada canto onde homens e mulheres estavam discutindo para que lado ir, ele fazia uma escolha imediata e decisiva, e em poucos minutos chegamos ao centro do labirinto, recebendo os parabéns do atendente.

— Não fique tão preocupada, srta. Jenny — sussurrou Harry enquanto o atendente ajudava Jane a subir no balanço em forma de barco. — Acabei de pensar que podemos ver sua amiga do balanço. Ficamos bem no alto. É possível que vejamos todo o labirinto lá de cima.

Eu o agradeci. Harry está se tornando cada vez mais impressionante, pensei.

— Pode entrar, jovem donzela — falou o atendente. — Não se preocupe, é tão seguro quanto casas.

O balanço de Merlin parecia mais um barco que um balanço. Ficava pendurado por uma barra entre dois postes de seis metros de altura. Ao puxar as cordas de maneira alternada, o barco vai cada vez mais alto. Foi tão emocionante que gritei logo no começo, mas Jane só riu e puxou sua corda mais forte. Depois ela se levantou, e Harry também, e o barco de fato voou no ar. Podíamos ver tudo — por todos os jardins!

E então me lembrei de Elinor. Também me levantei, puxando a corda mais forte. Eu devia estar assustada, mas estava muito concentrada para ter medo.

Havia uma pequena gruta — de aparência muito romântica, cheia de musgo e flores brancas minúsculas — no final de uma das passagens no labirinto que não levava a lugar nenhum. Havia duas pessoas ali — muito entrelaçadas. Porém as luzes eram claras e dava para ver o vestido roxo e o casaco azul-claro. Com certeza era Elinor e Sir Walter.

— Harry, lá está ela — falei, apontando.

Ele assentiu, com o semblante sério, e de imediato começou a diminuir a velocidade do balanço. Jane não protestou. Esta era uma situação mais séria que seu próprio coração: o covarde baronete e a jovem inocente. Poderia ter saído diretamente do romance *Clarissa*!

— Obrigado, senhor — agradeceu o atendente. Ele, provavelmente, estava acostumado com grupos balançando o tempo que fosse permitido e ficou grato por termos parado tão rápido por vontade própria. — Esta é a saída, senhor. Chegarão direto de volta ao caminho principal se atravessarem aquele portão bem ali.

Fiquei imaginando o que Harry faria. Claro que o homem não permitiria que as pessoas voltassem ao labirinto dali. Podia ver seu olhar confuso, passando a mão nos cabelos loiros, seus olhos azuis incertos e ansiosos. Sobrou para Jane, é claro, resolver a situação.

— Ah, não! — Ela deu um gritinho teatral ao sentir um arrepio na nuca. — Ah, Jenny, perdi a miniatura de meu tio-avô! Você se lembra de que eu estava lhe mostrando quando estávamos sentadas naquela gruta? Será que a deixei lá? Ah, o que vou fazer?

Ela olhou para o atendente com a expressão confusa de uma sobrinha-neta devota que havia perdido o que mais estimava.

— Não se preocupe, senhorita — disse ele, de modo tranquilizador. — Eu vou encaminhá-la para lá. Também mostrarei ao cavalheiro aonde deve ir. Fica ao lado da entrada. Voltará por aquele caminho quando o encontrá-lo, não é mesmo? Eu teria problemas se acaso vocês tivessem uma segunda chance de entrar no balanço de Merlin.

— Com certeza faremos isso. É realmente muito gentil de sua parte — disse Jane com um de seus sorrisos mais charmosos, e Harry e eu murmuramos um obrigado.

Assim que saímos, Harry assumiu novamente o controle e andou com passos largos pelos caminhos de forma determinada.

— Pena que não estou com minha arma — falou para Jane com seu sorriso atraente de canto de boca.

— Pistolas de duelo seriam mais apropriadas para um herói — comentou Jane de forma recatada, e Harry riu.

— Aqui — disse ele após alguns minutos e viramos em uma pequena avenida entre duas sebes.

No topo dela, havia uma gruta que eu tinha visto lá do alto do balanço de Merlin.

Ainda havia duas pessoas lá. Mas estavam entrelaçados. O casaco azul circundava o vestido roxo; o baronete estava beijando a donzela!

E a donzela não estava lutando.

Nem se afastando.

Nem tentando gritar.

Estava ali, nos braços dele.

Será que Elinor realmente ama Sir Walter????

Afinal de contas, suponho que irmãos nem sempre saibam o que se passa na cabeça de suas irmãs – eu deveria saber!

Havia parado de escrever para perguntar a Jane como ela havia se sentido no momento em que percebemos que Elinor estava beijando Sir Walter.

Jane tem pensado sobre essa questão e sua resposta é a seguinte. Ela contou seus sentimentos nos dedos.

– Primeiro, me senti constrangida. Segundo, senti que não era uma cena real de amor. E depois comecei a olhá-la com cuidado quando pararam de se beijar, e foi isto que pensei... Pensei que ela parecia assustada. Pensei que, embora parecesse empolgada e meio emocionada, estava envergonhada ao mesmo tempo. Achei que não estava feliz.

Continuamos discutindo o amor por um bom tempo.

– Você devia saber tudo sobre isso, Jenny – prosseguiu Jane, com os tons severos de uma diretora de escola. – É você que está apaixonada. Por favor, diga-me, minha querida, como se sente ao estar apaixonada?

– Não tenho certeza... – hesitei e Jane me interrompeu imediatamente.

– Diga, diga logo, querida, você pode se sair melhor do que isso. Pense bem!

— É um pouco como sentar-se diante de uma lareira flamejante, bebendo vinho quente e sabendo que alguma coisa muito emocionante vai acontecer — descrevi, por fim.

— Excelente! — exclamou Jane com um tom de zombaria e condescendência. — Está se saindo bem, Jenny querida. Diga-me, em algum momento se sente triste por amar Thomas?

— Nunca! — exclamei.

— E como sabe que ele é o homem certo para você?

— Porque eu nunca tenho nenhuma dúvida.

— Respondeu bem e rápido — observou Jane, com aprovação. — Animada, feliz e certa. Devo me lembrar disso para meus romances. E, é claro, para aquele momento maravilhoso quando eu também encontro meu herói.

Sorri.

— Sabe quem eu acho que agiu feito um herói nos Jardins Sydney?

— O querido Harry. Sim, ele foi mesmo esplêndido, não foi?

Eis aqui alguns nossos comentários sobre Harry.

— Gostei do jeito como falou com calma: "Srta. Williams, sua governanta nos enviou para encontrá-la." Essa foi minha.

— Gostei do jeito como, casualmente, enfiou a mão no bolso como se tivesse um par de pistolas ali. — Essa foi de Jane.

— E do jeito como olhou para Sir Walter e não olhou para Elinor. — Achei muito delicado da parte dele porque assim que Elinor nos viu caiu aos prantos.

— A melhor parte foi quando ele disse: "Por favor, segure meu braço, srta. Williams." E apenas esperou embora ela estivesse chorando. Eu não conseguia acreditar naquilo, com Sir Walter se gabando e gritando: "Estou tendo uma conversa em particular com esta donzela, meu jovem. Seu fedelho mal-educado!" Mas Harry não deu importância, estendeu o braço para

Elinor com um sorriso encantador e agiu como se Sir Walter nem estivesse ali. E Elinor enganchou em seu braço como se ele fosse seu irmão. — Jane continua rindo tanto que fica sacudindo meu cotovelo. Por isso essa caligrafia está tão ruim!

— E então, quando o Sir Walter gritou para nós: "Terá notícias de meus amigos, senhor!", Harry apenas disse: "Isso será ótimo, sinto falta de minha sessão diária de atirar em ratos e vermes desse tipo em Hampshire." E ele disse isso sem ao menos virar a cabeça. Essa foi a melhor parte, eu acho. — Eu ri quando disse isso, mas Jane apenas olhou pensativa.

— Querido, querido Harry! Nunca o vi defender alguém antes de hoje. Sempre foi um rapaz tão gentil. Todos os irmãos dele o intimidavam, e meus irmãos também, todos menos Frank. — Jane parecia tão séria quando disse essas palavras que decidi não falar mais sobre Elinor.

Jane precisa de tempo para pensar sobre os homens de sua vida para perceber o que realmente sente por Harry. Elinor é minha responsabilidade, não dela.

Sinto-me preocupada com Elinor. Jane tem razão. Ela não parecia uma garota apaixonada.

Então por que permitiu que Sir Walter a beijasse?

Ela sentiu que precisava obedecer ao tio? Obviamente ele quer que a sobrinha se case com Sir Walter, e talvez Elinor achasse que aquela fosse a maneira correta de cativar a afeição dele.

Ou será que é porque ninguém dá a ela muito amor e afeição? Aquela governanta parece tediosa e cansada. E Thomas fica longe durante tanto tempo que ela mal o vê. Talvez tenha achado reconfortante encontrar o afeto de Sir Walter porque recebe muito pouco das outras pessoas.

E o almirante é um tanto assustador.

Esta manhã, Jane e eu devemos visitá-la.

* * *

Chegamos à hospedaria da York Street, perto do Pump Room, logo após o almoço, mas não convencemos Elinor a sermos amigas. Nem mesmo conseguimos fazê-la falar conosco.

É difícil falar com alguém que deixa claro que não gosta de você — percebi que Thomas é o herói dela e que ela não pode me perdoar por tirá-lo dela, mas para ser sincera acho que ela também não gosta de Jane. Foi como falar com um fantasma ou alguém que estava morto de medo. Infelizmente o almirante estava lá. Todas as vezes que Jane ou eu fazíamos uma pergunta a Elinor, ela hesitava e depois o almirante se intrometia e respondia por ela — dizendo apenas "Não é isso mesmo, Elinor?" no final de cada resposta.

E Elinor dizia, "Sim, tio", com a voz bem baixinha.

Às vezes, a governanta falava por ela, que depois dizia "Sim, srta. Taylor", no mesmo tom.

Um convite para caminhar pela Milsom Street e olhar as vitrines das lojas foi firmemente recusado pelo almirante com a desculpa de que poderia chover.

Elinor não pareceu decepcionada. Ou nem mesmo interessada.

Apenas continuou olhando para o chão.

Estava usando outro vestido roxo — era de seda, mas com uma cor berrante, mais como algo que uma dama mais idosa vestiria que um vestido apropriado para uma garota da nossa idade.

— O que Sir Walter Montmorency vê nela? — perguntou Jane com uma voz confusa quando estávamos nos afastando da casa. — Eu teria achado que ele procuraria uma pessoa mais sofisticada. Ela nem mesmo é bonita. Tem uma aparência muito abatida.

Falei para Jane que achava que o vestido roxo era que deixava Elinor tão pálida.

— Por que ela usa aquela cor horrível? Fica apavorante nela.

— É uma pena que ela não queira sair conosco — comentei. — Podíamos tê-la levado àquela loja adorável e mostrado algumas musselinas; o almirante é muito, muito rico, sabe, e Thomas me disse que ele dará a Elinor um dote valioso. Ele quer que ela faça um excelente casamento.

E então Jane parou de repente no meio da calçada, recebendo um olhar incomodado de um cavalheiro idoso com uma bengala que quase se topou com ela.

— Eu sei o que é — disse ela, em alto e bom som. — Sei o que o baronete covarde está planejando.

— Shh — sussurrei. — Todo mundo vai ouvi-la. Rápido, venha aqui para dentro da abadia. Podemos conversar com tranquilidade aqui.

Rindo juntas, caminhamos pela York Street e entramos rápido na abadia.

Muitas das pessoas que examinavam as esculturas maravilhosas e admiravam os vitrais das janelas viraram-se quando entramos apressadas. Fomos para os fundos da igreja, para um canto escuro onde não parecia ter nada de interessante e nos ajoelhamos com nossas toucas encostadas uma na outra.

— O quê? — sibilei.

— Ele está atrás da fortuna dela, é isso — disse Jane. Seus olhos castanho-escuros estavam reluzentes de empolgação. — Lembra que o vimos jogando, na sala de carteado? Ele deve ter perdido todo o dinheiro que tinha, igual àquela duquesa de Devonshire. Que tipo de fortuna o almirante dará a Elinor?

Eu disse a ela que não tinha certeza, mas que achava que seria uma quantia alta, já que até então ele havia estabelecido cinquenta mil libras para ela.

— Bem, seriam duas mil e quinhentas libras por ano só para começar — sussurrou Jane, que era boa em matemática. — Imagina! Meu pai só recebe quinhentas libras por ano.

— E minha fortuna é de cinquenta libras por ano! — Lamentei um pouco por não valer mais para Thomas, mas não achava que ele fosse o tipo de homem que quer se casar com uma garota por causa da fortuna dela. Ele era muito independente. Tinha certeza de que faria sua própria fortuna na Marinha.

— Mas, Jane — falei após um minuto —, suponho que, mesmo se isso for verdade, se Elinor gostar dele, não há motivo para interferirmos. Deixe que ele peça a mão dela ao almirante, como um homem honrado. — Depois ri um pouco porque aquilo pareceu com algo tirado dos romances da senhora Radcliffe.

Jane balançou a cabeça com sabedoria.

— Jenny, você e eu sabemos que as coisas não são assim. Sabe o que Harry estava murmurando enquanto você conversava com a srta. Taylor? Bem, ele estava dizendo que nenhum homem honrado se aproveitaria de uma jovem desse jeito. Isso não foi esplêndido?

Concordei que foi esplêndido, mas me intrigou. Havia algo de muito errado com a situação entre Elinor e Sir Walter Montmorency.

Ah, Thomas, farei todo o possível por sua irmã. É provável que Jane tenha razão; há alguma coisa errada.

Noite de terça-feira, 26 de abril

Esta tarde, tivemos um pouco de sorte, porque ao descermos em direção aos Jardins Sydney nos encontramos com Elinor e sua governanta.

Pedimos permissão para acompanhá-las, e Jane sugeriu que entrássemos nos jardins. A srta. Taylor concordou com entusiasmo, mas logo quando ela estava no meio da frase Elinor a interrompeu e disse que não queria ir — que odiava o lugar. Ela soou um tanto rude e fiquei surpresa.

A srta. Taylor ficou calada por um momento e depois apenas disse:

— Tudo bem, querida, como desejar. Onde gostaria de caminhar?

— Tanto faz, srta. Taylor — respondeu Elinor, em seu tom maçante de sempre e não conseguimos muita coisa com ela.

Até mesmo quando a srta. Taylor parou para falar com uma conhecida e nos disse para continuarmos andando, Elinor não falou nada. Jane e eu ficamos cansadas de tentar fazê-la falar e começamos a conversar uma com a outra. Jane fazia piadas sobre um homem vestido com roupas tão pretas que na opinião dela estava indo para o próprio enterro. Eu estava me segurando para não rir quando vi o rosto de Elinor debaixo da touca. Ela não parecia tímida, não parecia entediada, não tinha a mesma expressão maçante que costumava ter; parecia com ciúmes!

Eu já havia deduzido que ela sentia ciúmes de mim por causa de Thomas. Mas talvez estivesse com ciúmes por eu ser amiga de Jane, ou até mesmo por Jane ser minha amiga. Ou porque estávamos nos divertindo e ela, não; talvez fosse isso. Com certeza, era uma garota estranha, talvez um pouco mimada e ao mesmo tempo negligenciada.

— Jane! — falei de repente por impulso. Parei e esfreguei meu tornozelo e depois continuei. — Você esqueceu que prometeu visitar a prima Eliza esta manhã para dar a ela um recado. Srta. Taylor, poderia acompanhá-la? Sei que meus tios não a querem sozinha em Bath, e infelizmente parece que torci meu tornozelo. Talvez Elinor não se importe em me fazer companhia, nos sentaremos neste banco e esperaremos seu retorno.

Calculei que levaria menos de vinte minutos para que Jane e a srta. Taylor voltassem da Praça da Rainha, então quem sabe eu conseguiria fazer com que Elinor falasse durante esse tempo. Assim que desapareceram, aproveitei a chance e perguntei se ela amava Sir Walter Montmorency.

— Não é da sua conta — respondeu Elinor com um tom furioso. — E também não é da conta de sua amiga, aparecendo daquele jeito e interrompendo uma conversa particular.

— Só estávamos tentando ajudar. Se alguém a visse, teria sido péssimo para a sua reputação.

— Falei para você... — Seu tom de voz aumentou tanto que um homem que passava olhou-a de forma assustada. — Falei para você que isso é problema meu, não seu — repetiu com a voz mais baixa. — Não interfiro na sua vida. Por que deveria interferir na minha?

— Considero você uma irmã — falei com calma. — Quando...

— Bem, não considere! — explodiu ela. — E quanto a se casar com Thomas, pode pensar bem. O almirante tem planos para ele, e o que o almirante quer ele consegue. Thomas não ousará enfrentá-lo. Você verá. Thomas se casará com a filha do conde de Portsmouth.

Talvez ela tivesse razão, pensei. Sentei-me no banco, olhando de cara fechada o outro lado da praça.

— Esse é o plano de meu tio, de qualquer forma — sussurrou ela. Parecia um pouco desconfortável agora. Após um minuto perguntou de forma bem gentil: — Seu tornozelo está doendo?

— Não muito — respondi, esfregando-o.

Senti-me um tanto enganadora, mas ela estava olhando para mim de uma maneira muito mais amigável. Não achei que fosse verdade que Thomas estivesse com medo do almirante ou que estaria disposto a obedecer às ordens dele. Thomas simplesmente não era esse tipo de homem.

— Seu tio foi muito rígido com vocês? — perguntei com interesse.

Thomas e Elinor pareciam tão diferentes que era difícil acreditar que foram criados pelo mesmo homem. Senti que queria saber um pouco mais sobre o almirante.

— Muito — respondeu Elinor. De repente, ela pareceu mais disposta a conversar. Talvez aquela explosão tenha feito ela se livrar de seus ressentimentos e isso havia lhe feito bem. — Ele costumava bater em Thomas, mas não em mim — acrescentou depressa ao ver o terror em meus olhos. — Mas sempre fiquei apavorada com medo de que ele o fizesse. Acho que eu o aborrecia. Ele gostava muito mais de Thomas do que de mim. Não tenho nenhuma recordação de meu tio sendo gentil comigo ou me elogiando por alguma coisa.

— Mas você tinha o Thomas, não é mesmo? — Senti muita pena dela. Falara de forma tão desolada.

Elinor deu de ombros.

— Nem sempre. Ele foi para o colégio naval aos 12 anos e depois entrou para a Marinha como aspirante. Às vezes, eu nem mesmo o via nos feriados porque ele ficava com um amigo. No entanto, sempre foi muito gentil comigo e me tirou daquele internado horroroso. Teve uma briga séria com o almirante, meu tio, sobre isso, e meu tio ficou furioso. Thomas contratou a srta. Taylor, mas meu tio insistiu em pagar o salário dela, então ela só pensa em agradá-lo.

Ela parou um instante e depois acrescentou:

— E agora Thomas quer se casar, e meu tio quer que eu me case também.

Expliquei que ela não precisava se casar e que, se Thomas e eu um dia nos casássemos, ela poderia morar conosco, mas creio que não tenha acreditado. E então a srta. Taylor, seguida de Jane, surgiu descendo a colina e levou Elinor embora às pressas.

Acabei de perguntar a Jane o que ela acha de Elinor, e minha prima pareceu interessada, mas não respondeu — em vez disso, começou a escrever numa folha de papel. Quando terminou, entregou-a para mim.

— Coloque no seu diário — disse ela. — Acho que escreverei uma história sobre alguém como Elinor um dia. Vou chamá-la de Fanny. Sempre acho que é um tipo de nome bobo, e ela será um tipo de garota boba... se rastejando feito um ratinho e dizendo sim para o tio, não importa o que ele diga. Isso é o que alguém diz sobre ela.

Não sei exatamente o que fazer com ela. Eu não a compreendo. Qual é sua personalidade? Ela é formal? Estranha? Pudica? Por que se afastou e olhou tão séria para mim? Mal consegui fazê-la falar. Nunca fiquei por tanto tempo na companhia de uma garota em minha vida, tentando entretê-la, e falhar tanto assim! Nunca conheci uma garota que olhasse tão sério para mim! Preciso tentar tirar o melhor disso tudo. Sua expressão diz: "Não vou gostar de você. Estou determinada a não gostar de você."

— Quem é o "eu" aqui? — perguntei enquanto o colava em meu diário.

— O baronete, talvez — respondeu Jane, em dúvida. — Ou talvez seja um homem que a ame de verdade. Ou quem sabe seja outra garota. Um tipo de garota divertida e adorável... eu ainda não me decidi como a história continuará. Porém, sei como Fanny/Elinor será, muito irritante para alguém como eu! Não suporto pessoas boas demais. Imagens da perfeição me deixam enjoada e malvada.

Falei para Jane que não sabia por que ela achava Elinor irritante...

— Afinal de contas, você nunca para de falar, então imaginei que gostaria de uma pessoa calada.

Jane fez careta e disse que Elinor sequer riu de uma piada. Sei o que ela quis dizer, no entanto, provoquei. É muito difícil manter um diálogo com alguém que diz apenas sim ou não — e até mesmo as melhores piadas perdem a graça se alguém não ri delas.

— Você acha que ela está apaixonada por Sir Walter? — Eu realmente queria a opinião de Jane sobre isso, pois estava com muita dificuldade de chegar a uma conclusão.

Jane negou com a cabeça de forma decidida.

— Ela não se parece com você quando você está com Thomas, toda sonhadora e adorável. Só parece assustada.

Sugeri que podíamos, talvez, fazê-la se apaixonar por outra pessoa. E aí tive uma inspiração repentina. Talvez, pensei, o olhar de ciúmes de Elinor para Jane foi inspirado pelo amor a Harry.

— E que tal Harry Digweed?

— Claro que não! — respondeu Jane, bruscamente. — Que união! Harry Digweed e Elinor!

— Seria um bom casamento para ele. Pense bem. Ela tem um dote de cinquenta mil libras. Ele pareceu gostar dela e se preocupar com ela naquela noite nos Jardins Sydney. Até mesmo estava preparado para lutar um duelo a favor da moça.

— Uma garota como Elinor não merece ser peculiar, exclusiva e apaixonadamente amada por Harry Digweed! — disse Jane

de forma dramática. Após um instante, acrescentou, pensativa:
— Queria que Harry voltasse para Steventon. O que ele está fazendo em Bath por tanto tempo?

Antes que eu pudesse responder, ela anunciou de repente que ia descer, bateu a porta rápido depois que saiu e eu não pude dizer mais nada.

Imagino...

Quarta-feira, 27 de abril de 1791

Esta manhã, fomos para nossa segunda prova de roupas. Os vestidos estavam lindos, mas não escreverei sobre isso agora porque algo muito estranho aconteceu depois.

Jane e eu notamos que a sra. Leigh-Perrot não era tão generosa e mão aberta quanto o marido; na verdade, era bem cuidadosa com dinheiro. Em vez de comprar para ela mesma um novo vestido para o baile de sábado — já havia usado todos os seus vestidos pelo menos duas vezes nos Salões da Assembleia durante esta estação —, havia decidido refazer um vestido velho dando-lhe um toque mais moderno.

Havia sido um vestido suntuoso na época. Era feito de seda brocada — de cor verde com flores vermelhas. É provável que originalmente fosse um vestido de saia grande e cheia, igual aos que a sra. Austen usava, o tipo de vestido que, há dez anos, teria anquinhas por baixo para firmá-lo dos lados, mas dessa vez a costureira tirara a maior parte do enchimento, apenas deixando as costas soltas caindo em pregas retas. Tinha um forro feito de musselina, que aparecia no peito e punhos. Jane e eu fizemos gestos com as sobrancelhas, indicando que não o achávamos nada de mais, mas a sra. Leigh-Perrot parecia muito satisfeita e pediu à costureira que o embrulhasse.

Então partimos, a sra. Leigh-Perrot, uma figura majestosa e ereta em seu casaco de pele verde e de bom caimento, carregando o vestido em sua cesta, e Jane e eu nos esforçando para não dançar na calçada. Era tão emocionante estar em Bath. Eu estava me sentindo animada e cheia de energia. Esta manhã, a sra. Austen havia sussurrado para mim que Edward-John e Augusta (é claro) chegariam na sexta-feira e iriam ficar para o fim de semana. Deu um tapinha no meu ombro com um sorriso no rosto, e eu sabia que ela achava que meus problemas estariam acabados. Uma coisa era um pobre reverendo como o sr. Austen, com seus nove filhos para sustentar, pedir a Edward-John que consentisse meu casamento com Thomas, mas outra totalmente diferente eram os Leigh-Perrot, ricos e sem filhos, pedirem o mesmo favor.

Então a sra. Leigh-Perrot parou em frente a uma loja na Bath Street. Não era uma loja tão boa quanto a maioria das de Milsom Street. Tinha uma aparência desbotada e envelhecida. As janelas eram sujas e a tinta estava descascando. Lembrei-me do lugar — era a loja da srta. Gregory, onde Phylly por fim consentiu escolher uma touca, depois de termos tentado todas as outras lojas do início ao fim da cidade.

— Vamos entrar aqui, meninas — disse nossa tia. — Quero comprar uma renda preta para enfeitar o vestido. Minha criada será capaz de fazer isso para mim.

— Por que ela vai entrar nessa loja horrível? — sussurrou Jane enquanto seguíamos a figura majestosa que entrava.

Franzi as sobrancelhas para Jane e balancei a cabeça. Não ia arriscar ofender a sra. Leigh-Perrot agora, faltando apenas dois dias para Edward-John chegar. De qualquer forma, era problema dela onde escolhia comprar renda. Provavelmente custava alguns centavos a menos que em qualquer outro lugar!

Ela passou um bom tempo escolhendo a renda preta, pagou a uma libra e dezenove xelins que custou e depois insistiu que ela deveria ser embrulhada no mesmo pacote de seu vestido.

Então o assistente da loja levou o pacote de papel pardo para o próprio balcão, desamarrou o cordão, embrulhou o corte de renda preta e refez o embrulho enquanto tia Leigh-Perrot investigava todos os outros cortes de renda — preta, branca, rosa, verde e azul — para ter certeza de que havia conseguido a melhor barganha que a loja poderia oferecer.

Jane ficou entediada com tudo isso e disse à sra. Leigh-Perrot que esperaríamos por ela do lado de fora, na calçada.

Quando saímos, vimos Eliza conversando com o Monsieur Malvado bem em frente à biblioteca. Ela havia tirado um embrulho pequeno e plano do bolso e a presenteou. Eliza dançou de alegria na calçada e ele beijou sua mão com um ar muito digno e desceu a rua sorrindo, feliz consigo mesmo.

Então Eliza acenou para nós e atravessamos a rua.

— *Madame.* — Eliza respeitosamente reverenciou minha tia, que acabara de se juntar a nós, e depois nos abraçou e beijou.
— Como estão bonitas — disse ela. — Ah, ser jovem outra vez! — suspirou e pareceu melancólica por um momento, mas logo seus olhos cintilaram outra vez. — Tenho uma novidade. A princesa de Lambelle está na cidade! — falou, de forma tão dramática que os transeuntes viraram a cabeça para olhá-la.

— Quem é a princesa de Lambelle? — perguntou Jane.

— *Ma chérie!* — exclamou Eliza. — Você não sabe?! A princesa de Lambelle é uma das melhores e mais íntimas amigas da rainha Maria Antonieta. Ela veio direto de minha adorada Paris.

Minha tia estava interessada nessa novidade e logo quis saber onde essa princesa de Lambelle ia ficar. Ao ouvir que a princesa de Lambelle e sua família tinham alugado o número I da Crescent, assentiu de forma sábia. Lembrei-me de que havíamos visto uma imensa diligência de viagem descarregando quantidades enormes de bens, e que os criados com trajes modernos entravam e saíam às pressas quando passamos por lá.

— E isso não é tudo — acrescentou Eliza, intercalando seu olhar entre meu rosto e o de Jane. — Haverá um baile e *mon petit ami*, Monsieur Malvado, adquiriu quatro convites. O que acham disso, *mes petites*?

— Ah, Eliza! — exclamou Jane, ofegante. — Refere-se a nós? Ir a um baile oferecido por uma princesa? Ah, Jenny!

Nós nos abraçamos bem no meio da rua, não prestando atenção na sra. Leigh-Perrot.

Mas logo Phylly apareceu na porta da biblioteca, declarando em voz alta que não havia nada lá para alguém como ela ler.

— Rabiscos sem propósitos levam a uma vida sem propósito e desperdiçada.

De repente, meu coração ficou apertado. Quatro ingressos. Phylly era convidada de Eliza. Ela teria de ser uma dos quatro. O mesmo pensamento, obviamente, ocorreu a Jane, que olhou para Phylly com desalento.

E então a expressão de felicidade de Eliza tornou-se de preocupação. Nós três desviamos o olhar do rosto de desaprovação de Phylly e nos entreolhamos.

O mais horrível é que Phylly iria odiar o baile, deixaria Eliza desconfortável e de consciência pesada durante a noite, então passaria o dia seguinte criticando tudo e todos.

No entanto, ela era prima de Eliza e convidada, por isso teria de ir. E Jane era prima de Eliza. Eu não era parente. Era eu que deveria ficar de fora.

Já estava abrindo a boca para dizer isso, mas Jane foi mais rápida.

— Eliza estava nos contando sobre a Princesa de Lambelle, a melhor amiga de Maria Antonieta — disse ela em um tom formal e hesitante. — O que acha de Maria Antonieta, Phylly?

Phylly fez beicinho com seus lábios finos.

— Não cabe a mim criticar uma rainha — respondeu para minha decepção, mas não resistiu e acrescentou, de repente: —, no entanto, ela não é um bom exemplo para jovens como você.

— Ah, por quê? — Jane suspirou, abrindo os olhos com grande ar de inocência.

Phylly hesitou, mas não resistiu.

— Pervertida — respondeu ela, de forma direta. — Essa é a única palavra que pode descrevê-la.

— Ah! — Jane pareceu chocada. — E quanto à amiga dela, a Senhora de Lambelle?

Phylly deu de ombros.

— Prefiro não falar sobre ela. Não me atrevo a contar as histórias escandalosas que ouvi.

Eliza então decidiu emprestar sua própria considerável habilidade de atuação à encenação de Jane.

— Mas, Phylly — disse, com um sorrisinho divertido. — Ninguém se importa com essas coisas hoje em dia. Isso é muito *démodé*. Com certeza, vai querer me acompanhar ao baile que a princesa de Lambelle dará semana que vem.

— Claro que não — retrucou Phylly piamente. — Não pode pedir isso a mim, Eliza. Ficarei feliz com minha Bíblia e uma xícara de chá. Você pode ir ao baile e esperarei por você.

— Se tem certeza, Phylly querida — disse Eliza, com doçura e deixou-se ser arrastada por Phylly, que desejava orar na abadia.

Enquanto iam, Eliza olhou por cima dos ombros e nos deu uma piscadela.

Logo vi a srta. Gregory saindo da loja dela. Atravessou a rua e parou bem a nossa frente.

— Desculpe, senhora, pegou por engano um corte de renda branca junto com a preta? — perguntou ela para a sra. Leigh-Perrot. Seu tom era superficialmente educado, mas havia uma pontinha de insolência ali.

— Claro que não — respondeu a sra. Leigh-Perrot com severidade. — Comprei e paguei por um corte de renda preta e nenhum outro.

— Deve ter havido algum engano. Meu assistente disse que um corte de renda branca está faltando da pilha que a senhora olhou. — A mulher estava sendo educada, mas muito insistente.

Vi o homem que havia embrulhado o pacote surgir na porta da loja da srta. Gregory.

— Olhe você mesma — repreendeu a sra. Leigh-Perrot.

Entregou o cesto com impaciência para a srta. Gregory e afastou-se, encarando a mulher com a expressão fechada.

Só levou um minuto para o pacote ser desembrulhado. O corte de renda preta comprado e pago por minha tia estava por cima do vestido remodelado, mas debaixo dele, escondido nas dobras, havia um corte de renda branca.

— Bem — falou a srta. Leigh-Perrot, olhando para ele com frieza —, seu jovem assistente deve tê-lo colocado ali por engano. Foi ele que fez o embrulho.

— Nada disso, nada disso! — gritou a srta. Gregory com a voz alta e agitada, acrescentando: — A senhora o roubou. É acusada de roubo.

— Retire o que disse, veja como fala — reprimiu a sra. Leigh-Perrot.

Arrancou o cesto da srta. Gregory, jogou a renda branca nas mãos dela e saiu com passadas largas. Apressamo-nos atrás dela, trocando olhares, mas ela não falou conosco até chegarmos ao fim da George Street.

— Nem uma palavra com seu tio sobre isso — disse ela. — Não quero que ele se preocupe.

— Acha que ela fez isso? — sussurrou Jane para mim, mas falei a ela para não ser tola.

E em seguida tivemos uma bela conversa sobre nossos novos vestidos. Achei que devíamos deixá-los para o baile na Crescent, assim como pensei que este seria, provavelmente, um acontecimento mais grandioso, porém Jane queria usar seu vestido de "narciso" nos Salões da Assembleia no sábado.

Então percebi que eu estava sendo tola. É claro, Harry estaria nos Salões da Assembleia no sábado à noite, mas não havia nenhuma chance de ter sido convidado para o baile oferecido por uma princesa francesa. Sendo assim, propus que eu usaria meu vestido branco no sábado e Jane usaria seu novo vestido amarelo. Depois, na semana seguinte, Jane usaria branco e eu usaria meu vestido de campânula.

Eu precisaria ter uma conversinha com meu tio e assegurá-lo de que as damas jamais usam o mesmo vestido duas vezes seguidas e explicaria que eu queria muito mesmo guardar meu lindo vestido de campânula para o baile oferecido por uma "princesa" de verdade.

Terça-feira, 28 de abril de 1791

Aconteceu uma coisa horrível hoje.

Na verdade, duas coisas horríveis.

Mas uma provavelmente acabará sendo um engano ridículo.

Quando Jane e eu descemos, Franklin já estava colocando as cartas nos pratos.

— Cassandra — disse Jane, examinando a folha dobrada ao lado do lugar de sua mãe na mesa.

Parece terrível agora, mas nós duas estávamos rindo por causa de um respingo horroroso na escrita da letra maiúscula *P* de Paragon no endereço.

— Talvez ela tenha fugido com o amante Tom Fowle — sugeriu Jane de forma dramática. — Esta é a carta de penitência dela. *Querida mamãe... o amor conquista tudo... não pude mais resistir aos braços másculos dele... perdi minha virtude... oro pelo consentimento... minhas lágrimas caem enquanto escrevo...*

E então a sra. Leigh-Perrot chegou, e logo em seguida o marido. Um minuto depois a sra. Austen entrou e deixou-se cair em seu lugar.

Por um momento, mal notou a carta — estava ocupada tomando chá e mastigando a torrada que Franklin a ofereceu em uma travessa de prata, direto do garfo de tostar. Ela gostou da torrada quente e crocante, sem manteiga ou mel nela.

Depois olhou para a carta e deu um sorriso divertido, reconhecendo a caligrafia de Cassandra.

— Algum problema com a roupa suja, ou as galinhas, sem dúvida — comentou de forma tolerante, quebrando o selo e abrindo a carta.

Houve um momento de silêncio. A sra. Leigh-Perrot estava lendo suas próprias cartas, o sr. Leigh-Perrot estava ocupado com seu jornal, que Franklin havia acabado de esquentar no fogo para ter certeza de que a tinta estaria seca em todas as páginas, e Jane e eu estávamos absortas bebendo o chocolate quente espumoso que Franklin preparava para nós todas as manhãs.

Quando ergui o olhar, vi a sra. Austen de pé, seu rosto envelhecido totalmente sem cor.

— Preciso ir para casa — disse ela, pegando sua bolsa de mão, mas antes guardando a carta de Cassandra nela.

— Deus do céu, irmã, qual é o problema? — Seu irmão pareceu muito alarmado.

Meu coração parou por um instante. Será que Jane estava certa? Talvez Cassandra tivesse fugido para se casar.

Mas não, a sra. Austen parecia ansiosa, quase apavorada, mas com certeza não aborrecida. Aparentemente, levou um minuto para falar, quase como se sua garganta tivesse inchado por um momento.

— Meu filhinho, meu pequeno Charles. Cassandra escreveu que ele está com uma febra alta...

Vi a sra. Leigh-Perrot abrir a boca como se fosse dizer que as crianças têm febre o tempo todo, mas a fechou ao ver a expressão no rosto da sra. Austen.

— Preciso ir. Jane e Jenny, vão arrumar suas coisas! — E então parou. O rosto contorcido. — Mas o que eu tenho na cabeça? Não, não posso levar vocês de volta para casa. — Ela olhou para o irmão. — Cassandra disse que ele está com pústulas no rosto e no corpo. O farmacêutico teme que seja varíola.

Um pouco antes, aquela sala de café da manhã parecera o lugar mais aconchegante na terra com as cortinas cálidas de veludo, as chamas da lareira refletidas pelo móvel Sheraton altamente polido, mas agora essa palavra horrível, varíola, parecia deixar tudo frio e cinza — e continuava ecoando durante um bom tempo. Todos sabíamos que pessoas morriam em grande escala devido à varíola. Os que conseguiam sobreviver geralmente ficavam com cicatrizes para sempre. Pensei na pele jovem e macia de Charles, e as lágrimas brotaram em meus olhos. Mordi os lábios, engoli em seco e vi que Jane estava fazendo a mesma coisa.

O sr. e a sra. Leigh-Perrot eram bem práticos e sensatos. Jane e eu íamos ficar em Bath — isso não seria problema. Franklin foi mandado às pressas para a pousada White Hart na base da colina para pedir que a diligência parasse na frente da casa e pegasse a sra. Austen. Não era normal pegar os passageiros naquela direção, mas seria no caminho para Londres e meu tio estava confiante de que a diligência faria isso no caso de uma mãe sendo convocada a voltar para casa por causa de um filho doente.

— Não mencione a palavra *varíola*, Franklin — advertiu meu tio, colocando algumas moedas nas mãos dele, sem dúvida para pagar o cocheiro. — Apenas diga que a criança está muito doente.

Nesse meio-tempo, a sra. Austen subiu para arrumar as malas, recusando com severidade qualquer ajuda. Jane e eu nos entreolhamos, incertas, quando ela saiu. Suspeitei de que a sra. Austen queria privacidade para chorar um pouco, mas parecia péssimo deixar de ajudá-la a juntar seus pertences. Nenhuma de nós falou, e, embora tenhamos conseguido segurar as lágrimas, acho provável que nós duas sentíssemos inveja de Franklin descendo a colina a toda velocidade em direção à pousada White Hart. Seria bom ter algo para fazer.

— Gostaria que eu a acompanhasse até Steventon, irmã? — perguntou nosso tio quando a sra. Austen retornou com as malas.

Ela negou com a cabeça de forma resoluta e disse-lhe, animadamente, que ele deveria ficar e cuidar de sua perna com gota, então ele teve de se contentar em emprestar a ela o próprio cobertor de viagem especial e pedir a uma das criadas que preparasse um pequeno cesto de alimentos.

Franklin voltou com estilo, sentado ao lado do cocheiro. A sra. Austen beijou todos nós de forma distraída e entrou na diligência antes que o irmão pudesse oferecer ajuda.

Ninguém sabia muito bem o que fazer depois que ela partiu. Jane e eu vagamos sem rumo e Jane decidiu praticar sua música. O sr. Leigh-Perrot saiu, acompanhado de Franklin, para beber as águas do Pump Room, e sua esposa acomodou-se na poltrona com um bastidor pouco usado.

De repente, ouviu-se uma batida peremptória na porta.

E foi assim que as coisas aconteceram.

A criada entrou para avisar que um policial estava à porta; a sra. Leigh-Perrot pediu à criada que o fizesse entrar. Ela parecia bem animada — provavelmente recebia com prazer uma pausa em seus pensamentos sobre a varíola. É possível que o policial só estivesse ali para avisar sobre alguns jovens soldados desenfreados que andaram fazendo várias estripulias, como roubar lanternas de carruagens na vizinhança.

Então o policial entrou parecendo envergonhado. Pediu que ela confirmasse seu nome e endereço, o qual ela fez de maneira levemente nervosa.

Ele falou que ela precisava acompanhá-lo até o Roundhouse em Stall Street, onde os condestáveis tinham um gabinete e uma pequena cadeia. Minha tia o olhou com desagrado e o perguntou por quê.

Logo Jane entrou. Ela andara chorando, dava para ver, e eu havia notado longas pausas na música que tocava. No entanto, ela olhou para a tia e depois para o policial com os olhos que tinham apenas um pouco do brilho de sempre.

O policial consultou sua caderneta e indagou se minha tia havia comprado um corte de renda branca na loja da srta. Gregory no dia anterior.

— Não comprei. — A voz de minha tia era rouca e seu rosto ficara sério.

O policial olhou-a surpreso e consultou sua caderneta outra vez.

— Peço perdão, eu quis dizer renda preta. — Ele parecia um pouco nervoso, e eu não o culpava, já que a sra. Leigh-Perrot tinha uma aparência ameaçadora. Ele voltou a olhar para a caderneta.

— A srta. Gregory disse que a senhora também pegou um corte de renda branca pelo qual não pagou. Gostaríamos que comparecesse ao Roundhouse e desse um depoimento sobre esse assunto.

— De forma alguma! — exclamou a sra. Leigh-Perrot. Seus olhos estavam cintilando, e ela permaneceu bem firme e ereta.

— O-O quê? — gaguejou o condestável.

— Ir à Roundhouse sozinha e desprotegida! É claro que não.

— Seu marido pode acompanhá-la, é claro. — O policial parecia respirar com um pouco mais de facilidade ao pensar no sr. Leigh-Perrot. — Talvez eu pudesse falar com ele.

— Meu marido não está em casa — retrucou a sra. Leigh-Perrot com firmeza. — De qualquer forma, essa história boba, seja qual for, não tem nada a ver com ele. Agora, retire-se, meu senhor.

Como Jane disse mais tarde, foi aí que as coisas começaram a dar errado. Teria sido melhor se a sra. Leigh-Perrot tivesse continuado com a linha da mulher solitária e desprotegida, segundo minha prima.

— Receio que haja uma queixa muito séria contra a senhora, madame. É acusada de roubo. Conhece as leis locais. Qualquer artigo roubado com valor acima de cinco xelins, e essa renda valia vinte xelins, é classificado como roubo significativo.

Jane e eu ficamos bem assustadas com isso. Entreolhamo-nos. Porém, a sra. Leigh-Perrot não mostrou nenhum sinal de ansiedade.

— Posso saber quem fez essa queixa? — Sua voz era arrogante e um tanto alta.

— A queixa foi feita pela srta. Gregory, a dona da loja.

— Uma mulher — disse minha tia, com ênfase —, sem moral ou probidade financeira.

Os olhos de Jane brilharam. Ela gostava desses tipos de frases.

O policial fechou a caderneta.

— A senhora fará a gentileza de comparecer ao Roundhouse na Stall Street assim que seu marido chegar à casa, madame. — Ele então pegou seu chapéu e saiu a passos largos, batendo a porta da frente.

Uma hora mais tarde, meu tio chegou, mas nada foi dito. Falamos de Charles. Ouvimos a opinião de Franklin de que provavelmente não era varíola, apenas febre. Ouvimos a opinião da maioria das pessoas que beberam as águas no Pump Room, muitas das quais achavam que varíola não era nada, algumas das quais tinham várias receitas de bebidas fitoterápicas e outras que acreditavam em uma sangria imediata. Meu tio sentou-se para escrever à pobre irmã sobre todos esses conselhos, mas minha tia não disse uma palavra sobre a visita do condestável.

Choveu forte a tarde toda, e ninguém se aventurou a sair. Ninguém visitou o Roundhouse para ver o condestável.

Eu apenas perguntei a Jane o que ela achava que minha tia quis dizer ao chamar a srta. Gregory de "uma mulher sem moral ou probidade financeira".

Jane respondeu o seguinte:

— Ela engana os clientes e vive com um homem fora do casamento.

Falei para Jane que nesse caso, com certeza, ninguém acreditaria nela, mas Jane respondeu:

— O roubo significativo é muito sério.

Sexta-feira, 29 de abril de 1791

Outro dia horrível. Quando Jane e eu estávamos conversando sobre ele esta noite, nós duas dissemos que achávamos que no café da manhã a sra. Leigh-Perrot havia contado ao marido sobre a visita do policial e sobre a acusação.

Nosso tio comeu muito pouco e saiu rápido da mesa quando Franklin entrou e sussurrou para ele que o advogado havia chegado. Antes de sair da sala, eu o vi tocar a esposa com afeição no ombro. Ela não disse nada nem gesticulou em resposta, mas tanto Jane quanto eu suspeitamos de que seus olhos estavam lacrimejando.

Quando a mesa do café da manhã foi retirada, ela, de repente, falou pela primeira vez para perguntar se Eliza possuía dois ou três quartos em sua residência temporária na Praça da Rainha. Jane respondeu que havia três quartos, e a sra. Leigh-Perrot assentiu com calma e disse que isso era bom porque, se houvesse algum problema temporário, talvez Eliza teria que nos acolher na Praça da Rainha.

— Por quê? O que poderia acontecer? — perguntou Jane de forma direta.

A sra. Leigh-Perrot deu um sorriso superior.

— Bem, vocês conhecem os homens e como eles se preocupam — respondeu ela. — Seu pobre tio enfiou na cabeça que essa srta. Gregory pode causar problemas. Aparentemente... — E, quando chegou a isso, nossa tia desviou o olhar de nós, fitou a janela e terminou dizendo: —Aparentemente, ela tem um tipo de... amizade com o chefe de polícia.

O olhar de Jane cruzou com o meu, e ela ergueu as sobrancelhas. Porém, nenhuma de nós tinha coragem de fazer nenhuma piada e, quando minha tia nos mandou ir escrever cartas ou algo assim, nem discutimos a questão. Estávamos muito preocupadas com Charles e com a possibilidade de o pobre coitado estar com varíola. Jane está escrevendo uma carta para a mãe, e eu estou escrevendo em meu diário.

Por volta das onze horas, Jane e eu saímos para fazer a última prova de nossos novos vestidos. Foi meio triste, porque nossa tia não quis ir. Desde a hora do café da manhã, ela assumira uma expressão preocupada, e seu marido, que parecia afeiçoado a ela, continuou lançando olhares de ansiedade em sua direção.

Fomos sozinhas, e logo nos juntamos a Harry. Devo dizer que comecei a suspeitar de que ele ficava vigiando a casa porque sempre que saíamos com nossas toucas e mantos — e sozinhas — logo ele estava ao nosso lado.

Ao contar para ele sobre Charles, Jane, que quase nunca chora, deixou lágrimas inundarem seus olhos. Harry ficou muito preocupado. Acho que se eu não estivesse lá ele a teria tomado em seus braços.

— Ele ficará bem, é um garotinho forte. Sei de seis ou sete rapazes que tiveram varíola quando eram pequenos. Ficam com algumas marcas, mas ele não vai se importar. Vai para a escola naval no final do verão, não vai? Ficará orgulhoso de algumas cicatrizes lá, o deixará com aparência de durão. — Enquanto ele falava, pude ver como se esforçava para pensar na coisa certa a dizer.

Jane engoliu em seco um pouco, depois riu e engoliu em seco outra vez. Ela parou ao lado da cerca do jardim da Praça da Rainha e olhou para os arbustos. Mais uma vez, me abaixei para amarrar o cadarço. Quando dei uma olhadinha para cima, Harry havia abraçado Jane.

Um pouco depois, duas senhoras de sombrinhas vieram pela calçada conversando alto, e Jane afastou-se.

— Querido Harry — disse ela com afeição —, vou parar de me enganar e constranger todo mundo.

Quando voltamos da loja da costureira, a diligência de Bristol estava entrando na Gay Street. Parecia haver apenas duas pessoas nela, mas um grande número de chapeleiras atrás, no bagageiro.

— Duas mulheres — deduzi.

— Ou um homem e uma mulher com muitas cabeças — comentou Jane.

Ela continuou tentando fazer piadas a manhã inteira. Acho que estava constrangida por ter chorado na frente de Harry. Ele se oferecera para esperar em frente à loja da costureira enquanto experimentávamos os vestidos, mas Jane falou para ele deixar de ser bobo e não perder uma bela manhã e ir dar uma volta pelos jardins Sydney, ou algo assim. Ele pareceu muito triste quando saiu, pobre coitado.

Eu estava tão absorta pensando em Jane e Harry e tentando descobrir se ela estava apaixonada por ele ou não que por um instante não notei que a diligência havia parado em frente à casa dos Leigh-Perrot. Somente quando Jane arfou que percebi que o homem alto e bem robusto que havia pisado na calçada era meu irmão.

— Ah, não — lamentei enquanto respirava.

Não achei que aguentaria ter Edward-John e Augusta por perto com as preocupações com o coitadinho do Charles — e a preocupação com a tia Leigh-Perrot sendo acusada de roubo.

Senti-me constrangida por vê-los de novo. Da última vez, fiquei tão irritada com eles que apenas os ignorei e não me preocupei em me despedir. Naquele momento, sentia que não podia ir lá abraçá-los e nem mesmo cumprimentá-los com um aperto de mão.

Por sorte, a porta abriu bem naquela hora. Franklin desceu correndo, irradiando felicidade. Ele olhou para a diligência, mas se dirigiu depressa para Jane.

— Boa notícia, srta. Jane — sussurrou ele, depois foi ajudar com a bagagem.

A essas alturas nossos tios tinham saído, titio mostrando uma carta e gritando:

— Nada além de catapora! O menino está bem.

Jane ficou tão branca por um momento que pensei que fosse desmaiar. Abracei-a quando ela se segurou nas grades de ferro. Após um minuto, sua cor voltou e ela riu um pouco histérica.

— Sinceramente, Cassandra! Ela não sabia a diferença entre catapora e varíola?

Tentei justificar o erro de Cassandra, dizendo que, às vezes, era difícil distinguir entre as duas no estágio inicial, mas Jane não estava ouvindo. Estava apertando as mãos de Edward-John e Augusta com muita educação (eu apenas fiz uma rápida reverência e mantive o olhar voltado para a calçada) e dizendo com seu melhor tom de adulta:

— Que pena termos que sair às pressas logo agora que chegaram, mas temos mesmo que levar a boa notícia para a prima Eliza. Ela ficou muito preocupada quando lhe contamos sobre Charles.

Em vez de irmos até Eliza — ela nem sabia sobre a doença de Charles —, Jane e eu fomos dar uma volta. Harry juntou-se a nós e subimos a Crescent e ficamos vendo a paisagem de lá. Depois demos uma boa olhada no número I, também. Apesar de ainda estar bem claro, podíamos ver centenas de velas já acesas dentro da casa.

— E pensar que estaremos dançando lá semana que vem — falei com ansiedade.

Senti-me um pouco culpada porque Thomas não estaria lá, mas então imaginei a carta longa e amável que poderia escrever para ele descrevendo o evento (e a daria para Harry postar). Thomas me dera o nome de um navio-correio em Southampton. Pelo jeito, os navios levam cartas uns para os outros.

— Eu dançarei com um *conde* — disse Jane, olhando para as janelas suntuosas.

— Não o Monsieur Malvado, espero. Deixará Eliza com ciúmes — comentei.

— Todo francês é um conde — declarou Jane, categórica, e Harry riu.

Ele a conhece tão bem e está sempre se divertindo com a conversa, ainda mais quando ela está vivenciando uma de suas histórias.

Após o jantar, subimos para nosso quarto, dizendo que íamos escrever cartas. Parecia que o sr. e a sra. Leigh-Perrot iam ficar felizes em se juntar a nós, mas Augusta estava falando sobre dois irmãos, amigos deles, mercadores muito ricos, que tinham compartilhado a diligência com eles e que estavam hospedados na Greyhound que, de acordo com ela, era a melhor pousada de Bath.

— Harry está lá fora — disse Jane, indo para a janela fechar as cortinas. Ela deu um suspiro. — Puxa vida, que romântico seria se ele ficasse andando na calçada até o amanhecer! Acha que é isso que ele vai fazer?

— Pobre Harry! — Juntei-me a ela, abrindo um pouco a cortina de volta para vê-lo.

O movimento foi o suficiente para atrair a atenção dele, que deu uma olhada rápida para cima e tirou uma carta dobrada do bolso, fingindo estar ocupado examinando o endereço.

— Jane — falei, rapidamente. — Acho que Harry tem uma carta para mim. Ou talvez para você...

— Vamos descer. — Jane já estava na porta.

Nós descemos as escadas e abrimos a porta da frente devagar e com o maior cuidado possível.

Harry estava com uma carta na mão. A caligrafia forte e correta com aquela tinta muito preta quase pulou em mim; mal notei a âncora pequena e bem desenhada em um canto da folha dobrada. Imediatamente sabia que era de Thomas.

— Para você, srta. Jenny — disse ele. — Estava na pousada quando fui para casa.

Harry ficou aliviado assim que guardei a carta com segurança debaixo de meu manto. Logo Jane e eu voltamos para dentro de casa e subimos as escadas para o quarto. Foi a primeira carta longa de verdade que recebi de Thomas. Vou prendê-la aqui, e todos os dias quando abrir meu diário vou relê-la.

Minha querida Jenny,

Está quase amanhecendo aqui em Southampton. Quando olho para o leste, posso ver uma leve claridade no céu. Todos os homens também estão observando o céu. Eles sabem que, assim que o dia chegar, eu darei a ordem e então içaremos as velas. A maré está virando. Há sempre algo mágico em uma vazante ao amanhecer. O vento sopra forte do leste. E afora, minha querida, eis minha notícia maravilhosa.

Minhas ordens foram mudadas. Só eu sei disso até agora, mas, quando eu contar para os homens, será uma grande aclamação. Não vamos para as Índias Orientais, mas para as Índias Ocidentais. Estaremos em casa antes do Natal.

Queria que pudesse ter visto meu navio. Há poucos minutos, o cordame dos três mastros era preto em contraste com o céu cinza-claro, mas dei a ordem e então três velas brancas enormes foram içadas e uma suave linha dourada surgiu no horizonte. Em poucos minutos, devo terminar de escrever esta carta e entregá-la para o barco que vai para a terra firme com as cartas de todos. E em seguida darei a ordem para partirmos. Vamos navegar de Southampton, passando pela costa da Espanha, e atravessaremos o Atlântico em direção a Barbados.

Minha querida, desde que ficamos juntos no início da manhã do dia em que eu partiria de Steventon, sempre penso que esta hora, antes do amanhecer, é o momento mais solene do dia, e agora estou pensando em você e na vida que passaremos juntos. Tenho a impressão de que sou como um homem que tem andado por uma estrada longa e solitária por muitos anos e por fim cheguei em casa, onde tenho afeto e companheirismo. Encontro-me sorrindo em momentos estranhos do dia quando seu rosto surge diante de mim.

Talvez um dia você me acompanhe em uma viagem e poderei mostrar-lhe todas as maravilhas do mundo. Enquanto isso, procure ficar bem e feliz, meu bem, até o dia em que eu voltar e pudermos nos casar.

Com todo o meu amor,
Thomas
P.S.: Fique de olho em Elinor por mim, está bem?
Sinto que ela não está feliz.
P.P.S.: Obrigado por sua carta adorável.

Sábado, 30 de abril de 1791

O café da manhã foi uma refeição silenciosa. Augusta ficou me olhando com desgosto, e imaginei o que foi dito ontem à noite. Edward-John não olhou para mim de forma alguma e bajulou nossos tios de uma maneira repugnante.

Logo depois do café da manhã, houve uma batida estrondosa na porta. Jane e eu estávamos na escadaria, mas paramos e esperamos até que a criada fosse abrir a porta. Quando vimos o policial na entrada e o ouvimos pedir para chamar a sra. Leigh-Perrot, descemos os degraus de novo e esperamos nos fundos do saguão.

Acho que, se tivesse sido Franklin, ele teria deixado o policial esperando no saguão e chamaria o sr. Leigh-Perrot, mas a criada era atrapalhada e logo encaminhou o homem para a sala de café da manhã. Jane e eu conseguimos ouvir cada palavra que foi dita. Jane escreveu tudo como se fosse uma peça de teatro. Acho que é o mais correto — escrita no estilo único de Jane, é claro.

Policial: Reu devo redi-la que me raconpamhe até o Roundhouse, madame.

Sra. Leigh-Perrot: Que absurdo! Diga o que tiver de dizer e seja rápido!

Policial: Ré meu dever rinformá-la, madame...

Sra. Leigh-Perrot: Não fale desse jeito comigo, senhor. Retire-se já ou chamarei a polícia.

Policial (gritando): Reu sou ra polícia, madame.

Sra. Leigh-Perrot: Ora! Besteira!

Policial: Ra senhora precisa responder ralgumas perguntas sobre um corte de renda roubado, madame.

Sra. Leigh-Perrot: O que quer dizer com "roubado"? Não tenho conhecimento de nenhuma renda roubada.

Entra o sr. Leigh-Perrot

Sr. Leigh-Perrot: Meu bom homem, está ciente de quem eu sou? O prefeito desta cidade é um grande amigo meu.

Policial: (gritando em tom ameaçador): Rentão que seja rassim, senhor, se a boa senhora não se apresentar ao Roundhouse, então rela será presa.

Então o policial saiu da casa, sem esperar que ninguém o acompanhasse até a porta. A essa altura, Edward-John e Augusta já estavam presentes. Dava para ver pela incerteza nos olhos da minha cunhada que ela não tinha muita certeza de como agir. Por um lado, o casal Leigh-Perrot é muito rico — a sra. Leigh-Perrot é herdeira por mérito próprio. Por outro, era extremamente vergonhoso ser preso e arrastado para a cadeia por um guarda policial. No final das contas, Augusta resolveu o problema de como se comportar desmaiando ruidosamente sobre o sofá.

— Que bom que está aqui, Edward-John. Pode cuidar de sua irmã e de sua prima já que seu tio James enfiou na cabeça essa ideia de que deseja me acompanhar. — Nossa corajosa tia ignorou o corpo inconsciente no sofá e pediu à criada que trouxesse sua touca e casaco de pele.

— Podemos acompanhá-la? Por favor, tia, nos deixe acompanhá-la? — Jane também estava ignorando Augusta, que, percebendo que ninguém além do marido estava prestando atenção a ela, sentou-se com um leve gemido de terror.

— Nenhuma jovem de verdadeira elegância poderia visitar um lugar desses — declarou ela, olhando com a expressão tensa para Jane.

— Vamos caminhar juntos — disse Jane com a voz firme. — Querida tia, por favor, nos dê permissão. Somos sua família. Minha mãe iria querer que fizéssemos isso.

Edward-John emitiu alguns sons como se também fosse se oferecer, mas Augusta deu um basta nisso estendendo os braços para ele e depois desmaiando outra vez.

— Claro que não. — falou a sra. Leigh-Perrot, com seu tom autoritário de sempre, mas deu um tapinha no ombro de Jane e acho que ficou bem comovida com a oferta.

— Que pena — comentou Jane enquanto olhava para o casal descendo a colina íngreme do Paragon. — Teria dado uma cena emocionante em um romance.

Fiquei muito chocada, mas não resisti e dei uma risadinha ao voltarmos a subir as escadas para nosso quarto a fim de escaparmos de Augusta e Edward-John. Sentamo-nos no banco sob a janela para vermos os Leigh-Perrot quando voltassem e tentamos adivinhar se eles voltariam de cabriolé ou de liteira, ou se viriam andando.

Muitas charretes, seges e outros veículos passaram, seus cavalos avançando com dificuldade na colina íngreme, mas não havia nenhum sinal de familiares. Então uma diligência enorme passou com dificuldade, levando um bom tempo apesar dos quatro cavalos se esforçando ao máximo.

Depois que ele passou, um jovem loiro surgiu do outro lado e atravessou a rua. Logo a seguir, ouvimos a campainha.

— É Harry — disse Jane.

Ela deu uma olhada rápida no espelho e abriu a porta bem devagar, fechando-a com cuidado depois que passei. Juntas descemos as escadas na ponta dos pés e chegamos ao saguão antes da criada.

— Volte para a cozinha, Rosalie, é só alguém trazendo notícias — disse Jane imitando a maneira imponente da sra. Leigh-

-Perrot, e Rosalie desapareceu antes de Jane avançar e abrir a porta pesada da entrada e puxar Harry para dentro.

Deu uma olhada rápida na segunda sala. Estava vazia, então assenti para Jane, que pegou Harry pela mão e o guiou até lá.

— Não é outra carta para a Jenny! — exclamou Jane.

Harry negou com a cabeça e explicou que havia encontrado com o sr. e a sra. Leigh-Perrot a caminho da prefeitura. Ele os acompanhou e eles contaram tudo o que havia acontecido. Durante a viagem até lá, eles tinham recebido uma carta declarando que se estivessem dispostos a recompensar a srta. Gregory, mais nenhuma atitude seria tomada. Harry descreveu como o casal discutiu sobre isso.

— É uma conspiração — disse Jane de forma dramática. — Uma conspiração covarde para arrancar dinheiro de uma mulher inocente.

— O sr. Leigh-Perrot queria enviar uma nota de dez libras e acabar com essa história toda, mas a sra. Leigh-Perrot não concordou — explicou Harry. — Disse que era inocente e que provaria aos olhos da lei. — Ela disse a Harry que eles não precisavam de ajuda, que ficariam perfeitamente bem e que nenhum mal jamais aconteceu a um inocente. Mas Harry, que podia ver que o sr. Leigh-Perrot estava ansioso, falou que ele estava indo naquela direção de qualquer forma.

Ele nos contou que ficou feliz por acompanhá-los quando viu o policial parado na frente da prefeitura. De acordo com Harry, o homem dirigiu-se ao casal idoso de maneira um tanto rude.

— Então me adiantei e perguntei ao sr. Leigh-Perrot se eu seria de alguma ajuda se o acompanhasse até lá dentro. Falei com o policial sobre ser gentil com as pessoas. Ele respondeu com uma grosseria e infelizmente — Harry deu um sorriso travesso antes de terminar — minha bota deu um jeito de derrubá-lo quando eu estava entrando.

— Harry, você será o herói de minha próxima história — disse Jane, entusiasmada.

Devo dizer que eu mesma quase senti vontade de beijá-lo. Ele era um jovem tão tímido e reservado e mesmo assim teve muita coragem quando precisou ter.

— Só achei que deveria entrar com eles, pois poderiam querer alguém para fazer as coisas para eles — explicou Harry com modéstia.

— E o que aconteceu? — Quase esperei que Jane corresse para sua escrivaninha lá em cima e começasse a escrever tudo como se fosse uma história.

— Bem, o prefeito ficou meio constrangido — disse Harry. — Acho que provavelmente os conhece muito bem, já que ele quase chamou o sr. Leigh-Perrot de "James" e depois se conteve. O magistrado não foi tão amigável, e aquele policial ficou se intrometendo e dizendo: "Bem, temos dois depoimentos juramentados afirmando que a sra. Leigh-Perrot é culpada, e somente a palavra dela de que é inocente." Eles tinham a srta. Gregory e aquele Filby que trabalha para ela. Supostamente, os dois estavam lá. — Ele hesitou um pouco e depois acrescentou: — Receio que vão mantê-la presa por enquanto até que o sr. Leigh-Perrot consiga a fiança. E ele ficará com ela. A sra. Leigh-Perrot queria que ele voltasse porque ela não queria que vocês duas ficassem sozinhas, mas o marido disse que Edward-John e a esposa certamente poderiam cuidar da irmã e da prima.

Foi muito egoísmo de minha parte, mas precisava escrever o que penso aqui em meu diário. E foi isto: *Voltei a ficar sob o comando de Augusta*. Tentei parar de pensar nisso e perguntei a Harry se a sra. Leigh-Perrot estava muito transtornada.

— Ah, ela os enfrentou — contou Harry com um sorrisinho. — Ela empinou o nariz e disse: "Com certeza a renda branca estava comigo." Depois apontou para os dois miseráveis, foi como ela os chamou, e acrescentou: "Mas só eles sabem como ela foi embrulhada com a renda preta que foi comprada e paga."

— Harry, o que quer dizer ao falar que o Filby estava 'supostamente' trabalhando para a srta. Gregory? — perguntou Jane, lançando-lhe um olhar penetrante.

As bochechas de Harry ruborizaram, e ele passou a mãos pelos cabelos.

— Tenho minhas suspeitas sobre esse indivíduo — disse, apenas, e Jane não o questionou mais, embora eu pudesse ver seus olhos cintilando de empolgação.

Harry então entregou uma lista que a sra. Leigh-Perrot entregara das necessidades dela e do marido para passar a noite. Eu me ofereci para levar a lista para a camareira e saí, deixando-os a sós. Foi gentileza de Harry ajudar o casal idoso, pensei, e me senti envergonhada por meu irmão não ter feito tanto pelos tios.

Depois que ele foi embora com uma mala bem-arrumada, Jane me disse que achava que esse tal de Filby estava tendo algum tipo de relacionamento irregular com a srta. Gregory — "Vivendo em pecado", ela sibilou quando pareci confusa.

6 horas de sábado, 30 de abril

Augusta acaba de anunciar que devíamos ir ao baile nos Salões da Assembleia, para continuar vivendo e mostrar ao mundo que não acreditamos no que está sendo dito sobre a pobre e querida tia Leigh-Perrot. Não acredito que até mesmo Augusta possa ser tão insensível. Jane e eu esperávamos que o sr. Leigh-Perrot houvesse conseguido a fiança para a esposa a essa altura, mas não tivemos notícias, então os pobres coitados terão de passar a noite sob custódia. Harry acabou de voltar com um recado para Edward-John. No saguão ao sair, Jane sussurrou pedindo que ele não deixasse de ir aos Salões da Assembleia esta noite que ela lhe ofereceria todas as danças para que pudessem conversar sobre o caso e descobrirem se há uma conspiração entre a srta. Gregory e o sr. Filby para tirar dinheiro dos Leigh-Perrot. Ela tem certeza de que o bilhete que foi entregue a eles a caminho da prefeitura é sinal de que estão sendo chantageados. Eu me senti meio mal com a ideia de ir aos Salões da Assembleia enquanto os Leigh-Perrot estão passando por tamanho problema, mas devo admitir que Jane está cheia de ideias práticas para a libertação deles.

É egoísmo de minha parte, mas devo dizer que meu coração fica apertado só de pensar no que o almirante dirá quando ouvir essa história. Será um grande escândalo e, com certeza, ele não vai querer o sobrinho envolvido com uma família tão desonrada.

DE VOLTA AOS SALÕES DA ASSEMBLEIA

Os Salões da Assembleia – tão diferentes e ao mesmo tempo iguais a antes.

Os mesmos belos candelabros, a mesma companhia elegante, o mesmo salão de baile esplêndido com os mesmos cinco candelabros esplêndidos, a mesma multidão de damas e cavaleiros belamente vestidos, a mesma sala octogonal amarela-prímula e a estreita sala verde de carteado, a mesma adorável sala de jantar rosa...

Jane em seu vestido amarelo-narciso flertando com Newton Wallop...

– Meu querido rapaz, de onde foi que tirou essas besteiras sem propósito? Suspeito que anda lendo romances...

Mas não com Thomas...

Augusta aparece. Quer apresentar seus queridos amigos... dois homens de aspecto jovem, muito gordos e de aparência um tanto suja – provavelmente com trinta e poucos anos –, fazendo reverência com muita educação. Eles fazem todos os tipos de elogios a Edward-John, inclusive parabenizando-o pelo sermão da semana passada. Meu irmão parece um pouco surpreso com isso e fico imaginando se esses dois – Augusta os apresenta como mercadores de Bristol – foram de fato à igreja dele.

Estou dançando com o mais jovem dos dois, o sr. Stanley, um homem bem pequeno comparado com meu Thomas, com uma barriga redonda estufada por baixo do colete bordado e caindo por cima da calça amarelo-clara, além de um rosto grande e redondo perpassado por gotas de suor.

Ele tenta manter diálogo, para me impressionar, fala sem parar sobre o quanto seus cavalos são velozes e o quanto foi inteligente ao escolhê-los. Não presto muita atenção, mas então ele diz algo que me faz ofegar.

Está tentando me fazer adivinhar quanto custa seu cavalo...

– Bem, eu lhe darei uma dica. – Ele sorri para mim, sua boca grande e oleosa se abrindo e mostrando seus dentes amarelos. Ele hesita por um momento e depois fala devagar e com pompa: – O que diria se eu lhe contasse que esse cavalo custa tanto quanto pago por dez escuros?

– Escuros! – Por um momento fico confusa, e então me dou conta do que ele quer dizer.

Encaro-o com nojo e ele sorri para mim, revelando seus dentes horríveis.

– Escravos da África, sabe. Eu os trafico. Ganho muito dinheiro, posso lhe garantir. Precisam ir ver minha casa dia desses, você e sua irmã, srta. Cooper. Iriam se perder nela! É um lugar enorme em Clifton, no topo da colina além de Bristol.

Desvio o olhar, olho ao redor do salão, para qualquer lugar que não esse homem nojento.

Jane está dançando com o coronel Foster agora. Phylly e Lavinia estão com as cabeças encostadas, observando-a com olhos críticos e hostis. Aparentemente, Phylly é meio que prima de segundo grau de Lavinia. Parecem gostar muito uma da outra. Eliza está dançando com o Monsieur Malvado. Augusta está sendo rodopiada pelo irmão desse tonto que está dançando comigo. Os dois irmãos parecem igualmente repugnantes. Sem dúvida, o sr. Jerome Wilkins também é traficante de escravos. O fato de serem ricos já é o suficiente para Augusta. Eu a conheço bem o suficiente para saber que ela venera dinheiro.

A dança termina. Invento a desculpa de que preciso encontrar minha prima.

Jane está com Harry Digweed. Estão de cabeças encostadas em um canto do salão. Não quero interromper e vou para o vestiário. É o início da noite, só tem uma pessoa lá – uma garota sentada no banco sob a janela, olhando fixo pela vidraça – encarando o nada. É Elinor – sua cabeça está virada, mas posso ouvir um choro abafado.

– Vá embora! – grita ela, com violência. – A culpa é toda sua! Por que você interferiu? Não era da sua conta. – Ela ergue o rosto em minha direção.

Vejo uma marca vermelha em sua face como se alguém a tivesse esbofeteado.

– Elinor! O almirante fez isso?

Toco sua face. Ela recua e se afasta, encarando-me.

– Não foi o almirante – responde ela.

– Então quem?

Ela parece prestes a responder, mas balança a cabeça.

– A culpa é toda sua de qualquer jeito! – repete ela.

Sai correndo para longe de mim e volta para o salão. Eu a sigo. Vejo Sir Walter aproximar-se dela e passar o braço em sua cintura. Ela ergue o olhar para ele com lágrimas inundando seus olhos e ele dá um tapinha em sua mão com um sorriso de satisfação. Ele me vê olhando, encara-me friamente e depois se afasta abraçado com Elinor.

Será que ele bateu nela?

E logo Augusta está gritando em meu ouvido que o sr. Stanley Wilkins está esperando para dançar comigo. Desagradável, ele me puxa pela mão e me conduz na pista de dança.

Ignoro sua voz e olho ao longe sobre seu ombro para não ter que olhar em seu rosto. Quando a dança termina, faço uma breve reverência e vou ficar ao lado de Jane. Ela está se divertindo, como uma borboleta voando rapidamente de um parceiro para o outro. Ela acabou de permitir que Newton Wallop escrevesse seu nome no cartão para a próxima quadrilha.

Lavinia Thorpe faz um som agudo de sibilo atrás de nós, e Jane diz a ela com sabedoria:

– Ah, srta. Thorpe, temo que esteja de alguma forma exaltada por causa do vinho. Por favor, busque alívio para sua cabeça perturbada e seu coração apaixonado em um diálogo com uma mulher inteligente como eu.

Lavinia fica branca e diz:

– Estou avisando, Jane Austen!

Mas Jane não dá atenção, dança com Newton Wallop e depois com o coronel Foster, outro admirador de Lavinia.

Está quase na hora do jantar. Estou esperando por Jane na porta. Assim que ela vem, ouço Lavinia, rodeada por um grupo de garotas, dizer para Caroline com a voz bem alta:

– Eu sempre soube que Jane Austen e seus parentes eram mendigos, mas só hoje fui saber que na verdade também são ladrões. Vamos torcer para que a tia seja enforcada e que eles nunca mais mostrem o rosto perante a sociedade. Já posso imaginar aquela mulher pendurada na forca, e vocês?

Por um momento, o rosto de Jane congelou. Seus olhos se arregalaram e sua expressão era uma máscara de terror.

E então Harry, que estava parado ao seu lado, aproxima-se e fala com Lavinia na maior educação:

– Com licença, madame, mas acho que mencionou o nome da tia de uma amiga minha. Ou estou enganado?

Lavinia o encara por um momento – e eu prendo a respiração! –, em seguida abaixa os olhos e murmura:

– Acho que está enganado, senhor.

O rosto de Jane relaxa, voltando a sorrir, e ela diz:

– Querido Harry, venha jantar conosco!

Segunda-feira, 2 de maio de 1791

O sr. Stanley Wilkins e seu irmão igualmente repugnante, o sr. Jerome Wilkins, nos visitaram essa manhã.

— Prezada senhora! — O sr. Jerome passou um bom tempo debruçado sobre a mão de Augusta.

Eles são tão servis que causa até náusea. Ela sorriu com meiguice e parecia tímida. Eles passaram um por cima do outro para dar explicações, a respeito do motivo de não terem feito as visitas convencionais ontem depois do baile, por exemplo.

— Problemas com a carga — disse Jerome com riso de escárnio.

Eu estava encarando-os. Senti-me enojada. Aquilo significava que alguns pobres e infelizes escravos tinham morrido?

— As jovens não apreciam conversas de negócios — comentou Stanley com a voz alta e enérgica, com um olhar de censura para o irmão.

— Sente-se aqui ao meu lado, Jenny querida — murmurou Augusta, tentando ser igual a uma mãe carinhosa.

Depois que saíram, Augusta me passou um sermão por eu ter ficado tão calada, mas a ignorei e disse que precisava me encontrar com Eliza. Jane e eu estamos achando que visitar Eliza é muito útil. Isso nos permite sair de casa e também encontrar Harry e falar sobre os Leigh-Perrot.

Harry tinha mais notícias para nós.

— Tem uma mulher na cidade — contou ele baixinho enquanto nos acompanhava até a Praça da Rainha. — O nome dela é srta. Blagrave e, quando ela comprou um véu na loja da srta. Gregory, alguns meses atrás, notou que um indivíduo chamado Filby colocou dois véus no pacote em vez de um. No entanto, ela o viu e o avisou: "Não tente nenhum de seus truques comigo, rapaz."

Perguntei a Harry como havia descoberto isso, e ele contou que a camareira da pousada Greyhound ficara sabendo pela criada da sra. Blagrave.

— Como é essa camareira? — Jane me surpreendeu ao fazer essa pergunta de súbito.

— Bem magrinha, com cachinhos loiros caídos na testa — explicou Harry, que ficou ligeiramente corado ao responder, e Jane olhou de cara feia.

— Acho que essa história sobre a sra. Blagrave é muito importante — comentei. Não conseguia entender o que a aparência da camareira tinha a ver com o caso.

— Eu também — falou Harry. — Acho que pelo jeito esse tal de Filby tem uma reputação por fazer coisas desse tipo. O que acha que eu devia fazer?

— Contar ao meu tio, é claro — respondeu Jane. Sua voz soou meio irritada, mas Harry pareceu não notar.

— Estava pensando que seria melhor falar com o advogado. — Harry não parecia notar o humor de Jane. — Mas é que seu tio... — ele estava se dirigindo a nós duas — ... ele é um homem muito bom e gentil, e não creio que gostaria de fazer mau juízo de ninguém, ou fazer algo ardiloso como investigar uma criada.

— Você mesmo poderia investigar a criada, Harry? — perguntei.

Ele era um rapaz bonito e charmoso, e pensei que seria mais provável que tirasse algo de uma garota do que um advogado com conduta ameaçadora e linguagem jurídica.

Antes de partirmos, resolvemos tudo. Harry ia conversar com a camareira, ver se ela convenceria a amiga a passear com ela — talvez nos jardins perto do rio — e Harry as encontraria por acaso, ofereceria a ela um sorvete e extrairia todas as informações possíveis dela...

* * *

Jane e eu acabamos de nos preparar para o baile francês, como Jane o chama. Ficamos tão felizes por Augusta não ter sido convidada. E ela está furiosa! Tentou convencer Edward-John de que nós não deveríamos ir apenas com Eliza nos acompanhando, mas Edward-John, que, assim como a maioria dos homens, acha Eliza atraente ao extremo, recusou-se a concordar com a esposa. Pela primeira vez, ele enfrentou Augusta!!! Disse que considerava uma grande oportunidade e que, de qualquer forma, não tinha autoridade sobre Jane e seria muito triste se ela tivesse de ir sem a companhia da prima. Ele visitou os Leigh-Perrot de tarde, conversaram sobre o baile e os tios mandaram uma mensagem dizendo que estavam ansiosos para saber como foi tudo. Quando mencionou "Leigh-Perrot", Augusta calou-se. É óbvio que tinha em mente a conveniência de Edward-John agradar seus tios ricos e sem filhos. Até mesmo sugeriu que Rosalie deveria nos ajudar a nos vestir e arrumar nossos cabelos!

Graças a Rosalie, ficamos prontas bem no tempo certo. Ela é muito competente, uma criada bem-treinada, mas muito rígida, nas palavras de Jane. Ficamos bem quietinhas enquanto ela nos vestia, como se fôssemos bonecas. Jane estava pensativa, e não houve nenhuma piada ou surtos de risadinhas enquanto nos preparávamos com Eliza para o baile em Steventon. Quando ficamos prontas, ela nos colocou diante do enorme espelho de chão e disse com satisfação:

— Vocês duas serão as jovens mais lindas em Crescent esta noite.

Ficamos muito pomposas, pensei, olhando para nosso reflexo. Uma garota de cabelos e olhos escuros em um belo vestido amarelo-narciso e a outra loura em um vestido azul-campânula combinando com seus olhos. (Jane havia recebido tantos elogios sobre o novo vestido que decidiu usá-lo no final das contas.)

Acabei de perguntar a Jane quanto tempo teríamos que esperar para que Eliza nos buscasse, e ela respondeu que no mínimo quinze minutos — e que Eliza está sempre atrasada para tudo!

Então devo ter tempo para escrever sobre Harry.

Harry, eu acho, sabe de tudo sobre a família Leigh-Perrot. Sabe a que horas é o jantar, quando termina, e que Jane e eu sempre vamos para nosso quarto depois do jantar. Nesta família, há tantos criados que não temos tarefas como ajudar a tirar os pratos da mesa como fazemos em Steventon, então vamos direto lá para cima — enquanto nossos tios tiram uma soneca — e conversamos. Uma vez que é só um problema de Augusta e Edward-John, saímos correndo assim que a refeição termina.

E Harry escolheu aquele momento para caminhar para lá e para cá no Paragon do lado oposto da rua. Nós o vimos pela janela do quarto.

Descemos escondido e o chamamos para a segunda sala, fechando a porta depressa depois de entrarmos.

— Fui ver seus tios — contou Harry.

Seus olhos se arregalaram diante do novo vestido de Jane, mas ele era muito tímido para comentar e apenas continuou com a história de nossa pobre tia.

— O carcereiro os acolheu em sua própria casa em vez da prisão comum. Diria que o sr. Leigh-Perrot teve de dar a ele uma boa propina por isso.

— Como eles estão? — perguntei.

— Estão animados. A sra. Leigh-Perrot principalmente. Ela me contou uma história engraçada sobre a esposa do carcereiro misturar com uma faca as cebolas fritas, depois a lamber antes de entregá-la para a sra. Leigh-Perrot. Ao que parece, sua tia ficou tão chocada que deu o jantar dela para o cachorro!

Jane comentou que Franklin ficaria triste se soubesse disso, e concordei. O pobre ficava de um lado para outro como se o mundo houvesse desabado. Era dedicado aos seus patrões. Era quase como se eles tivessem substituído a família que ele deixara em Barbados.

— Mas não era só isso que eu queria contar a vocês — continuou Harry. — Eu estava conversando com o cocheiro na pousada Greyhound sobre os Leigh-Perrot. Apenas comentei por alto o assunto, e ele me disse que a camareira tinha uma história interessante para contar sobre isso. Pedi a ele que terminasse de tratar do meu cavalo para mim e lhe dei seis centavos. Fingi que tinha machucado o ombro e fiquei lá, esfregando-o. Deduzi que ele gostaria de contar a história, mas não queria assustá-lo mostrando interesse demais.

— Harry, você é mesmo um gênio! — exclamou Jane, e ele ficou roxo de vergonha. — Diga que o fez contar a história!

— Bem, ele não sabia muito, somente que era algo sobre Gye, o tipógrafo, ser dono do imóvel, a loja da srta. Gregory, digo. Ao que parece... — Harry ruborizou outra vez —, ao que parece o aprendiz do tipógrafo tem um tipo de relacionamento com a camareira.

— Que lugar mais devasso é esta cidade de Bath! — observou Jane, suas palavras com um ar de tão profunda satisfação que não consegui parar de rir... embora lamentasse muito mesmo por meus tios.

— Então fui pedir à camareira um pouco de água quente. E, quando a trouxe, eu a convenci a falar. Ela me fez jurar que não revelaria seu nome. — E até a testa de Harry ficou vermelha.

Mesmo assim, havia uma pitada de diversão em seus olhos azuis cor de centáurea.

— Ah — disse Jane com grande satisfação —, eu adoro segredos, ainda mais aqueles que requerem juramentos solenes e invioláveis — disse ela quase sem fôlego.

— Bem, a camareira não me contou exatamente nada, mas disse que tinha ouvido que o tipógrafo Gye, o dono da loja, dera presentes para a aprendiz, Sarah Raines, que trabalha para a srta. Gregory. O aprendiz o viu colocar um xelim em um pequeno embrulho e escrever o nome da garota nele.

— Propina! — exclamamos Jane e eu juntas.

— Vamos ter que arrumar mais provas — advertiu Harry. — A camareira jamais jurará no tribunal que o aprendiz do tipógrafo contou isso para ela. E o aprendiz do tipógrafo jamais dará uma prova contra seu mestre.

Perguntei a Harry se ele realmente achava que o caso iria a julgamento, e ele assentiu com um olhar rápido e ansioso para Jane como se quisesse ter certeza de que ela não estava muito preocupada. Ele já devia saber.

— Um processo judicial! — exclamou Jane. — Ah, Jenny, acho que será nosso dever estar lá para apoiar nossa querida tia.

Jane, eu sei, era muito sincera sobre seus sentimentos pela tia, mas devo dizer que tenho o pressentimento de que um processo judicial pode muito bem aparecer em suas histórias.

— É melhor eu voltar — disse Harry. — Pensei em fazer uma visita ao tipógrafo e ver se faço alguns cartões. Com certeza, minha mãe gostaria disso como um presente de Bath.

— E fazer aquele indivíduo covarde admitir seu crime! — disse Jane, animada, e Harry deu-lhe seu sorriso encantador e preparou-se para partir.

Quando o acompanhamos até a saída, Franklin estava na soleira da porta. Seus olhos pareciam vermelhos. Senti muita pena dele.

— Qual é a novidade, srta. Jane? — perguntou ele com ansiedade.

— Eles estão bem confortáveis, ficando na casa do carcereiro. Minha tia tem feito piadas, Franklin, então não precisa se preocupar com eles — contou Jane de maneira tranquilizadora, mas Franklin não pareceu aliviado.

— Tenho que me preocupar, srta. Jane — disse ele quase de maneira rude. Olhei-o com surpresa. Ele sempre era tão educado. Virou para trás encarando nós duas. — A cozinheira tem conversado comigo sobre isso — continuou. — O castigo por roubar qualquer coisa que valha mais de cinco xelins é a morte. Ela pode ser enforcada!

— O quê?! — Levei um susto, mas Jane deu um tapinha no braço de Franklin e disse-lhe que isso jamais aconteceria com alguém com o prestígio social da sra. Leigh-Perrot.

No entanto, quando voltamos a subir as escadas juntas, ela cochichou para mim que a tia Leigh-Perrot poderia ser transportada para Botany Bay, na Austrália. Ao que parece, eles transportam criminosos e os abandonam lá para o resto da vida.

— Não se preocupe — disse Jane quando exclamei. — Harry e eu acharemos uma solução para isso. O trabalho sujo está em andamento!

Jane acaba de ir até a janela e disse que está vendo a carruagem alugada por Eliza entrando no Paragon.

Agora ela está gritando no tom mais alto de sua voz sobre alguma coisa.

— Ah! Harry está aqui!

Terça-feira, 3 de maio de 1791

Querido, querido, querido Thomas,

Eu o amo. Fico imaginando com que frequência alguém pode dizer isso sem se tornar enfadonho. Eu o amo do topo de sua cabeça até seus pés. Quando vejo o sol, ele me lembra da calidez de seu amor. Quando estou sentada ao lado de minha vela, seu rosto está ali diante de mim. Quando ouço algo engraçado ou estranho, logo penso em lhe contar.

O irmão de Jane, Henry, veio à Bath ontem com uma mensagem de Frank para dizer que um navio pequeno e rápido partirá e encontrará o seu em Madeira e que por isso eu devia escrever imediatamente. Henry levará minha carta para Southampton, já que visitará Frank – então minha carta pode ser tão longa e pesada quanto eu quiser e não lhe custará um tostão. Então receberá duas cartas minhas! Temia que minha primeira carta demorasse meses para chegar até você.

E receberei uma carta sua, se tiver tempo para escrever. Henry disse que a receberei no prazo de algumas semanas.

Já tomamos café da manhã. Jenny foi praticar piano – para perturbar Augusta, ela toca bem alto e depois diz que prometeu aos tios que praticaria com dedicação todos os dias; Augusta e Edward-John não estavam se falando na sala do café quando saí depressa, com a desculpa de que precisava escrever algumas cartas. Claro que não disse a eles que ia lhe escrever!

Estava pensando em nosso casamento. Quando nos casarmos, poderia ser em Steventon? Para mim é muito mais um lar do que a casa de meu irmão em Bristol. A igrejinha de lá é tão encantadora.

Notou que não digo "se" – estou tão forte quanto a esposa de um marinheiro deveria ser. E digo "quando" todas as vezes que Jane e eu estamos falando desse assunto.

Então, sobre o que devo lhe falar? Primeiro, o baile no número I da Crescent e sobre a princesa de Lambelle. Eliza conseguiu um convite para mim e para Jane, e ficamos bem animadas.

O irmão de Jane, Henry, foi a mando da mãe visitar os Leigh-Perrot (por causa dessa acusação ridícula de furto em uma loja), e, sabendo que Edward-John e Augusta estavam ocupando a casa no Paragon, decidiu que seria mais agradável ficar com Eliza. Eles nos visitaram – Jane e eu – e, como sempre, Eliza e Henry estavam se dando muito bem mesmo!

Henry estava brincando sobre Phylly e nos contando sobre o quanto ela reclamava que Jane e eu estávamos levando uma vida desregrada em Bath. Henry, ao que parece, provocou Phylly dizendo que era ela que tinha uma série de amantes!

"E ele foi muito malvado – muito malvado mesmo – provocando a pobre Phylly a tarde inteira", disse Eliza, inclinando-se na carruagem e batendo de leve em Henry com seu leque.

Ela e o Monsieur Malvado, como chama o conde francês que é um grande amigo seu, estavam sentados em um lado da carruagem, e Henry se espremia entre mim e Jane e do outro lado, mas todos estávamos muito contentes.

E agora devo escrever sobre Crescent.

De alguma forma, Eliza, falando rápido em francês, conseguiu com que Henry entrasse – ela mesma disse que um rapaz bonito e descomprometido sempre é bem-vindo em qualquer festa!! Depois entramos pela porta da frente, no saguão majestoso, com suas paredes de mármore e trabalho em gesso muito bem moldado, e subimos as escadas.

A princesa de Lambelle – de acordo com Eliza, ela era meio italiana e meio alemã, daí que vem sua parte nobre – parecia falar apenas francês. Ela beijou Eliza nas duas bochechas, estendeu a mão para o Monsieur Malvado beijar e sorriu com delicadeza para o restante de nós.

Gostaria de saber como é uma princesa de verdade? Bem, ela parecia ter uns 40 anos, com uma aparência muito triste, um rosto com muitas rugas, usava um vestido de seda lilás bem-costurado, bordado com estampas de roxo mais escuro e com a barra franzida de renda dourada bem-trabalhada.

A sala de visitas era magnífica. As paredes cobertas de seda verde e um enorme candelabro com trinta velas penduradas no centro. Em vários lugares nas paredes, havia mais castiçais presos, cada um com duas ou quatro velas. Debaixo de cada castiçal, havia mesinhas Pembroke com quatro cadeiras douradas ao redor de cada uma para as pessoas poderem se sentar e conversar, enquanto as outras dançavam.

Dancei com Henry, que estava muito interessado em ouvir tudo sobre você e sua entrevista com Edward-John e sobre a viagem, e ficou tão satisfeito em saber que você está indo para as Índias Ocidentais, não para as Índias Orientais, e que voltará para o Natal. Ele é igual a você; acha que Edward-John cederá quando você voltar. Espero que vocês dois estejam certos!

Jane divertiu-se bastante. Newton Wallop estava lá, e eles dançaram juntos a maior parte da noite. Ela ficou dizendo coisas como:

"... Querido Newton, a essa altura de minha vida, considero-me salva da perseverança de amantes desagradáveis e da perseguição de pais obstinados..." (é uma citação de um de seus romances). Todos os cavalheiros e damas franceses – aqueles que falam inglês – estavam olhando para ela tão espantados que eu quase consegui parar de rir.

Henry foi meu parceiro no jantar. Foi muito formal, nem um pouco parecido com os dos Salões da Assembleia, onde todos simplesmente abrem caminho até a sala de jantar e escolhem uma mesa ou ficam na fila da mesa longa escolhendo o que querem comer. Foi mais como um jantar dançante.

Primeiro, um criado, todo bem-vestido com calça de seda até o joelho e cabelos empoados, surgiu à porta, tocou um gongo, depois saudou e anunciou:

"*Le dîner est servi.*"

Então, devagar e muito gentilmente, com muitas saudações e reverências, os convidados formaram uma longa fila atrás da princesa Lambelle e a seguiram pela escadaria abaixo até a sala de jantar, que ficava do lado esquerdo da porta de entrada. Enquanto esperávamos na fila, espiei a sala ao lado. Parecia um escritório porque havia uma escrivaninha e um pote cheio de penas, além de uma daquelas fecharias de pederneira para derreter cera e uma estante magnífica. (Chippendale, todos eles, sussurrou Henry a meu ouvido, acrescentando que os móveis Chippendale e Hepplewhite estão "*très à la mode*".) As mesinhas de carteado, provavelmente, eram fabricadas pela Chippendale ou Hepplewhite, mas o que me fascinou foi que em uma das mesas, colocando as fichas com uma expressão de ansiedade, estava a duquesa de Devonshire – ainda jogando cartas! Lembra que lhe contei sobre ela? Fico imaginando o valor das dívidas dessa mulher agora!

Depois passamos para a sala de jantar, onde outro criado nos mostrou dois lugares no final da mesa bem longa. Eliza e Monsieur Malvado causaram um pouco de confusão mudando de lugar para se sentarem a nosso lado, e Jane ignorou seu parceiro, que estava sendo conduzido mais adiante à mesa, e foi se sentar conosco. Ele a seguiu, é claro, mas não acho que tenha ficado muito satisfeito porque falou muito pouco durante todo o jantar. Mas os Austen e eu ficamos muito contentes com o diálogo em nossa língua com uma mistura de francês e o Monsieur Malvado participou da melhor maneira possível. Ele riu quando Eliza, informando-nos de que a mesa longa, provavelmente eram três unidas, lançou a pergunta do início ao fim das fileiras formais para ver quem saberia dizer onde ficavam as junções das mesas por baixo da imensa toalha de linho engomada. Com isso, ao longo de toda a mesa, cabeças empoadas de forma soberba abaixavam-se e espiavam debaixo da toalha engomada, enquanto a princesa de Lambelle olhava para os convidados de maneira estupefata.

"*On dit* que ela pagou quarenta libras somente para o serviço de sobremesa", sussurrou o Monsieur Malvado. "E a prataria, – *oh, là, là*!"

Eu ri, pensando em minhas cinquenta libras por ano, e Henry fingiu tentar enfiar uma colher de chá no bolso. Jane, é claro, se sentia bem em casa. Quando o criado tentou ajudá-la com uma salada de lagosta ela respondeu: "*Non, merci*", com firmeza. Também fez um gesto negativo com a cabeça para as ostras, os escalopinhos de vitela e a torta de carne de carneiro, e então apontou para a torta inglesa e disse em inglês: "Um pouco disso, por favor." Também decidi comer torta inglesa, então apenas olhei para o criado, e ele, em postura serviçal, serviu outra porção grande em um belo prato Wedgwood. Para meu constrangimento, todos estavam olhando para nós e rindo, e até mesmo o rosto triste da princesa deu uma pausa para um sorriso indulgente. Suponho que éramos as convidadas mais jovens da festa, e todos pareciam nos tratar meio como crianças, vindo falar com Eliza sobre nós e admirando nossos vestidos.

Queria que você tivesse ido também e pudesse ter visto meu vestido azul-campânula. Os Leigh-Perrot presentearam a nós duas com novos vestidos de baile, que são tão bonitos – o meu em dois tons de azul e o de Jane com um belo tom de amarelo-prímula.

Estou imaginando meu amor como um daqueles balões gigantes e coloridos que levam os homens pelo céu, e eu o envio pelo mar para você.

De sua Jenny.

Acabei de selar minha carta para Thomas e de perguntar a Jane se gostou da festa na Crescent. Ela bocejou e disse:

— Ela me dará algum material para meus romances.

Eu não disse nada e, após um minuto, ela bocejou de novo e acrescentou:

— Eles não parecem reais, esses condes franceses, parecem? Não dá para imaginar fazer um passeio com eles pela floresta...
— E depois foi para a cama.

Quarta-feira, 4 de maio de 1791

Logo após o café da manhã, Jane e eu escapamos para nossa caminhada matinal. Dessa vez, estávamos preparadas com a desculpa de que queríamos nos despedir de Henry, que estava voltando para Steventon na diligência do meio-dia.

Não havia sinal de Harry Digweed, então descemos até a Praça da Rainha e tocamos a campainha da porta de Eliza. Por incrível que pareça, ela já havia se levantado e estava pronta, seu rosto delicadamente empoado e com um discreto traço de ruge nas bochechas.

— *Mes chéries!* Entrem, entrem, *mes petites*! — Eliza estava de ótimo humor. Mas então, com um olhar de culpa por cima do ombro, mudou para um tom dramático e trágico. — Como vocês são boas, *mes chères petites filles*. Vieram para alegrar sua *cousine* solitária.

— Solitária? — Jane e eu nos entreolhamos com as sobrancelhas erguidas.

A essa hora, nós duas estávamos na sala de visitas. O consolo da lareira estava repleto de inumeráveis convites; montes de flores de estufa, cada uma com o nome pendurado de quem a mandou, transformando a sala em um jardim. Ninguém em toda a cidade de Bath parecia menos propenso que Eliza a estar solitário.

— É Phylly! — exclamou Eliza em voz alta com um tom de coração partido. — Está pensando em me deixar e ir para Steventon. *Hélas!* — Eliza engoliu em seco, o que fez Jane rir, mas logo Phylly entrou com passos largos, e Eliza parou de repente. Phylly não estava usando seu manto e sua touca.

— Mudei de ideia, prima Eliza — anunciou ela de forma solene. — Decidi que seria inadequado viajar sozinha com um jovem.

— Mas ele é seu primo, Phylly — lamuriou Eliza, e Henry olhou feio para ela, beijou a nós três, fez reverência para Phylly e declarou que precisava partir imediatamente.

Nós o ouvimos descer rápido as escadas.

— Ele vai chegar muito, muito, muito cedo — murmurou Jane para mim enquanto olhávamos lá embaixo pela janela para o vulto de seu irmão que escapava.

— *Les jeunes*, a vida é diversão e movimento para eles — disse Eliza, triste. Mas, então, alegrou-se. — Vamos falar sobre o baile — sugeriu. — Jane, *chérie*, você fez uma conquista e tanto, não é mesmo? Podemos ver nossa pequena Jane como a esposa de um conde uma hora dessas, Phylly!

— Um conde! — Jane encarou-a. — Do que você está falando, Eliza?

Eliza riu.

— Ouça só ela, Phylly. Passou a maior parte da noite dançando com ninguém menos que Newton Wallop, o filho do conde de Portland! E olha só ela com essa carinha de bebê. Ele está tão encantado por ela! Presta atenção em tudo o que ela diz. E Jenny, também, sua garota travessa! Eu vi você com o *comte*. Vocês estavam rindo juntos.

Jane e eu demos risadinhas, Phylly não estava achando graça.

— Devo dizer que todo esse flerte me preocupa. No que vocês duas estão pensando, meninas? Esse tipo de comportamento vai deixar vocês faladas. Queria que todas nós pudéssemos sair desta cidade devassa e voltar para nosso estilo sossegado da província.

— *Hélas!* — Eliza suspirou, deixando para nossa imaginação adivinhar se ela estava se referindo à perda dos dias sossegados da província ou à presença contínua de Phylly.

— Temos de deixá-la — declarou Jane com o rosto sério. — Temos um compromisso com um jovem cavalheiro nesta cidade devassa de Bath e não podemos decepcioná-lo. Quem sabe, mas ele pode cair em desespero e terminar seus dias em um riacho. Escrevi um poema sobre aquela última noite. – Ela ficou bem parada no centro da sala, seus pés, em seus sapatos elegantes sem cadarço, viraram para fora, as mãos cruzadas na frente do corpo, agarrando sua bolsa, e recitou:

Aqui jaz meu querido amigo
Que tendo prometido se casar comigo
No riacho aos fundos da casa de Laura se jogou
E com seu belo corpo e rosto lindo se afogou

Depois fez uma leve reverência para Phylly. Nós duas descemos as escadas correndo, fomos voando para a Praça da Rainha e explodimos em gargalhadas.

No caminho de volta, nos encontramos com Harry. Que surpresa!
– Saíram cedo – disse ele.
– Conte as novidades – comandou Jane. – Posso ver que tem algumas. Conheço esse seu olhar.

Esses dois se conhecem desde que eram bebês, pensei, olhando para o rosto de um e de outro. Eles brincaram juntos, passearam juntos e passaram noites dançando juntos na sala de visitas deteriorada do presbitério Steventon. Era provável que reconhecessem cada expressão e entendessem cada movimento um do outro.

– Bem, eu tenho mesmo algo interessante a contar – disse Harry, seu leve sotaque de Hampshire sobressaindo no meio do modo de falar dos habitantes de Bath, que comem algumas letras e que desciam apressados a colina para o banho matinal nas águas do SPA ou para beber no Pump Room.

— De sua amiga, a camareira? — Era difícil, para mim, saber, pelo tom de voz de Jane, se ela se importava com a amizade de Harry com essa camareira. Harry, no entanto, deu um leve sorriso e uma olhada rápida no rosto vivo de Jane.

— Sim — respondeu ele, assentindo. — E ela recebeu a notícia da amiga dela, a criada da sra. Kent.

— E quem são a sra. Kent e a criada dela? — perguntou Jane, impaciente.

— Ah, não me apresse agora — retrucou Harry com um sorrisinho. — Não sou um romancista como você, sabe? Precisa me dar um tempo.

— Deixe Harry contar a história, Jane — pedi, e ele continuou para contá-la muito bem.

Parece que a sra. Kent, uma viúva de respeito que mora em Bath, havia comprado quatro pares de luvas da srta. Gregory. Quando chegou em casa e desembrulhou o pacote, viu que tinha seis pares de luvas. De acordo com a criada, ela ficou intrigada, perguntando-se como algo assim poderia ter acontecido quando alguém tocou a campainha de sua porta. Era a srta. Gregory, que de imediato acusou a sra. Kent de ter roubado as luvas. Quando a viúva negou, furiosa, a srta. Gregory disse que iria chamar a polícia. A essa altura, a sra. Kent ficou assustada e devolveu as luvas para a srta. Gregory com uma nota enfiada entre elas. Jane e eu soltamos um arquejo diante disso. Dez libras alimentaria a família de um trabalhador braçal de uma fazenda por um ano! Contudo, a srta. Gregory pegou a nota de dez libras e partiu, falando consigo mesma, de acordo com a criada. Depois disso nada mais foi comentado!

— Harry precisa contar isso para o advogado — disse Jane. — É obvio que foi uma armadilha. Eles esperavam assustar meus tios para que lhe dessem dinheiro. Estão devendo o tipógrafo dono da loja e maquinaram esse plano para livrá-los do problema.

Harry hesitou um pouco.

— Não acho que dará certo — disse ele, enfim.

— Não, você precisa — pediu Jane. — Não seja tímido.

— E seu irmão H-Henry? Pensei em pedi-lo para fazer isso. Ele poderia fingir que descobrira tudo sozinho.

— Henry voltou para Steventon — contou Jane, sem paciência. — Não, Harry, você é que tem de falar com eles.

— Mas é que... mas é que acho que seus tios não darão muita importância para mim... Podem até achar que estou me metendo nos assuntos deles — gaguejou Harry, obviamente desconfortável.

Falei para Jane que entendia o que Harry quis dizer. Senti pena dele, mas alguém como Jane, que não era tímida, não poderia entender como Harry estava se sentindo.

Harry continuou:

— Enfim, duvido que o advogado acreditaria em mim. É provável que me dissesse para cuidar da minha vida.

— Imagino que poderíamos falar com nossos tios, fingir que ouvimos alguma coisa por acaso? — sugeri.

— Não, isso também não daria certo. O sr. e a sra. Leigh-Perrot disseram para Henry ontem que de forma alguma as senhoritas têm permissão de ir à cadeia. Ela disse que isso jamais seria apropriado para garotas da idade de vocês. E disse a mesma coisa para seu irmão, srta. Jenny.

— Já sei o que faremos! — Jenny de repente ficou toda alegre e animada. — Escreverei uma carta, uma carta anônima. Você pode colocá-la debaixo da porta do advogado no momento mais escuro da meia-noite, Harry. Então o advogado pode alegar todo o crédito por isso, o que na verdade é uma pena, já que a esperteza foi sua, querido Harry, você devia ser recompensado!

— Não quero recompensa alguma. — Havia um sorriso no rosto de Harry, e tive a sensação de que as palavras de Jane, principalmente a parte do "querido Harry", era toda a recompensa que ele sempre quis.

Jane me apressou para voltar para casa, ansiosa para começar a escrever a carta e garantir a Harry que ela estaria pronta para ele após nosso lanche das três da tarde.

Mas quando entramos pela porta da frente Augusta estava lá, toda arrumada com um vestido novo, enfeitado com todos os tipos de rendas em babados nos quadris e caindo em dobras abaixo de seu casaco de pele e um enorme regalo também de pele.

— Aí está você! — exclamou quando me viu. — Andei por todo canto à sua procura. Devo admitir que você anda muito desenfreada! Agora suba e vista uma roupa decente. Tem vestido para fazer uma visita?

— Visita? — perguntei, imaginando aonde iríamos.

Pelo que sabia, Augusta não tinha conhecidos na cidade de Bath.

— Vamos visitar o sr. Wilkins e o sr. Stanley Wilkins. Eles nos convidaram à casa deles em Bristol. Ficará bem aqui, Jane, minha querida? Edward-John lhe fará companhia assim que voltar da visita a seus tios. — Ela não esperou a resposta de Jane, mas estava me apressando para subir as escadas, espiando o armário de roupas para ver o que eu poderia vestir.

— Ficarei perfeitamente bem sozinha, madame. Obrigada por ter procurado saber, madame. Agradeço muito sua gentil preocupação comigo. — Jane fez algumas reverências, tão ridículas que achei difícil conter uma risadinha enquanto Augusta revirava meu pobre guarda-roupa com exclamações de desespero.

— Creio que é melhor você usar aquela musselina azul — murmurou, por fim. — Acho que ele não notará o que está vestindo.

— Ele? — Jane fez um sinal para mim com as sobrancelhas e balancei a cabeça, em silêncio, para ela, desejando ter coragem de dizer não para Augusta.

Os irmãos Wilkins viviam lado a lado em duas casas enormes na George Street em Bristol. Fiquei imaginando por que possuíam duas casas, já que nenhum dos dois tinha esposa ou família, mas suponho que precisam exibir suas riquezas. De acordo com Augusta, os dois são "podres de ricos" — expressão dela.

Fomos à casa do sr. Stanley Wilkins primeiro. Tivemos de ver toda a casa, desde os quartos, com suas camas maravilhosamente entalhadas, com cortinas da mais fina musselina, penteadeiras de mogno brilhante e porcelana delicada sobre os lavatórios, e a cozinha, com seu moderno fogão à lenha fechado, até a sala de visitas, onde me sentei, de forma desconfortável, espremida entre Augusta e o obeso sr. Stanley Wilkins, bem no centro de um dos sofás de três lugares do sr. Chippendale e encarava o tapete brilhante.

— Se olhar para o desenho do tapete, srta. Jenny — ofegou o sr. Stanley —, verá que reflete precisamente o trabalho em gesso do teto. Mandei tecê-lo especialmente para mim.

Augusta exclamou de forma feliz sobre todas as maravilhas enquanto eu esticava o pescoço para olhar os arabescos e cachos elaborados acima de minha cabeça.

— Agora, preciso visitar seu irmão — disse Augusta com vivacidade. — Jamais seria adequado deixá-lo com ciúmes, não é mesmo? Cuidará de minha irmãzinha, certo, sr. Stanley?

Mal sei como descrever o que aconteceu. Depois que Augusta se foi, nenhum de nós sabia o que dizer. Por fim, ele tocou a sineta para que trouxessem alguns doces para mim. Peguei um, mas detestei. Tinha um gosto estranhamente repugnante — coco, segundo ele. Mastiguei e mastiguei e desejei poder cuspi-lo.

Em seguida, quando minha boca estava cheia dessa coisa horrível e flocosa, ele de repente levantou-se do sofá e ajoelhou-se no chão. Primeiro pensei que fosse apontar para outro padrão no tapete e, obedientemente, olhei para baixo. Lembro-me de que os pés finos e retorcidos do sofá prenderam minha atenção e de pensar que era incrível que eles suportassem o peso do sr. Stanley, bem como o de Augusta e o meu.

Daí percebi que ele estava me pedindo em casamento!!!

E fiquei tão constrangida!!!

Ele era um velho – bem, deve ter menos de 40 anos, mas é tão gordo que parece mais velho.

Segurou minha mão e achei que seria indelicado puxá-la.

E lá estava eu, com a boca cheia de coco repugnante e a mão aprisionada por um velho gordo.

De repente, senti raiva. Augusta havia planejado tudo aquilo – deixou-me sozinha com ele enquanto ia ao vizinho. Ela me casaria com esse velho rico. Meu pequeno legado de cinquenta libras ao ano não seria nada para ele, que jamais exigiria isso! Na verdade, é provável que trouxesse vários artigos pequenos para ela de suas viagens além-mar – eu já podia imaginar o que Augusta ganharia com esse casamento...

Engoli o resto do doce de coco. Mal sentia o gosto e não me importava se passasse mal no tapete especialmente tecido dele. Levantei-me e puxei minha mão, agradeci-o com educação pela oferta de casamento, mas disse que precisava recusá-la.

Fiquei muito satisfeita com esse pequeno discurso, no entanto, não deu certo. Ele tentou me tomar em seus braços. Gritei! Então coloquei uma das elegantes cadeiras chinesas laqueadas do sr. Chippendale entre nós. Segurei-a em minha frente e, quando ele agarrou-a, de repente soltei-a e fugi pela janela grande da frente da casa e gritei por Augusta bem alto.

Jane, que estava escrevendo em sua mesa, acabou de me interromper e me pediu para ler meu diário para ela. Nossa conversa foi assim:

Eu: Não quero.

Jane: Bem, pelo menos me conte o que ele falou.

Eu: Não me lembro exatamente.

Jane (bastante chocada): Minha querida Jenny, acho que você não leva a sério seus deveres como prima de uma romancista. A meu ver, não recebo muitas ofertas de casamento então conto com você, que parece recebê-las quase todos os dias. Como posso escrever sobre minhas cenas de amor se ninguém as descreve de maneira adequada?

Eu: Aquilo não foi uma cena de amor.

Jane: Não importa. Eu poderia transformá-la em uma cena de sequestro. Poderia ser mais divertido. Acho que vou escrever sobre você gritando e sendo arrastada para dentro da sege dele. Espere aí, escreverei uma carta que você pode colocar debaixo da porta de Augusta antes de fugir no meio da escuridão para encontrar seu verdadeiro amor e implorar pela proteção dele.

Quando li a carta de Jane, soltei uma risadinha. Estava começando a me sentir melhor. Afinal de contas, eu enfrentara aquele homem e Augusta, e, quando chegamos em casa e ela reclamou de mim para Edward-John, eu o enfrentei também. Gritei com os dois e disse-lhes que não podiam me vender para um traficante de escravos. No entanto, acho que não entregarei essa carta para Augusta. Ela é burra demais para entender que é algo sarcástico, então vou afixá-la em meu diário.

Minha querida Augusta,

Sou a criatura mais feliz do mundo, pois acabo de receber uma oferta de casamento do sr. Wilkins... no entanto, mal sei como valorizá-lo... e agora, minha querida Augusta, quero seu conselho se devo aceitar a oferta dele ou não... Ele é um homem bem velho, de uns 42 anos, muito comum, tanto que nem suporto olhá-lo. Ele é extremamente desagradável e o odeio mais que a qualquer pessoa neste mundo. Se eu o aceitar, sei que serei infeliz para o resto de minha vida, pois ele é muito mal-humorado e rabugento.

Por isso, minha querida Augusta, quero seu conselho quanto a se realmente devo aceitar essa oferta ou não, tendo em mente meu ódio e abominação total a esse homem.

Eu sou, minha querida Augusta,
Sua agradecida e humilde criada.

Terça-feira, 5 de maio de 1791

Augusta não tem falado comigo desde nossa conversa ontem à noite. Ela me chamou lá embaixo logo após eu ter escrito em meu diário e me disse o quanto eu estava sendo tola e que casamento fantástico (são palavras dela) seria este.

— Afinal de contas — comentou —, a família está em desgraça por causa de sua tia que foi presa.

Assim que eu me tornar a sra. Stanley Wilkins, ao que parece, terei tudo o que puder desejar (e ELE, é claro). Continuei dizendo a ela que me considero noiva do capitão Thomas Williams e ela continuou abafando minha fala com seus gritos. Depois convenceu Edward-John a falar comigo, mas isso também não funcionou. Fiquei muito orgulhosa de mim mesma. Quando Edward-John disse que mamãe havia me deixado sob responsabilidade dele, respondi com muita calma e de forma bem sensata:

— Isso foi porque ela pensou que você, como meu irmão, fosse fazer tudo por minha felicidade.

E ele ficou vermelho e não disse mais nada.

Augusta então tentou ser amigável e agir como uma irmã, balançando a cabeça e dizendo:

— Jenny, Jenny, você é mesmo uma garota muito triste e não sabe como cuidar de si mesma. Precisa deixar os outros fazerem isso por você.

E me garantiu que minha "timidez" não havia me prejudicado com o prezado sr. Stanley Wilkins. Até mesmo me disse, e estas são suas palavras exatas: "Com aqueles que são de qualquer modo inferiores, isso é extremamente simpático."

Mas me mantive firme e após alguns minutos de silêncio os dois disseram que eu devia subir para o quarto.

Jane acabou de dizer que viu Harry descendo a colina e passando pela casa. Ele estará esperando por nós nos Jardins da Praça da Rainha. Nós duas vamos levar cartas. A minha é para Charles, que aos poucos está se recuperando da catapora, e a de Jane é para a mãe, contando tudo sobre os Leigh-Perrot. Ela acabou de descer para dizer a Augusta que vamos sair a fim de colocar as cartas no correio. Ela me disse que Edward-John está entretendo o sr. Stanley Wilkins na sala de café da manhã e que Augusta e o sr. Jerome Wilkins não foram vistos em lugar algum!

— Talvez ele a tenha sequestrado na caleche dele — comentou Jane.

Quinta-feira mais tarde, 5 de maio

Agora é depois do lanche e tenho duas coisas para anotar – na verdade, três. Uma é que Augusta ainda não está falando comigo. É muito engraçado, para ser sincera, porque no lanche ela pediu a Jane que me dissesse que eu devia comer repolho. Puxa, o gentil Franklin parecia um tanto preocupado enquanto ficava olhando ora para mim ora para Jane, mas minha prima se divertiu bastante, fazendo as perguntas e dando as ordens de Augusta com um estilo bem formal e antiquado.

— *Jenny, querida, eu lhe garanto mesmo que isso é um fato universalmente verdadeiro. O repolho aviva a cútis.*

Ou

— *Minha querida Jenny, sua irmã deseja pedir-lhe que seja bem boazinha e tire os punhos da mesa e segure seu garfo com delicadeza, pois cai bem em uma jovem donzela.*

A segunda coisa é que nos encontramos com Sir Walter, o baronete que está prestando atenção na irmã de Thomas, Elinor. Ele estava caminhando com o olhar fixo na calçada e murmurando consigo mesmo. Nem mesmo pareceu nos ver, o que foi bem estranho após sua discussão com Harry nos Jardins Sydney. Fico imaginando se ele está pensando em seus jogos de cartas.

A terceira coisa é mais importante porque se trata do que Harry descobriu. Ele agora constatou – sem dúvida através da amigável camareira – que Sarah Raines, a aprendiz da srta. Gregory, que testemunhou ter visto o sr. Filby embrulhar o pacote da tia Leigh-Perrot (e que, com certeza, ele não colocou nenhuma renda branca com o vestido), não poderia ter feito isso. Ao que parece, uma garota na loja da frente viu Sarah Raines sair da confeitaria com uma torta grande em um prato – e isso foi bem antes de a sra. Leigh-Perrot ter saído.

— Preciso escrever outra carta anônima para o advogado — disse Jane com satisfação.

Perguntei o que havia escrito na primeira carta, e ela prometeu me dar uma cópia para colar em meu diário.

Tivemos um início de noite calmo, Jane e eu jogamos cartas, e Edward-John ficou encarando um livro. Augusta havia saído para jantar com uma amiga que estava hospedada na pousada Greyhound. Sabemos que ela foi para lá porque Franklin nos contou que ele pediu uma liteira para levá-la até lá e pegá-la às dez horas.

Vou guardar meu diário, mas, antes de fazer isso, prenderei as cartas que Jane escreveu para o advogado. Devo dizer que teria gostado de ver a cara dele quando quebrasse o selo e desdobrasse a folha.

Prezado senhor,

Tenho certeza de que me perdoará se eu esconder minha identidade, posto que é muito respeitável, sob o pseudônimo abaixo. Sou do sexo frágil, criada para ser tímida e recatada e só de pensar em meu nome sendo mencionado em público uma de minhas sensibilidades pode sofrer uma morte prematura.

Agora, senhor, os fatos que vou enumerar pesam decisivamente em um caso do qual está encarregado. Refiro-me à falsa acusação feita pela srta. Gregory contra sua cliente, a sra. Leigh-Perrot.

1. Uma srta. Kent comprou quatro pares de luvas da srta. Gregory.
2. Ao desembrulhar o pacote encontrou seis pares de luvas.
3. Quase de imediato a srta. Gregory chegou e acusou a srta. Kent pelo roubo.

4. Após a srta. Kent negar, a srta. Gregory ameaçou chamar a polícia.
5. A srta. Kent então devolveu as luvas com uma nota de dez libras enfiada entre elas.

E não se tocou mais no assunto.
Peço-lhe, senhor, que decida se este é ou não o ato de uma mulher honesta.

Atenciosamente,
Uma solteirona respeitável e amiga da justiça

Prezado senhor,
Deve se lembrar de ter recebido uma carta minha antes.
Mais uma vez, escrevo ao senhor como uma das veneradoras da verdade e considero que o escândalo e a malícia sempre deveriam ser revelados.
Foi dada uma prova falsa!
Sarah Raines é culpada de uma inverdade. Ela estava em uma confeitaria quando professou ter visto as mercadorias adquiridas pela srta. Leigh-Perrot serem embrulhadas.
O senhor também pode desejar saber que o tipógrafo Gye aluga a loja para a srta. Gregory.
E também que a srta. Gregory está tendo um caso com um homem chamado Filby.
E que Filby e a srta. Gregory tentaram esse truque com outros cidadãos de Bath.

Atenciosamente,
Uma solteirona respeitável e amiga da justiça

Sexta-feira, 6 de maio de 1791

Esta manhã, chegou uma carta para Jane dizendo que os pais dela, junto com James, chegariam na diligência de domingo. Charles estava muito melhor, e a sra. Austen achava que devia vir para apoiar o irmão e a cunhada.

Augusta, na verdade, falou comigo esta manhã. Foi apenas para perguntar se Rosalie havia lavado e passado meu vestido de musselina azul. Assenti em silêncio, então ela me deu uma olhada perturbadora e disse:

— Tenha dó, essa cara emburrada não condiz com uma jovem. Olhe para cima e fale alto. Foi o que me disseram quando eu tinha sua idade.

— E veja como, de modo geral, é estimada agora, madame — disse Jane com seu jeito mais polido.

Engasguei-me com um pedaço de torrada, e Franklin ficou exageradamente preocupado comigo, trazendo um copo d'água e se inclinando a meu lado. Pensei ter visto um leve sorriso irônico no rosto dele.

Augusta apenas sorriu com meiguice e lançou um olhar para Edward-John a fim de ver se ele iria dizer algo cortês. Meu irmão, no entanto, parecia de mau humor. Estava comendo muito pouco e bebendo uma xícara de café após a outra.

— Tenha dó, você também não — retrucou sua esposa, impaciente. — Por favor, nos dê alguma notícia, sr. Cooper! Como estão indo as coisas para a infeliz sra. Leigh-Perrot?

— Bem, disse Edward-John, fazendo um esforço visível para recobrar-se de seus pensamentos depressivos —, quando estive lá ontem à tarde o advogado deu uma boa notícia. Ao que parece, esta não é a primeira vez que o balconista, sr. Filby, embrulhou no pacote de uma senhora alguma coisa que não foi paga. O advogado acha que isso é muito significativo.

— Meu Deus do céu, sr. C., como pode ser tão desagradável! — A voz de Augusta foi tão estridente que fez os copos do aparador soarem. Ela encarou Edward-John, exasperada. — Por que não me contou isso ontem à noite?

— Porque você foi logo jantar com seus amigos, minha querida. — A voz dele era calma, mas parecia ter um significado por trás. Jane e eu trocamos olhares na mesa.

O rosto de Augusta pareceu corar um pouco. Nunca tinha visto isso acontecer com ela. Mas logo se virou para mim de forma mais vingativa.

— Se lhe disse uma vez, disse mil vezes, Jenny. Por favor, sente-se ereta. Talvez seja incapaz de evitar ser tolhida, mas ao menos pode manter a compostura.

— Tem toda razão, madame — reforçou Jane, colocando um pouco de mel em sua torrada com uma expressão calma.

— O quê? — Augusta olhou-a desconfiada.

— Sim, de fato, já ouvi a senhora dizer isso várias vezes, tenho a audição muito boa — acrescentou com uma expressão insípida enquanto lambia a colher do mel. — Sempre tenho ouvido por acaso coisas que não são ditas para mim. Quando eu era pequena, minha mãe costumava dizer: "As paredes têm ouvidos." Ela se certificava de não falar sobre assuntos particulares quando eu estava por perto.

Quando Jane e eu estávamos subindo as escadas de volta para nosso quarto, pude ouvir Augusta dizendo bem alto para Edward-John na sala:

— Não sei se fico muito impressionada com as maneiras da garota Austen. A mim, parece ter toda a vulgaridade da mãe combinada com a dissimulação do pai.

Quando entramos no quarto, olhei ansiosa para Jane para ver se aquilo a havia magoado, mas para minha surpresa havia um grande sorriso em seu rosto e seus olhos estavam cintilando.

— Tem algum mistério aqui — sibilou ela. — Com quem ela estava jantando ontem?

Olhei estupefata e ela disse, sem paciência:

— Vamos, Jenny, pense! Quem está hospedado na pousada Greyhound, e não diga que é Harry...

E de repente algo em sua expressão me fez pensar. Minha boca abriu, começou a formar um nome e depois fechou outra vez.

Jane assentiu.

— Os irmãos Wilkins! — falei, sem fôlego.

Jane negou com a cabeça vigorosamente.

— Não os *irmãos* Wilkins... lembre-se, o sr. Stanley está reservado para você, garota de sorte. Não, eu diria que ela jantou com o sr. Jerome Wilkins.

Devo dizer que de início fiquei cheia de horror. Que coisa terrível, para Edward-John, ter uma esposa que jantaria sozinha com outro homem. Mas a expressão de Jane me fez ocultar meus sentimentos. Afinal de contas, por que eu deveria me importar com Augusta?

No entanto, Jane parecia mais do que satisfeita. Parecia positivamente exultante — com aquela expressão que faz quando sua mente está trabalhando rápido. Ela foi para a janela e começou a murmurar:

— Harry, Harry, onde está você? Venha, Harry! — Tamborilando os dedos no vidro o tempo todo.

— Lá está ele — avisou, após um minuto.

Fiquei feliz ao vê-lo e distrair Jane de Augusta. Senti-me um pouco desconfortável falando sobre meu irmão, o reverendo, e sua esposa. Por mais que eu detestasse Augusta, de alguma forma não a imaginava fazendo uma coisa dessas.

Mas então, enquanto colocava a touca e o manto, lembrei-me da cena na casa do sr. Jerome Wilkins. Depois que saí correndo da sala, demorou um bom tempo para Augusta aparecer. Várias criadas e o mordomo tinham ido para a porta de entrada e me fitaram alarmados antes de ela chegar para ver a infame cunhada chorando histericamente no gramado da frente. Eu estava tão transtornada e assustada naquele momento que nem mesmo considerei o estranho comportamento de Augusta.

Por que ela demorou tanto para aparecer?

E o que estava fazendo na casa do sr. Jerome Wilkins?

Harry nos cumprimentou com um ar de satisfação serena quando o encontramos ao lado da Praça da Rainha. Ele já havia ido ver os Leigh-Perrot – "Eles acordam cedo", disse ele de maneira resumida, embora eu deduzisse que quisesse dar a informação mais atualizada para Jane. O casal estivera de muito bom humor. O sr. Leigh-Perrot contratara quatro advogados de Londres, e cartas que declaravam o bom caráter da sra. Leigh-Perrot haviam chegado de todas as habitações. O julgamento fora marcado para a segunda-feira seguinte, 9 de maio, e eles esperavam que o suplício deles logo acabasse e pudessem voltar para sua confortável casa naquela mesma noite.

Perguntei a Harry se ele achava que isso realmente teria um final feliz ou se eles estavam fingindo para manterem-se animados. Achei que isso fosse o tipo de coisa que um casal dedicado diria um para o outro, sem acreditar de verdade no fato. Harry tentou dizer que achava que teria, mas seu rosto é muito franco e honesto, e após algumas palavras, calou-se.

— Por que não teria? — perguntou Jane com um tom incomodado, interpretando o silêncio dele como interpretei.

— Bem, há um boato na pousada Greyhound de que sua tia ficou vermelha e depois branca quando a srta. Gregory achou a renda branca no pacote dela – contou Harry que observou o rosto de Jane com ansiedade antes de acrescentar – Dizem que Sir Vicary Gibbs, o promotor, fará pleno desse argumento.

— Besteira — retrucou Jane. — Qualquer um ficaria desconfortável se fosse acusado de roubo. Queria ser advogada. Teria uma resposta para ele.

— O importante mesmo são os jurados — comentou Harry. — Se gostarem da sra. Leigh-Perrot, e acreditarem nela, então vão absolvê-la; se não gostarem... bem, não o farão.

Harry com certeza havia mudado, pensei, observando-o olhar para o rosto preocupado de Jane. Ele a adorava, isso era óbvio, mas atualmente não hesitava em discordar dela. Contudo, protegia-a muito e não gostava de vê-la apreensiva. Naquele momento, estava ansioso para acalmá-la.

— Talvez devesse escrever para ela — sugeriu ele. — Definitivamente, não quer que você vá visitá-la, mas poderia escrever e oferecer sua ajuda com a submissão dela. O advogado chegou esta manhã quando eu estava lá. Quando estava saindo, o ouvi dizer que ela terá uma oportunidade no tribunal de fazer uma submissão e que ele sempre aconselha seus clientes a escrevê-la com antecedência.

Pude ver um conflito surgindo no rosto de Jane. Por outro lado, ela adoraria fazer isso, eu sei, e eu imaginava o quanto seria divertido quando ela tivesse escrito. Mas, por outro lado, essa era uma questão séria. Ela disse rapidamente para Harry que pensaria a respeito, e depois mudou de assunto.

— Harry, precisamos de sua ajuda com outra coisa — disse ela. — É algo sobre Jenny, algo para garantir sua felicidade eterna com o homem que ela ama — disse ela de forma tão dramática que uma senhora que passava acompanhada de sua criada de meia-idade, lançou-lhe um olhar hostil.

Harry enrubesceu um pouco, e eu fiquei roxa.

— Jane! — exclamei.

— Conhece aquela horrível cunhada de Jenny que está obrigando o irmão dela a recusar a permissão para o casamento.

Bem, eu estava pensando que se soubéssemos algo sobre a querida Augusta, algo que pudesse, digamos, fazê-la mudar de ideia para entender o ponto de vista de Jenny, bom...

— Não está pensando em fazer uma chantagem, está? — indagou Harry com seu sorriso atraente. — Bath está sendo uma má influência. O que seu pai diria?

— Só pensei que pudesse ter notado a chegada dela em uma liteira na pousada Greyhound ontem à noite — comentou Jane com seu ar mais recatado.

Era perceptível que Harry ficou profundamente constrangido. Ele chutou a grade ao redor dos jardins com sua bota de montaria bem gasta. Por fim, disse com um tom reservado:

— Sim, ela realmente chegou para jantar com um cavalheiro.

— Sala particular? — indagou Jane, erguendo a sobrancelha.

Mais uma vez, Harry deu alguns chutes de leve na grade, mas por fim assentiu.

Jane entendeu os sentimentos dele. Mais tarde, ela me disse que todos os garotos são assim — eles odeiam contar histórias. Jane é uma perita em garotos — além de ter os próprios irmãos, foi criada com os alunos do sr. Austen enchendo a casa a maior parte do ano. Rapidamente mudou o assunto, voltando a discutir se ela deveria ou não preparar o rascunho de alguma coisa sobre a submissão da sra. Leigh-Perrot para o júri de doze homens em seu julgamento. Harry estava muito animado com o quanto ela faria isso bem. Ele se lembrou, um tanto com ternura, pensei, de uma história que ela escrevera quanto tinha apenas onze anos e o quanto ele havia achado brilhante. Quando nos deixou para exercitar seu cavalo, parecia bem feliz outra vez.

— Vamos falar com Eliza sobre isso — sugeriu Jane assim que ele nos deixou.

Eliza ainda estava na cama, o cabelo debaixo da touca de dormir ainda com papelotes. Ela parecia extremamente feliz ao tomar chocolate quente e morder a torrada.

— A querida Phylly saiu — disse ela. — Foi à primeira missa da manhã na St. Swithin e, quando terminar, irá ao correio. Ontem ela passou o dia escrevendo cartas.

— Mas que pena — comentou Jane, sentando-se ao pé da cama. — Imagine o quanto seria divertido ter passado dez vezes ao redor dos jardins da Praça da Rainha no ar fresco da manhã, em vez de ficar deitada aí em sua cama bebendo chocolate quente.

Eliza deu de ombros de forma dramática, mas não respondeu. Uma coisa em relação a Eliza é que ela é muito leal a Phylly. Pelo jeito, Phylly costumava escrever para ela uma vez por semana durante todos os anos em que a prima morou na França. Embora Jane tenha me dito em particular, certa vez, que essa era a maneira que Phylly tinha de atormentar Eliza. Ela sabia que a prima era muito ocupada com sua vida social para responder suas cartas mais que uma vez por mês, então Eliza precisava se desculpar milhões de vezes com Phylly por demorar a escrever de volta. É provável que Phylly se divertisse fazendo-a se sentir culpada, segundo Jane.

— Queríamos lhe pedir um conselho — disse minha prima, pegando um bombom da caixa de prata na penteadeira e também me oferecendo um.

Entre nós duas, contamos sobre a última notícia de Harry e a sugestão dele de que Jane ajudasse a tia com a submissão dela para ser lida para o júri. Eu havia começado a ficar bem entusiasmada com essa ideia. Sem dúvida, Jane podia se expressar muito bem com as palavras, e Eliza poderia, com tato, amenizar um pouco o exagero.

Mas Eliza nos decepcionou. Ela parecia diferente de seu jeito extravagante de sempre — muito, muito cautelosa e circunspecta — muito cautelosa em interferir nos assuntos dos Leigh-Perrot.

— Jane *chérie*, penso que devíamos deixar seus tios resolverem essas coisas sozinhos. Os dois são pessoas do mundo, saberão o certo a fazer. Eles têm conselheiros legais. Estarão bem cuidados.

Nós duas ficamos meio espantadas com isso, e para disfarçar o momento constrangedor Jane começou a contar para Eliza sobre Augusta e o jantar dela na pousada Greyhound. De imediato, os olhos de Eliza começaram a brilhar.

— *Oh, là, là.* — Ela suspirou. — *Quel scandale!* — Com sua empolgação, derramou o chocolate quente na bandeja de prata.

— E ouça o que aconteceu com Jenny — continuou Jane, pegando com competência a bandeja e jogando o chocolate derramado em um balde de despejos.

Contei a Eliza tudo sobre como Augusta me deixou sozinha na casa do sr. Stanley Wilkins e como ela foi para a casa do sr. Jerome Wilkins. Jane entrou na conversa explicando que o sr. Stanley havia pedido minha mão e depois tentou me desonrar — "desonrar" foi a palavra de Jane e me fez sentir como uma heroína em um dos livros do sr. Richardson.

— *Alors!* — foi o comentário de Eliza.

Ela colocou o roupão sobre a camisola e afastou os cobertores.

— Estávamos pensando, Jenny e eu, que devíamos dar uma pista de que sabemos de alguma coisa... deixá-la preocupada. O que acha da ideia, Eliza?

Ela passou pó de arroz no rosto e em seguida, com cuidado, delineou os olhos com algo chamado kajal, um dos muitos presentes do padrinho, Warren Hastings, trazidos da Índia. Depois tirou de uma caixa de joias uma minúscula pinta artificial preta, a qual colocou na bochecha esquerda para ocultar uma espinha insignificante. Somente depois de fazer isso, para sua satisfação, foi que respondeu.

— *Mais non*. Deixem isso comigo.

Rapidamente pegou uma folha de papel superfina, mergulhou sua pena no tinteiro e começou a escrever. A carta foi curta e logo dobrada e lacrada com uma gota de cera escarlate. Depois Eliza escreveu o endereço do lado de fora.

— Um convite para sua querida cunhada tomar um chá amanhã à tarde — disse ela ao me entregar a carta.

— Ah, mas queremos estar lá — reclamou Jane.

— Eu não — falei. — Enfim, Augusta não dirá nada se estivermos por perto.

— É verdade — observou Eliza com tranquilidade. — Eu a pedi para trazer vocês duas, mas mandarei que saiam da sala para buscarem alguns *petits gâteaux* na confeitaria. Sem dúvida, poderão ouvir bem da pequena cozinha e chegarão com os doces depois que eu terminar de falar sobre minha visita diária aos banhos e convidar Augusta a me acompanhar nesse processo salutar.

— Tenho certeza de que nunca visitou os banhos em sua vida — disse Jane com convicção.

— Mas, *chérie* — gritou Eliza —, é claro que já. De que maneira eu poderia ter quase desmaiado a caminho de casa na última quinta-feira e precisado entrar na pousada Greyhound para tomar um pequeno cálice de conhaque a fim de me recuperar?

Jane acabara de me perguntar se eu estava ciente da esperteza de Eliza em achar uma desculpa para saber sobre a visita de Augusta à pousada Greyhound, e, quando respondi que estava, ela disse que ficou satisfeita por Harry não estar envolvido.

— Na verdade, acho que contarei para ele a história sobre ela quase ter desmaiado após o banho e daí ele não vai se preocupar em ser indecoroso. Harry é tão correto que jamais suspeitaria de que Eliza inventou toda essa história.

Sábado, 7 de maio de 1791

Por volta das quatro horas de hoje, saímos para visitar Eliza. Augusta foi na frente, usando seu novo e magnífico casaco de pele roxo e carregando seu imenso regalo de pele. Desde que vim para Bath e olhei as vitrines das lojas com Jane, comecei a notar o quanto as roupas de Augusta devem custar. Hoje ela também estava usando um par novinho de botas de nanquim amarelo e carregando uma bolsa de mão combinando. Seu vestido de passeio era de seda e seu chapéu, imensamente grande, enfeitado com luxuosas penas de avestruz esvoaçantes, era do veludo mais fino.

Eliza nos saudou calorosamente, conduzindo-nos depressa pelo corredor pequeno e estreito, entrando na sala de visitas, com a vista para a praça. Havia algo diferente na sala, e por um momento não consegui pensar no que era. Então Jane e eu nos entreolhamos e percebi o plano.

Em um lado da sala de visitas, havia uma janela grande com portas de madeira que podiam ser abertas para que entregassem comida da cozinha minúscula do outro lado. Hoje essa janela estava tapada. Eliza havia pendurado sobre ela uma tela horrenda bordada por Phylly, com flores estranhas nos cantos e um texto enorme escrito no meio:

— Inclina, SENHOR, os teus ouvidos e ouve-me.

— Não tirem seus mantos e toucas, meninas — disse Eliza com uma pressa bem atuada. — Aconteceu algo terrível. A confeitaria não entregou os *petits gâteaux* para nosso chá. Precisam ir até a Bath Street buscá-los. Aqui está a chave para possam entrar ao voltarem. Vão rápido. *Madame* e eu nos entreteremos com fofocas até vocês voltarem.

Logo ela nos expulsou da sala com uma piscadela e um gesto com a cabeça em direção à cozinha. Esperamos até ela voltar, depois caminhamos fazendo barulho, pisando forte, em direção à porta de entrada, abrindo-a, fechando-a com força e depois voltando de mansinho para a cozinha, onde não ficamos surpresas ao vermos uma coleção enorme de bolinhos espalhados em pratos bonitos. Jane foi na ponta dos pés até a janela, cujas portas de madeira estavam abertas e presas, e eu a segui. Nós duas nos empoleiramos na mesa e nos preparamos para ouvir. Com apenas a tela entre a sala de visitas e nós, podíamos ouvir cada palavra.

Eliza, percebi, estava interpretando o papel de sua vida. Uma dama sofisticada e socialmente ativa, admirando profundamente a noção de moda de Augusta, repleta de piadinhas desaprovadoras sobre "admiradores", convencida de que Augusta teve muitos...

— Não prestamos atenção aos homens, não é mesmo? — comentou ela para Augusta, que estava um tanto impressionada e, a julgar por sua resposta com uma risadinha para "agréables", ficou lisonjeada por ser considerada uma mulher do mundo pela sofisticada condessa de Feuillide, alguém importante o suficiente para ser convidada a bailes particulares em Crescent pela *princesse*.

Então Eliza mencionou os banhos. Talvez ela e Augusta pudessem ir lá juntas um dia, sugeriu ela. Augusta não foi perspicaz, fingiu que não poderia ir sem a aprovação do sr. Cooper. Eliza riu com a ideia de um mero homem ter alguma coisa a dizer sobre essa questão. No entanto, ela lhe disse o quanto estava certa.

— *La*. Devo admitir que a última vez que estive lá, levando em consideração toda essa obrigação de usar um vestido folgado de lona e o cheiro da água, *oh, là, là*... e a multidão que havia... eu me senti muito mal. Na verdade, a caminho de casa... isso foi quinta-feira passada... senti-me tão zonza que pedi aos carregadores da liteira que parassem na pousada Greyhound para me servirem um cálice de conhaque. Imaginei que tivesse me visto lá...

Houve um longo silêncio. Tive vontade de afastar o bordado de Phylly para ver o rosto de Augusta. Quase pensei ter ouvido um rápido arquejo, e então Eliza voltou a falar, com um tom leve e provocador.

— Não se preocupe, *chère madame* — disse ela. — *Les dames*, elas precisam de divertir, *hein*? Ele é rico, esse sr. Wilkins, *n'est-ce pas*?

Augusta deu uma risada trêmula.

— Soube que é uma grande namoradeira — comentou, tentando falar com o mesmo tom suave de Eliza, mas só obteve sucesso em parecer vulgar e estúpida, como sempre.

Eliza suspirou.

— Ah, o flerte! — exclamou ela, soando extremamente sincera. — *Hélas, mon amie*, sou muito velha para todo esse tipo de coisa agora. Mas você, isso é outra história. Você é jovem, deve se divertir.

Então houve um silêncio curto. Imaginei Eliza dando uma batidinha no braço de Augusta com seu leque e trocando sorrisos com ela. Eliza é apenas alguns anos mais velha que Augusta, mas é provável que minha cunhada tenha ficado muito feliz por ser considerada uma mulher jovem.

E então Eliza falou novamente:

— No entanto, permita-me lhe dar um pequeno conselho. Divirta-se, mas tome cuidado. Acima de tudo, tenha cuidado com os olhos jovens e ouvidos aguçados. Mantenha-os amáveis, minha querida. Não os volte contra você.

Augusta continuou sem dizer nada. Os lábios de Jane articulavam em silêncio as seguintes palavras, "as paredes têm ouvidos". Balancei a cabeça para ela. Perguntei-me como Eliza ia conduzir isso.

Mas a própria Eliza não tinha dúvidas. Sua voz era forte e segura.

— Foi um erro, *mon amie*, tornar a irmã de seu marido e a prima dela suas inimigas, *bien sûr*. Elas me procuraram, você sabe, com histórias... Você precisa casar Jenny para afastá-la. Não a quer de volta morando em sua casa, quer? Acompanhando-a em todas as suas visitas? Falando com a priminha esperta sobre você? Não, não, você não quer isso. Dê o que ela quer... deixe-a se casar com o capitão.

— Ela é tão sem ambição. Eu poderia ter feito um belo casamento para ela com um homem bem rico — disse Augusta, com um suspiro, mas havia algo em sua voz, um tipo de doçura respeitosa, que me fez pensar que havia entendido a questão.

Seu próprio flerte — ou seja lá o que fosse com aquele homem abominável, o traficante de escravos — era mais importante para ela do que contrariar a mim e minhas esperanças para o futuro. Ela havia, sem dúvida, desistido da ideia de me casar com o sr. Stanley Wilkins. Provavelmente ele não queria me ver outra vez depois da maneira como eu o envergonhei diante de seus criados e vizinhos em Bristol.

— Fale com seu marido esta noite — aconselhou Eliza. — Ele ficará satisfeito em pensar que você se preocupa com o que é melhor para Jenny e que só quer a felicidade da garota.

Imaginei uma piscadela de Eliza a essa altura. Prendi o fôlego. Será que ia dar certo?

Outro suspiro profundo de Augusta.

— Creio que esteja certa — disse ela. — Não que ela seja uma beldade ou coisa assim. Esperava fazer um casamento para minha cunhada... um casamento bem lucrativo, mas suas maneiras... sua falta de elegância... sua estupidez. Bem, é provável que o cavaleiro não ficará mais interessado se ela se comportar novamente como o fez há alguns dias.

— Você fez o melhor possível — disse Eliza de forma serena. — Tire-a de suas mãos, antes que o capitão também mude de ideia. Ninguém o culparia já que você recusou a oferta dele. Deixe-a escrever para ele o mais rápido possível. *Alors*, diga-me, você vai à festa de Lady Russell semana que vem? E soube da última *on-dit* sobre o jovem admirador dela?

Jane colocou o dedo nos lábios e desceu com cuidado da mesa. Eu a segui na ponta dos pés pelo corredor. Havia um pequeno medo de sermos descobertas — gargalhadas vinham da sala de visitas de Eliza. Abrimos a porta do corredor devagar e descemos as escadas em direção à porta da frente. Após esperarmos um pouco voltamos, fazendo barulho, fomos direto para a cozinha e aparecemos na sala de visitas com os pratos de bolinhos em nossas mãos e com a expressão séria em nossos rostos.

Mas são dez horas da noite, e Augusta não falou com Edward-John. Ou senão ela falou e ele não estava disposto a dar sua permissão...

O que está acontecendo????

Domingo, 8 de maio de 1791

Querido Thomas,

Espero que esta carta chegue a tempo do pequeno navio-correio, mas temo que não chegue. Falei para você sobre minha tia, a sra. Leigh-Perrot e a acusação de roubo na loja da srta. Gregory em Bath. Bem, ela corre grande perigo. Será julgada amanhã no inquérito de Taunton. Um garoto – um garoto de quatorze anos – foi declarado culpado semana passada lá e foi enforcado.

Até saber disso hoje, não estava tão preocupada. Jane e eu esperávamos que os boatos sobre a srta. Gregory colocar luvas a mais – ou renda no caso de minha tia – em cestos e depois chantagear os clientes fosse servir para absolver nossa tia, mas agora estou assustada.

A maioria das pessoas acredita que minha tia não será enforcada, mas muitas acham que ela será deportada para a Austrália. Ela morrerá se isso acontecer. Só os jovens e fortes conseguem sobreviver a essa viagem de um ano. E depois viver naquele lugar estranho e desabitado – usando correntes e sendo tratada como uma criminosa qualquer!

Hoje o sr. e a sra. Austen, com James, o irmão mais velho de Jane, chegaram na diligência do meio-dia. Eles querem estar presentes no julgamento da sra. Leigh-Perrot e assegurá-la de que os parentes acreditam em sua inocência.

O sr. Austen foi, como sempre, educado com Edward-John e Augusta, mas a sra. Austen foi bem espontânea com eles. Ela mal os cumprimentou com a cabeça em resposta à saudação deles e deixou claro que era ela que dava ordens a Franklin e à camareira sobre a bagagem deles. James e Edward-John não foram amigáveis. Na verdade, na opinião de Jane, eles se encararam como dois cães rivais. Quando subimos para nosso quarto, Jane me contou que seus irmãos, Henry e Frank, andaram fazendo apostas sobre qual dos sobrinhos mais velhos do sr. Leigh-Perrot herdaria a fortuna.

    Hoje foi um dia horrível. Os três Austen estavam cansados, e Augusta estava com dor de cabeça e foi descansar em seu quarto. Ninguém se sentiu alegre, com a terrível possibilidade de a sra. Leigh-Perrot ser condenada se agigantando sobre nós.

    Amanhã de manhã, todos nós iremos para Taunton de carruagem.

    Vou enviar esta carta agora e depois escreverei outra vez para lhe contar as novidades sobre o julgamento.

    Gostaria de ter notícias suas. Gostaria de saber que todo o amor que lhe mandei chegou.

    Com muito amor, meu querido, da sua Jenny.

O Dia do Julgamento da Sra. Leigh-Perrot

Estou com tanto sono que ainda parece o meio da noite. Saio da cama cambaleando enquanto Rosalie acorda Jane. Nenhuma de nós fala enquanto nos aprontamos.

No andar de baixo, James está bocejando enquanto toma uma xícara de café forte. O sr. e a sra. Austen terminaram o café da manhã e estão esperando no vestíbulo; ela está usando um manto grande e pesado e ele, um sobretudo antiquado com várias capas nos ombros. Edward-John aparece e diz, culpado, que Augusta está com muito sono para nos acompanhar. Jane olha de soslaio para mim, mas está muito sonolenta para fazer qualquer comentário.

Então descemos a colina a pé até a pousada White Hart, onde pegaremos a diligência. O julgamento não será em Bath, mas em outra cidade, chamada Tauton. Na diligência, continuo dormindo, então acordo com a partida e durmo novamente. James e seus pais estão jogando cartas, e Jane está em sono profundo com a cabeça encostada no ombro do pai.

– Tauton! – grita o cocheiro, e enfim chegamos.

Nós saímos, esticamos as pernas, tomamos um segundo café da manhã com um chá maravilhoso e torrada queimada, e em seguida seguimos nosso caminho pela cidade até chegarmos ao palácio da justiça.

– É no castelo – disse Jane, olhando para cima com empolgação. – É onde o juiz Jeffreys condenou todos aqueles duzentos homens a serem enforcados na época do rei Carlos II. Ele fez isso nos Inquéritos Sangrentos, sabe?

– Jane, fique quieta – disse a sra. Austen, severa, e acho um tanto indelicado da parte de Jane falar desse jeito.

No final do dia, saberemos o destino de nossa tia. Eu não acredito que alguém poderia enforcar uma senhora – mesmo que ela tenha pegado aquele pedaço de renda! E a deportação seria de alguma forma melhor? Ela aguentaria a jornada de um ano até a Austrália e então ter que viver como uma criminosa? Começo a tremer e me enrolo com o manto.

A corte judicial fica no grande salão do castelo. Há um tipo de tribuna erguida no fundo, com uma cadeira grande para o juiz. Também há um recinto cercado para o acusado e outro maior onde os doze membros do júri já estão sentados. No final da tribuna, mas ao nível do chão, tem uma mesa longa onde os advogados de perucas e togas longas e pretas estão sentados. Ao lado, fica o banco de testemunhas.

O tribunal está quase cheio – James disse que acha que deve haver umas duas mil pessoas lá. A sra. Austen pega uma folha de papel e um lápis de sua bolsa de mão, escreve um recado e pede para James levá-lo ao advogado da sra. Leigh-Perrot, o sr. Jekyll.

Em alguns minutos, ele se aproxima e nos cumprimenta, nos oferecendo as cadeiras na lateral do tribunal, bem perto do banco dos réus. Ele nos diz que há quatro advogados, todos para defender a sra. Leigh-Perrot. Fala com segurança, mas quando volta para a mesa e sussurra com os três colegas, acho que todos parecem preocupados.

Então o sr. Leigh-Perrot entra sozinho. Ele tem um aspecto bem envelhecido, e sua gota o está incomodando. Caminha com uma bengala. O sr. Jekyll levanta-se para cumprimentá-lo e o leva para uma cadeira a nosso lado, sussurrando alto que este será um caso famoso e que a maioria dos jornais da grande Londres mandou jornalistas para cobrir o julgamento. Ele aponta para o jornalista do *London Times*, encostado à parede ali perto, mas o sr. Leigh-Perrot o ignora. Mal nos nota ao passar cambaleando. Ele se cortou ao se barbear de manhã e seus cabelos não parecem penteados. Sob os olhos, há bolsas enormes de inchaço como se não dormisse direito há muito tempo. A sra. Austen levanta-se de repente, o abraça e o faz sentar-se ao lado dela. Percebo que ela segura a mão dele. Esses dois irmãos se gostam muito, na minha opinião, e olho para Edward-John sentado no final da fila. Ele não disse uma palavra para mim hoje.

Então a sra. Leigh-Perrot entra escoltada por uma porta nos fundos da tribuna. Está vestida com muito estilo com seu casaco verde de pele, uma echarpe branca fina de musselina enrolada no pescoço, e um acessório de cabeça novinho trabalhado em veludo verde – não é exatamente uma touca –, está enrolado com um tipo de faixa cobrindo a frente da cabeça e desce para trás dos ombros com um estilo bem elegante. Ela deve ter pedido isso especialmente para usar no julgamento. Eu nunca o tinha visto, mas Rosalie andara de um lado para outro na prisão com roupas para a patroa.

– Ela não é corajosa? – sussurra Jane com admiração, e concordo com a cabeça.

De repente, sinto as lágrimas descendo pela face.

Não percebi o quanto havia me afeiçoado ao casal idoso. Eles têm sido tão bons e gentis com Jane e comigo, nos dando novos vestidos de baile e tentando providenciar meu casamento para mim. Não sei de quem sinto mais pena: da sra. Leigh-Perrot, ereta e majestosa, curvando a cabeça de leve para o júri e depois assumindo seu lugar, ainda de pé, no banco dos réus, ou de seu pobre marido, estarrecido de tristeza ao vê-la.

E então o juiz entra. "Sr. Justice Lawrence", sussurra James para a mãe, e todos se levantam até que ele se sente. A sra. Leigh-Perrot lhe faz uma reverência majestosa, como se ele tivesse ido a uma de suas recepções elegantes no Paragon em Bath, e ele corresponde à reverência com muita cortesia. Senta-se e depois sussurra para um oficial de justiça, que se aproxima da sra. Leigh-Perrot e obviamente lhe pede para se sentar.

– Isso é um bom sinal – cochicha Jane em meu ouvido. – Ele não pode ter se apaixonado por ela com tanta rapidez, então talvez ache que é inocente.

E o julgamento começa. Sir Vicary Gibbs abre o caso para dar prosseguimento. Ele é um homem baixo, muito baixo, talvez apenas uns três centímetros mais alto do que eu – e só tenho um metro e cinquenta e oito de altura! Jane sussurra em meu ouvido que James contou para ela que Sir Vicary é chamado de Sir Vinagre por ser muito azedo. Ele realmente parece azedo, muito sarcástico e mordaz em relação a damas ricas que acham divertido roubar de pobres lojistas. Todos viram para olhar para a sra. Leigh-Perrot quando ele diz isso, mas nenhum músculo no rosto dela se move enquanto está ali sentada, em silêncio e atenta. Admiro a coragem dela.

Acho que preferiria morrer a estar sentada lá com aquele homem horrível dizendo tantas coisas terríveis sobre mim.

– Trarei testemunhas para provar que esta mulher roubou renda no valor de mais de dezenove xelins – disse ele em voz alta, e lembra o júri de se certificar de que não estão de forma alguma sendo influenciados pela riqueza e nível social da mulher no banco dos réus.

Vejo o sr. Leigh-Perrot tremer quando ouve a esposa, a herdeira de vastas propriedades em Barbados, ser chamada de mulher. Duvido que ela jamais tenha sido chamada assim na vida. É provável que tenha sido chamada de dama desde que tinha 2 anos.

No entanto, também noto que o jurado-chefe parece meio ofendido com esse conselho. Talvez não tenha sido uma ideia inteligente do promotor público chefe.

Mas então a srta. Gregory, a primeira testemunha, é tão precisa e parece se lembrar de tudo tão bem que começo a me sentir bem preocupada de novo. Eu nem havia notado quando ela desceu para jantar, deixando o sr. Filby para embrulhar a compra e a aprendiz Sarah Raines para amarrar as cartelas de renda – embora isso possa ter acontecido depois que Jane e eu saímos da loja.

Depois vem o sr. Filby – mais uma vez com ar de ter aprendido tudo de cor. Ele até mesmo admite que mora com a srta. Gregory, embora não sejam casados. Olho para o júri quando ele diz isso, mas eles não parecem se importar. E então o sr. Bond, um dos advogados da tia Leigh-Perrot, levanta-se para interrogar o sr. Filby. Para mim, ele faz um ótimo trabalho, e sinto-me bem animada. A sra. Kent e a sra. Blagrave estão no tribunal e ele as reverencia quando se refere a elas.

– Parece que o senhor tem o hábito de embrulhar produtos extras nos pacotes de seus clientes – diz ele a Filby, e o homem não sabe bem o que responder.

No final, ele diz que talvez tenha cometido esse engano uma vez ou outra.

– Mas estas damas falaram para o senhor do seu erro – afirmou o sr. Bond. – E quanto aos outros? O que acontece quando o cliente não devolve os produtos? Não é surpresa, é, que a loja não tenha nenhum lucro? Ou o senhor talvez faça isso de propósito para que a loja tenha lucro...?

Vejo Jane assentir rapidamente quando ele diz isso. A carta dela foi lida com cuidado, e a parte sobre a srta. Gregory estar atrasada com o aluguel para o tipógrafo, sr. Gye, não passou despercebida.

Em seguida, Sarah Raines, a aprendiz, dá seu depoimento, no qual diz ter certeza de que o sr. Filby não embrulhou a renda branca no pacote da sra. Leigh-Perrot. O sr. Jekyll a interroga e ela fica toda atrapalhada. O juiz tenta ajudá-la, e infelizmente ela melhora e volta para o depoimento que havia preparado.

Porém, o sr. Jekyll chama a garota da loja que está preparada para jurar que viu Sarah Raines sair da confeitaria com uma torta grande em um prato e que a sra. Leigh-Perrot estava saindo da loja da srta. Gregory ao mesmo tempo.

– Então parece que a senhorita não estava presente no momento em que o embrulho estava sendo feito, não é mesmo? – pergunta o sr. Jekyll com um sorriso meigo, e Sarah Raines apenas faz que sim com a cabeça.

– Ah, muito bem, Harry – sussurra Jane em meu ouvido.

Os jurados ainda estão sentados e trocam olhares.

Logo depois a srta. Gregory é chamada novamente, e é a vez de outro advogado de Londres, um tal de sr. Dallas. Ele tem um comportamento bem astuto e parece meio valentão, sacudindo os dedos para ela sempre que ela hesita em sua história ou parece não estar dizendo o mesmo que disse antes.

– Então a sra. Leigh-Perrot, com o embrulho em seu cesto, estava passeando por sua loja como uma dama com nada na cabeça depois do suposto roubo, é isso que está dizendo?

A srta. Gregory não responde.

– Vamos lá – disse ele –, vamos saber a verdade pela senhorita. É uma pergunta simples. A resposta é sim ou não?

– Responda à pergunta, por favor – pediu o juiz.

– Ela estava passando pela loja, mas não parecia uma pessoa com nada na cabeça e também não estava com o embrulho no cesto. Levava-o escondido debaixo do manto. – A srta. Gregory olha para o advogado de forma triunfante.

– Isso é mentira! Ela não estava de manto. Usava um casaco de pele, o mesmo que está usando agora!

Só posso admirar a coragem de Jane. E sua rápida capacidade de raciocínio! Ela se levanta bem ereta, ignorando os rostos nas fileiras diante de nós e vira-se para olhar para ela. Sua voz clara ressoa por todo o tribunal. A sra. Leigh-Perrot, é claro, não tem permissão de dizer nada em sua própria defesa.

Há um burburinho quando duas mil pessoas viram para a pessoa ao lado para comentar. Todos esticam o pescoço tentando ver quem falou.

– Silêncio na corte! – O oficial quase grita, e o juiz olha de cara feia.

A sra. Austen, para minha surpresa, dá um sorrisinho de aprovação e aperta o braço de Jane. O sr. Dallas de Londres agora parece um cão de caça na trilha de algo interessante. Ele dá uma olhada de lado para a mesa de advogados, e logo o sr. Pell – outro advogado de Londres – levanta-se.

– Com a permissão do meritíssimo... aproximar de minha cliente... uma questão de apuração dos fatos... – O sr. Dallas está quase em fôlego, e o sr. Justice Lawrence afirma com a cabeça de maneira relutante.

O sr. Pell mal espera por isso. Ele se levanta e caminha para a tribuna quase antes do sr. Dallas solicitar permissão. Ele se abaixa perto da srta. Leigh-Perrot, sussurra uma pergunta, tem a resposta e assente discretamente na direção de seu superior.

– Então ela estava com o embrulho enfiado debaixo do manto, não estava? – pergunta o sr. Dallas com o sorriso de um gato olhando para um rato que pensa que pode escapar.

A srta. Gregory assente, mas sua expressão mostra que ela sente que caiu em uma armadilha.

– Mas temos uma testemunha que alega que minha cliente não estava usando um manto naquele dia – interpõe o sr. Dallas com educação –, que ela estava com o mesmo casaco de pele que está usando hoje. O que tem a dizer sobre isso?

A srta. Gregory parece desconfortável. Olha ao redor do tribunal. Olha para o sr. Vicary Gibbs, que está com uma expressão selvagem no rosto; olha para seu amante, o sr. Filby, mas ninguém pode ajudá-la.

– Posso estar enganada – diz ela. – Talvez a sra. Leigh-Perrot estivesse usando um casaco de pele naquele dia, mas o embrulho estava debaixo dele.

– Talvez, meritíssimo, eu deva pedir a sra. Leigh-Perrot que se levante para ajudar o júri? – pergunta o sr. Dallas, com muito cuidado, com muito respeito, mas sua expressão demonstra o cheiro de vitória.

O juiz consente. Nossa tia se levanta toda ereta, com uma aparência magnífica. O casaco de pele foi feito pela melhor costureira de Bath e lhe cai como uma segunda pele, assentado na cintura, apertado na barriga, com bom caimento nos quadris – não existe a possibilidade de um embrulho contendo um vestido ter sido escondido debaixo dele.

– Sem mais perguntas – diz o sr. Dallas com uma grande reverência para o juiz.

Então o sr. Vicary Gibbs faz uma súmula para a acusação – e faz o melhor que pode com os filamentos de provas que lhe restaram.

E o sr. Bond faz uma súmula para a defesa, usando toda a incerteza da prova da srta. Gregory, da improbabilidade de que a aprendiz Sarah Raines estivesse dizendo a verdade e do depoimento de que o sr. Filby tentou o mesmo truque com outras clientes. Ele insinua vagamente o caráter do sr. Filby como amante de uma mulher solteira, mas não elabora a questão.

Depois disso, o sr. Pell, o advogado júnior, lê os depoimentos de muitas pessoas nobres e também dos cidadãos comuns de Bath, jurando que o caráter da sra. Leigh-Perrot é um dos mais dignos e que ela sempre foi muito rígida sobre todas as questões de dinheiro e nunca deixou uma conta sem pagar ou mostrou qualquer negligência moral (isso foi comentário do lorde Braybroke).

Então foi a vez de nossa tia ler seu depoimento.

Surpreendentemente para uma mulher com uma voz forte e clara, ela começa com um tom tímido e bem baixo que não conseguimos ouvir. O juiz, vendo todos esticando os ouvidos no tribunal, manda o oficial de justiça ir às pressas para falar com o sr. Jekyll, o advogado. Ele vai e fica parado de forma protetora ao lado de seu cliente e repete cada frase. É um bom discurso, feito habilmente para atrair o júri. Descreve a resoluta e autoritária sra. Leigh-Perrot como uma mulher gentil, temente a Deus e cumpridora da lei (mas é claro, abençoada com tudo o que poderia ser desejado no que diz respeito aos ricos) cuja grande preocupação é o mal que essa falsa acusação, captura e aprisionamento causou a seu marido doente.

– Como eu poderia – diz ela, e o sr. Jekyll repete suas palavras com sua bela voz sonora – perder toda a memória da posição que ocupo na sociedade, para colocar em risco, por essa mesquinharia, meu caráter e reputação, ou colocar em perigo a saúde e paz de espírito de um marido por quem eu morreria?

A pobre sra. Leigh-Perrot chora alto com isso e o sr. Pell, o advogado júnior, também. O sr. Jekyll olha com aprovação para o colega e seca os olhos com um lenço bem grande e bem branco de musselina. O juiz parece sério e o júri, solidário. Jane me cutuca, mas conserva a expressão séria, olhando atentamente para a tia. Vários começam a chorar no tribunal, e noto o jornalista do *Times* escrevendo de forma frenética em seu caderno.

Então o juiz sumariza. Estou começando a ficar meio preocupada com todos os longos termos sobre a lei da região sendo os mesmos para uma pessoa de posses como para um pobre coitado miserável (o jornalista do *Times* anotou isso) e como a prova da srta. Gregory é corroborada pelo sr. Filby visto que a sra. Leigh-Perrot não conseguiu nenhuma testemunha para provar que ela não pegou a renda.

– No entanto... – Quando o juiz diz essas palavras começo a respirar outra vez.

Ele leva um bom tempo para apresentar sua ideia, mas diz ao júri que, se alguma coisa os faz suspeitarem da prova da dona da loja, então devem ter em mente o excelente caráter da acusada, um caráter que foi atestado por algumas das pessoas mais importantes do país, ele continua, sem dúvida tendo em mente o Lorde Braybroke.

E então o júri entra em recesso. Há um falatório quando os doze homens saem.

– Dou a eles quinze minutos – diz o jornalista do *Times* a um colega.

Ele fala assim que o oficial de justiça pede ordem, e a voz dele ressoa alto no tribunal. O sr. Austen pega o relógio, e Jane e eu ficamos olhando para ele. O sr. Leigh-Perrot chora entre as mãos. A sra. Austen acaricia o ombro dele. Jane me disse na noite passada que nosso tio resolveu vender todas as propriedades na Inglaterra, sua casa em Bath também e seu patrimônio em Berkshire, e se mudar para a Austrália se minha tia for condenada e deportada. Só de pensar nisso meus olhos se enchem de lágrimas.

O tempo passa muito lentamente.

Mas menos de dez minutos se passaram quando um tumulto repentino e uma tempestade ascendente de sussurros faz com que todos olhem para a porta nos fundos da tribuna. Ela se abre, e os doze homens entram e assumem seus lugares no banco dos jurados. O silêncio é intenso. O rosto da sra. Leigh-Perrot parece o de uma estátua entalhada de uma pedra. Não me atrevo a olhar para o pobre marido. Parece uma eternidade para mim – como deve estar sendo para eles?

Então o juiz pergunta ao júri se eles chegaram a um veredicto e o jurado-chefe responde que sim. Outra pergunta e depois a palavra mágica: "Inocente."

E todo o tribunal irrompe em palmas, gritos, risadas. A sra. Leigh-Perrot permanece estática, com os olhos fixos no juiz; o oficial de justiça tenta com dificuldade silenciar todos. O juiz tenta fazer o mesmo e diz à prisioneira que ela está livre. Ela faz uma reverência altiva para ele e outra para os cavalheiros do júri, que parecem tão satisfeitos como se ela fosse a tia favorita deles.

Em seguida, o sr. Jekyll a acompanha até onde o marido está sentado, tão acabrunhado que não consegue se mexer.

É como se todo o tribunal desejasse cumprimentar a sra. Leigh-Perrot. As pessoas se amontoam ao redor dela – até mesmo completos estranhos apertam sua mão e lhe dão tapinhas nas costas. A esposa do diretor da prisão vem parabenizá-la e diz o quanto lamentaram por ela com suas preocupações e a aconselha a "manter-se aquecida e tomar algumas taças de vinho do porto todos os dias".

Levamos uma boa meia hora antes de conseguirmos voltar para a carruagem, e eu adormeço no caminho de casa.

Quarta-feira, 11 de maio de 1791

Hoje foi um dia estranho. Todos estão tão aliviados porque o júri considerou a sra. Leigh-Perrot inocente, mas é quase como se um peso enorme ainda pairasse sobre a família. Todas as vezes que a campainha tocou, Franklin pareceu levar um susto, e, apesar de ser apenas um monte constante de flores e mensagens para a sra. Leigh-Perrot, ele não relaxou. Augusta avisou que estava com enxaqueca e foi para a cama, Edward-John saiu para caminhar e o sr. Austen e James foram comprar passagens de diligência para irem para casa.

James contou uma ótima notícia para os Leigh-Perrot durante o café da manhã. Ele está noivo e de casamento marcado com Anne Montgomery, filha única do general Montgomery.

— Ela tem uma bela fortuna — sussurrou a sra. Austen para sua cunhada e a sra. Leigh-Perrot deu um sorriso de aprovação para James.

Jane e eu ficamos pensando se iríamos ao correio com James, mas achamos que poderia parecer meio insensível da nossa parte, então ficamos indecisas, sem saber bem o que fazer.

Meus tios também estavam impacientes, de um cômodo para outro, subindo e descendo as escadas, quase como se não pudessem acreditar que recuperaram a liberdade de fazer o que quisessem e ir aonde bem desejassem.

Foi a sra. Austen que deu um fim nisso. Quando todos nos sentamos para lanchar às três horas, ela de repente anunciou:

— Minha querida irmã, o que precisa fazer é dar uma festa. Permita que todos os seus amigos venham felicitá-la e ouvir suas experiências. Acabe logo com isso em uma noite. Convide todos!

— Que ideia maravilhosa! Vamos dar uma festa amanhã. — O irmão dela sorriu de alegria para a sra. Austen, e sua esposa ficou igualmente comovida.

Todos lancharam rápido. Eliza chegou bem na hora que tinham acabado e deu a ela um apoio entusiasmado. Jane e eu estávamos sentadas a uma mesinha Pembroke e começamos a trabalhar preenchendo os convites de uma lista que a sra. Leigh-Perrot pegou da escrivaninha dela. Duas das criadas ficaram responsáveis de levar vários convites por toda a cidade enquanto o sr. Leigh-Perrot e Franklin decidiam sobre o cardápio e uma longa lista de pratos deliciosos e tortas de todas as descrições. Confeiteiros, comerciantes de vinho, lojas de flores, músicos — todos recrutados para o serviço dessa festa improvisada.

— Ninguém virá tão em cima da hora — disse a sra. Leigh-Perrot.

— Besteira, todos virão. Eles vão querer contar para os amigos que a viram e ouviram suas histórias sobre a cadeia — falou a sra. Austen, sem meias-palavras.

— *Chère madame*, a senhora é uma *cause célèbre*! — exclamou Eliza de maneira calorosa.

— Tem alguém que vocês queiram convidar, meninas? — A sra. Leigh-Perrot está de muito bom humor conosco.

Enquanto fingia repreender a sra. Austen por levar duas "garotas tão inocentes" para o tribunal, acho que estava comovida pela maneira que a família Austen havia colaborado com ela. Jane se tornou a queridinha — acho que os dois Leigh-Perrot ficaram pasmos com a coragem dela de se manifestar na corte. Os dois a agradeceram com sinceridade. Notei que mal falaram com Augusta.

— E quanto a Harry Digweed? — sugeriu Jane.

— Harry Digweed! — exclamou a mãe dela. — Ele ainda está em Bath? Minha Santa Maria, mas o que é que está fazendo andando por um lugar como este? Achei que aquele rapaz estivesse se dedicando a administrar uma fazenda.

Ela deve ter notado alguma coisa no tom de Jane porque seus olhos se estreitaram, e ela trocou olhares com a sra. Leigh-Perrot. E as duas encararam Jane, que parecia tranquila e começou a preencher o próximo convite da lista diante dela.

— Harry Digweed, é claro, precisamos convidá-lo! Ele foi como um filho para nós durante esses momentos terríveis! — destacou a sra. Leigh-Perrot.

Dessa vez, era James que parecia irritado. E Edward-John. Nenhum dos dois gostou de ouvir tal elogio a Harry Digweed.

— Ele é um bom rapaz, um companheiro de brincadeiras de meus filhos — disse a sra. Austen, fazendo parecer que Harry tinha uns 10 anos.

— E quanto a você, minha querida? — A sra. Leigh-Perrot olhou para mim.

Senti-me um pouco hesitante, mas havia prometido a Thomas que ficaria de olho na irmã dele, então perguntei a ela se convidaria o almirante Williams e a sobrinha, e ela ficou muito feliz em fazer isso, escrevendo o convite imediatamente e por conta própria.

— Querida tia — falou Jane, depois de termos escrito durante o que pareciam ser horas —, por favor, permita que Jenny e eu entreguemos alguns dos convites.

Fiquei de pé assim que ela terminou de falar. Podia adivinhar o que ela sentiu. Depois da tensão daquele dia horrível em Taunton, só queríamos voltar ao normal outra vez e descer a colina pelas ruas de Bath, rindo e brincando como sempre.

— Por que não convidou Newton Wallop? — perguntei a Jane enquanto caminhávamos pela Praça da Rainha, primorosamente evitando Phylly, que vimos indo para a igreja de St. Swithin.

Lembrei-me de Newton porque o vi ao longe, subindo a Barton Street.

— Ele vai... — começou Jane, e depois parou.

Newton estava acenando com vigor para nós, segurando uma folha de papel. Parecia ser uma carta.

— O que está aprontando, Jane? — gritou ele quando nos aproximamos a uma distância que dava para ouvi-lo. — Isto é de um de seus romances?

Eu podia ver a folha. Era, de fato, uma carta.

O endereço estava escrito em letras maiúsculas grandes e espaçadas:

AO NOBRE NEWTON WALLOP
POUSADA YORK HOUSE
BATH

Jane e eu começamos a ler.

— E tive de pagar as despesas postais — continuou Newton. — Por favor, Jane, não finja ser inocente. Só você escreve cartas desse tipo.

Jane pegou a carta e eu espiei por cima de seu ombro. Foi isto que lemos — prendi aqui em meu diário.

Senhor,

O senhor é jovem e os jovens em geral são imprudentes. Permita que uma pessoa que admira sua nobre família lhe dê um conselho. Por favor, evite a companhia de jovens tais como a srta. Jane Austen. Ela pode ter algumas boas qualidades, mas a fidelidade não está entre elas. Temo que se continuar seu relacionamento com ela vai, de forma humilhante, degradar-se.

Deixe-me preveni-lo para que não seja influenciado pelas asneiras e depravações dos outros.

Uma Pessoa Amiga e Simpatizante

– Uma carta anônima sobre mim! – Jane suspirou as palavras como se fosse algo que ela tivesse esperado a vida toda. – Por favor, por favor, Newton, deixe-me ficar com ela. Jenny pode colá-la em seu diário e isso vai nos entreter durante as longas noites de inverno.

– Então não foi você que escreveu? – Newton pareceu confuso. – Achei que você fosse a única que escrevesse nesse tipo de estilo. Tem certeza de que não a escreveu? Lembro-me de você escrevendo uma peça um pouco parecida com essa quando eu estava na casa de seu pai.

– Não, eu não escrevi isto – respondeu Jane, com pesar. – Mas queria tê-lo feito. Que divertido é escrever cartas sobre uma pessoa! Embora fosse me arrepender por fazê-lo pagar as despesas postais, Newton. Eu teria caminhado penosamente até a Casa de York no meio da noite e enfiado a carta por debaixo da porta.

– Então jura que não a escreveu? – Newton ainda parecia confuso.

– Infelizmente! – disse Jane, com tristeza, olhando com carinho para a carta.

– Tudo bem achar que é divertido, Jane – falei, de forma calorosa –, mas quem anda escrevendo cartas sobre você? São coisas horríveis de se dizer. Seja lá quem a escreveu está insinuando que você não passa de um flerte. – Tinha uma forte suspeita de que poderia ser Lavinia, mas mesmo assim não parecia ser coisa dela. Não teria pensado que usaria palavras como "de forma humilhante" e "asneiras e depravações". Elas pareciam ser expressões bem antiquadas.

– Bem, pode ficar com ela se quiser – disse Newton, espontaneamente. – Talvez seja alguém fazendo uma brincadeira. Digo, Jane, Frank está em casa? Vou voltar para Hampshire hoje e queria saber se podíamos sair para caçar.

– Acho que ele ainda está em Southampton – respondeu Jane, distraída.

Ela estendeu a mão para Newton e nós duas nos despedimos desejando uma boa viagem, mas dava para ver que a cabeça dela ainda estava naquela carta ridícula no caminho para a casa de Eliza. De vez em quando, Jane dava uma risadinha para si mesma e espiava a carta anônima.

Harry estava parado do lado de fora da porta do número 13, Praça da Rainha. Ele sempre fazia isso quando queria nos encontrar, mas dessa vez havia algo estranho em seu comportamento. Ele não caminhou em nossa direção, mas esperou até que fôssemos para a entrada e estivéssemos debaixo dos arcos antes de se mexer.

Então vi que tinha uma carta na mão.

– Harry! – exclamou Jane. E de repente ela parou. Vi uma mudança na expressão de seu rosto. Ela deu um passo para trás. O rosto dele estava branco de fúria.

– O que significa isto? – explodiu ele.

Não falava de forma alguma como o tímido e levemente hesitante Harry de sempre.

– Deixe-me ver. – Jane estendeu a mão. A voz dela tremeu e por um segundo pareceu que ia chorar. – Harry, por favor, me dê a carta... – pediu ela.

Por um momento, achei que ele fosse recusar, mas depois a entregou, e quando ela a pegou ele deu meia-volta e foi embora.

– Deixe-me ver – pedi. Jane não estava olhando para a carta, mas observando Harry; parecia muito chateada. Então li a carta toda sozinha. Era mais cruel que a de Newton e dizia que Jane fizera Harry de tolo e o considerava o idiota do vilarejo, mas era a mesma caligrafia e também assinada "UMA PESSOA AMIGA E SIMPATIZANTE".

– Não fui eu que escrevi, Harry. – Havia um tremor estranho na voz de Jane quando ela disse isso, e Harry de imediato virou-se e voltou.

Ficou bem estático por um momento, olhando para Jane, depois arrancou a carta de minha mão.

– É claro que não – disse ele, e então o vi olhar com atenção para o rosto dela. Eu também olhei. Com certeza, havia lágrimas nos olhos de Jane. Harry colocou a mão em seu braço, apertou-o e sorriu. – É claro que não a escreveu – repetiu, e sua voz era mais branda. – Seja lá quem tenha escrito isso sabia soletrar a palavra "amiga", então com certeza não foi você!

Então ele rasgou a folha em quarenta ou mais pedacinhos e os enfiou no bolso.

– Tem muita gente estúpida por aí – comentou ele.

E em seguida houve um minuto de silêncio. Eles apenas ficaram ali parados olhando um para o outro. Lembrei-me do que pensei na noite depois do baile em Crescent quando Jane disse que os cavaleiros refinados não eram bem reais e que ela não se imaginava passeando pela floresta com eles, e fiquei me perguntando outra vez sobre os sentimentos dela por Harry. Era apenas por ele ser um amigo de infância (como ela dizia) ou havia sentimentos mais fortes?

– Temos um convite para você, Harry! – disse Jane, enfim, pegando o cartão da bolsa de mão. – É uma festa amanhã na casa dos Leigh-Perrot. Você vai?

Harry pegou o envelope com delicadeza da mão dela e sorriu. Ele realmente tem um belo sorriso!

— Eu vou. Voltarei direto para minha hospedaria e escreverei uma aceitação educada.

— Vamos mostrar a carta para Eliza — sugeri depois que ele saiu.

— Não — disse Jane. — Sei quem escreveu, e isso só chateará Eliza. Foi Phylly. Eu sabia que tinha reconhecido a caligrafia quando Newton me mostrou, mas foi somente quando vi a segunda carta que me lembrei.

Senti-me incomodada com isso e disse que achava que devíamos contar para ele. No entanto, Jane insistiu que ela não queria. Parecia muito bem-humorada e estava cantarolando uma cantiga para si mesma enquanto subíamos as escadas.

Eliza estava cheia de perguntas sobre Augusta, mas não ficou decepcionada ao saber que nada ainda havia sido dito.

— Dê a ela um dia ou dois — aconselhou. — Ela é o tipo de mulher que tenta conter seu ódio. Se nada acontecer em breve, pode ser que tenhamos de colocar um pouco mais de pressão. — Seus olhos encontraram os de Jane e as duas trocaram um sorriso.

Augusta não desceu para o jantar esta noite, e parece que nada ainda foi dito para os Austen.

— Talvez o sr. Jerome Wilkins tenha abandonado-a — insinuou Jane. — Ela se jogou nos braços dele e balbuciou: "Maldição, Jerome, devo me casar com você." E ele disse, de maneira realmente heroica: "Maldição, Augusta, você é muito velha para mim." Tirei isso de uma história que escrevi quando tinha doze anos — acrescentou Jane. Deu um suspiro melancólico e disse: — Eu era tão imatura naquela época, poderia me sair melhor agora.

Jane sempre me faz rir.

Quinta-feira, 12 de maio de 1791

E é claro que Eliza e a sra. Austen estavam certas. Todos realmente vieram à festa. A casa dos Leigh-Perrot era grande, mas estava lotada! Havia até pessoas sentadas nas escadas para jantar já que havia uma multidão na sala de jantar. Na verdade, aquele se tornou o lugar da moda para os mais jovens ficarem. Quando por fim Jane, Eliza, Harry e eu abrimos caminho, descendo as escadas, e entramos na sala para jantar ela já estava começando a esvaziar.

O jantar estava delicioso. Franklin, com um sorriso de orelha a orelha, estava servindo todos os tipos de comidas exóticas. Enchi meu prato e fui falar com a sra. Austen, que estava parecendo meio deslocada entre os cavalheiros de fala mansa de Bath.

— Está uma festa linda, senhor, não está? — comecei. — Gostaria que Thomas estivesse aqui. — E então, como ele não respondeu, em desespero fiz a pergunta importante: — Edward-John e Augusta disseram alguma coisa sobre mim para o senhor?

O sr. Austen, no entanto, ainda não estava me ouvindo, mas olhando, com uma cara fechada e confusa, do outro lado da sala, para Jane e Harry Digweed. Eles estavam parados com os pratos cheios, bem no meio da sala, e Jane estava apontando diretamente para o outro lado da sala, onde Augusta estava modestamente conversando com Phylly enquanto Edward-John se apressava em direção a elas com duas taças de vinho.

Ela? Pude ver os lábios de Jane gesticulando a palavra, enquanto seu rosto estava repleto de horror com alguma revelação escandalosa sobre uma prima. Harry estava parecendo constrangido, o rosto vermelho, mas isso não tinha problema. Quase ajudou na amostra de desempenho de um papel que estava acontecendo. Então foi a vez de Eliza, parando no meio da sala, olhando para Jane — como se mal conseguisse acreditar no que ouvia — e depois virando para olhar para Augusta com horror. Augusta enrubesceu, inventou uma desculpa para Phylly, em seguida se afastou, somente para ser abordada por Eliza, que, por sua vez, com gestos exagerados que teriam ficado bem no palco do Teatro de Covent Garden em Londres, a levou para um canto e começou a sussurrar no ouvido dela, olhando para trás várias vezes para Jane, que interpretou muito bem seu papel, ficando na ponta dos pés para sussurrar no ouvido de Harry — os movimentos de seus lábios eram tão exagerados que eu, e provavelmente todos na sala, quase podia entender as palavras: *Tem certeza de que foi mesmo ela?*

Metade da sala olhou para Augusta. A sra. Leigh-Perrot parecia confusa e então decidiu distrair todos. Foi para o centro da sala, chamou o marido para junto dela, e fez um discurso breve, muito comovente, agradecendo a todos por acreditarem em sua inocência e "fortificá-la" (foi o que ela disse) com suas constantes mensagens, cartas, cartões e alimentos de presente. Depois elogiou o marido, que havia ficado a seu lado e disse que ela jamais teria sobrevivido a essa experiência sem o apoio constante dele e a confiança nela. Sorriu para ele, que retribuiu o sorriso com os olhos cintilando de lágrimas.

Quanto aos horrores que ela suportou na prisão:

— Bem, um dia desses, devo escrever um livro sobre minhas experiências e espero que todos vocês anotem seus nomes para obterem um exemplar. Deverei pedir dois guinéus de cada um. — Houve uma grande gargalhada por causa disso.

Alguém começou a bater palmas, outros acompanharam, e os Leigh-Perrot sorriram de alegria para todos.

Edward-John agora estava ao lado de Augusta. Eliza se afastou assim que ele se aproximou e tive a impressão de que ela deu uma piscada rápida ao se aproximar do sr. Austen e o cumprimentou com alegria.

— Com quem vai dançar a seguir? — perguntou ele com um sorriso indulgente que guarda para suas filhas e sobrinhas.

— Com o senhor, se me convidar, *mon oncle* — disse ela com sua maneira mais galanteadora, e o espiou por cima do leque.

Deixei o sr. Austen nas mãos competentes de Eliza — ela cuidaria dele muito melhor do que eu jamais conseguiria. Era óbvio que Augusta ainda não dissera nada para ele, mas depois da atuação de Jane, ela não teria dúvidas de que sua reputação seria arruinada a menos que tranquilizasse a jovem prima do marido. Eliza convenceria o sr. Austen a tocar no assunto do casamento mais uma vez.

Atravessei a sala para cumprimentar o almirante e Eliza. Embora a sra. Leigh-Perrot tivesse educadamente convidado os dois com "& acompanhante" depois de cada nome, o baronete, Sir Walter Montmorency, não estava lá. Tentei manter um diálogo com Eliza, mas, embora tenha me dado um sorriso muito meigo, falou muito pouco e mais uma vez olhou para o almirante antes de responder a mais simples das perguntas e na maioria das vezes ecoou o que ele dissera. Ele parecia irritado com ela e criticou seus cabelos.

Por outro lado, foi muito amigável comigo, conversando como se Thomas e eu estivéssemos devidamente noivos. Fiquei pensando se Eliza dissera algo de bom para ele sobre mim, mas cheguei à conclusão de que o ambiente rico e a carícia maternal no braço que a sra. Leigh-Perrot havia me feito um minuto atrás o impressionara. Ele me perguntou se eu já tivera notícias de Thomas, e me disse que se eu quisesse escrever, um oficial amigo dele iria para Southampton em dois dias e poderia levar a carta até o navio que estava marcado para fazer contato com Thomas na Ilha da Madeira.

Eu o agradeci de maneira calorosa — pensando que até a manhã seguinte, graças a Jane e Eliza, meus problemas com Augusta estariam terminados. Ele sorriu para mim, pediu permissão para admirar meus belos olhos azuis e se ofereceu para me acompanhar na próxima dança. Podia vê-lo olhando ao redor para todas as provas de riqueza e esplendor na casa dos Leigh-Perrot e acho que isso fez uma diferença para ele. Afinal de contas, posso ser uma noiva adequada para o sobrinho dele se meus tios sem filhos forem tão abastados quanto o local. Eu meio que sorri para mim mesma, pensando em James e Edward-John se encarando feito solteirões rivais. O dinheiro era uma coisa horrível, pensei. Quase parecia que isso fosse a coisa mais importante no mundo para algumas pessoas.

De repente, resolvi não me preocupar mais. Houve momentos em que era como se tudo estivesse enrolado em minha mente feito um novelo de lã, mas então, pouco a pouco, os problemas estavam se resolvendo. Eliza havia nos dado uma arma contra Augusta; o almirante Williams foi cordial e receptivo e pareceu ter aceitado que estou noiva para me casar com o sobrinho dele; a irmã de Thomas, Elinor, agora estava bem amigável.

— Gostaria de ver meu quarto? — perguntei a Elinor. — Preciso me arrumar antes de dançar com um cavalheiro eminente como seu tio.

Fiz uma reverência para ele e controlei-me para não rir com a expressão de surpresa em seu rosto. Era muito fácil fazer esse tipo de coisa, pensei, se eu me imaginasse sendo Eliza.

Elinor seguiu-me pelas escadas sem dizer nada, eu a sentei de frente ao espelho e tentei prender seus cabelos loiros um tanto frouxos no mesmo estilo que os meus. Se eu quisesse de verdade melhorar a aparência dela, teria pedido Eliza para vir comigo, mas queria ter a chance de conversar com ela. Então umedeci alguns fios de cabelos e os enrolei no dedo, depois envolvi um lenço aquecido sobre os cabelos e segurei por um momento, falando sobre Thomas até que ela relaxou.

— Ele está muito apaixonado por você — disse ela depois de um momento. — Você acha que conseguirão se casar quando ele voltar?

Respondi a ela que achava provável. Ela franziu a testa de leve, e depois deu um suspiro.

— Você tem sorte — disse, apenas.

Então perguntei se Sir Walker Montmorency havia deixado Bath, e suas bochechas muito pálidas enrubesceram, então ficaram brancas outra vez. Fingi não ver e me virei, encontrando uma fita em minha caixa.

— Não, acho que não foi embora — falou ela após um instante.

Em seguida, houve mais silêncio. Esperava que o jantar durasse bastante tempo, caso contrário o almirante ficaria se perguntando o que nos atrasou.

— É uma pena que ele não tenha conseguido vir esta noite — falei.

— Meu tio me proibiu de vê-lo outra vez. Ao que parece, ele tem dívidas enormes de jogo. — A voz dela era seca e rude quando disse essas palavras. Eu assenti. Então o almirante finalmente descobriu o que metade de Bath já sabia.

— Está triste? — perguntei-a — Você estava... — hesitei um pouco, mas depois perguntei: — Estava apaixonada por ele?

Ela não respondeu. Achei a fita e fui em sua direção, mas antes que pudesse amarrá-la em seus cabelos ela se levantou e correu para a porta.

— Não, eu o odeio — disse, mas pude ver que estava chorando.

Ela saiu batendo a porta ao passar, e, quando eu saí, não havia mais sinal dela.

A música ainda não havia recomeçado quando desci. A maioria dos convidados, os amigos dos Leigh-Perrot, eram pessoas de meia-idade que achavam que fofocar, rir e comer os deliciosos pratos era mais divertido que dançar, então o intervalo para o jantar foi mais longo que de costume. O almirante estava conversando com o sr. Leigh-Perrot, então fui ficar com minha prima, que estava sussurrando para Harry Digweed e ainda fitando Augusta.

— Jane, como você pôde! — murmurei de olho na sra. Austen, que estava fitando, desconfiada, a filha caçula.

Jane engoliu, discretamente, uma torta minúscula de presunto do prato que ela e Harry estavam dividindo e olhou para mim com um olhar inocente.

— Parece que ela está com a consciência pesada — comentou ela, triste, estreitando os olhos de leve para ter certeza de que Augusta sabia que ela ainda estava sendo observada. — Mas a mulher está tão insensibilizada no pecado que precisa de mais persuasão.

Eu ri. Não consegui evitar, mas senti um pouquinho de pena de Augusta quando a vi entrelaçar seu braço ao de Edward-John, quase como se estivesse precisando de proteção.

Quando a música começou, ela até entrou na fileira, de frente para o marido, seus lábios finos apertados e o olhar distante.

Tive duas danças com o almirante. Por mais estranho que pareça, gostei muito. Acho que a última vez que dançamos, nos Salões da Assembleia, eu receava tanto que ele achasse que eu não era digna do sobrinho dele que me senti nervosa e muito ansiosa. Dessa vez, apenas lhe perguntei como Thomas era quando criança, e ele me contou muitas histórias de quando Thomas costumava ajudá-lo a navegar seu iate. Comecei a achar que talvez Thomas tivesse julgado mal o tio, até ele me contar que um dia açoitara o sobrinho por ele ter pegado o iate sem sua permissão em uma imensa ventania.

— Se quer saber, ele se saiu muito bem — falou o almirante com uma risada —, mas disciplina é disciplina. — Ele franziu um pouco a testa e olhou ao redor da sala. — Onde está Elinor?

— Ela deve estar com a minha prima Jane e o sr. Harry Digweed — respondi de imediato.

Não queria que Elinor tivesse problemas com ele. Não gostava da ideia de ele ter açoitado Thomas. Eu me perguntei se Elinor ainda tinha medo do tio. Seria por isso que ela era tão quieta e tímida?

Mas o estranho é que não vi Elinor a maior parte do resto da noite.

Não até a festa acabar.

Por volta de meia-noite, Jane e eu entramos na cozinha para ter uma conversa rápida com Franklin sobre como a festa estava indo. De repente, Jane exclamou:

— Um fantasma!

Havia uma sombra na parede caiada nos degraus do lado de fora da cozinha. Um minuto depois, a porta da cozinha se abriu e fechou depressa. Franklin imediatamente correu para a porta e abriu-a. Nós o seguimos. A sombra na parede era a de uma jovem.

— Elinor! — falou Jane, exasperada.

O rosto de Elinor primeiro estava muito branco e então ruborizou ficando vermelho-escuro.

— Estava com calor — disse ela depressa. — Saí para tomar um pouco de ar fresco e a porta fechou quando passei.

— Devia ter tocado a campainha, madame — disse Franklin com seriedade. — Eu a teria deixado entrar imediatamente. Não é adequado para uma jovem ficar por aí sozinha no meio da noite.

Ele insistiu em acompanhá-la até lá em cima novamente, deixando Jane e a mim na cozinha, comendo um pouco dos doces e salgados que restaram. Quando voltou, estava com uma expressão de preocupação e apenas balançou a cabeça quando Jane se perguntou em voz alta quanto tempo Elinor havia ficado lá fora.

Jane e eu acabamos de passar um bom tempo conversando sobre Elinor. O que ela estava fazendo? Por que ela deixou a festa?

Ela saiu escondido para se encontrar com Sir Walter?

Sexta-feira, 13 de maio de 1791

Acordei tarde esta manhã e falei para Jane descer para tomar o café da manhã sem mim. A casa parecia bem silenciosa, e deduzi que meus tios dormiriam mais depois da agitação da festa.

Quando saí do quarto, meu irmão estava sentando no banco embutido sob a janela na base da escadaria, olhando para a chuva. Parecia arrasado.

Perguntei a ele se já havia tomado café, mas ele apenas negou com a cabeça sem falar nada. Senti pena dele e peguei a mão dele. Passou por minha cabeça que ele era meu parente mais próximo no mundo e mesmo assim nunca conversávamos. Jane conversa o tempo todo com todos os irmãos dela, jamais iria ao menos imaginar parar e pensar no que dizer como estou fazendo agora. O que Jane diria, fiquei pensando, se ela fosse eu?

— Edward-John, quero sua permissão para me casar com Thomas. — As palavras saltaram da minha boca como se fosse Jane falando.

Então ele me olhou meio surpreso. Não era pelo que eu dissera, achei, mas pela forma como fiz isso, que criou aquele olhar de espanto em seu rosto. Eu não implorei; minha voz não tremeu; não tive vontade de chorar; disse as palavras como se estivesse pedindo a ele que me passasse o sal.

— Tem certeza? — Ele fez a pergunta bem devagar. Sua voz estava melancólica.

Assenti com firmeza.

— Sim, tenho certeza absoluta.

Então a porta do quarto se abriu e Augusta saiu. Ela me cumprimentou imponentemente com a cabeça e murmurou uma resposta ao meu educado "Bom dia, Augusta", então deu o braço a Edward-John. Nem marido nem mulher olharam um para o outro ao descerem as escadas a caminho da sala de café da manhã.

No entanto, assim que chegaram, Augusta se empenhou para ser muito charmosa, distribuindo elogios sobre a festa maravilhosa e tudo mais, e debaixo do disfarce de seu entusiasmo, sentei-me discretamente em meu lugar ao lado de Jane.

O sr. Austen, notei, parecia desconfortável, mas a sra. Austen estava com seu ar de determinação, aquele que assume quando decide que algo desagradável tem de ser feito e que será feito bem naquela manhã. Eu já tinha visto ela assim quando a leiteira precisava ser esfregada e caiada, quando o cata-vento que range precisa ser consertado, e quando ela queria que o sr. Austen falasse com o administrador dele que parasse de flertar com uma garota do vilarejo.

A sra. Leigh-Perrot também parecia estar ciente do segredo. Trocou vários olhares com a sra. Austen e havia um leve ar de conspiração entre elas. Ambas estavam sendo friamente educadas com Augusta e maternalmente calorosas comigo. O sr. Leigh-Perrot era o único que não parecia fazer parte do segredo; estava envolvido em uma nuvem de felicidade, fazendo brincadeiras bobas com Franklin e rindo com estardalhaço com as respostas dele.

Augusta comeu pouco e ficou de pé na primeira oportunidade. Edward-John levantou-se, obediente, mas a sra. Leigh-Perrot interveio.

— Só um minuto, Edward-John. Jenny e Jane, quem sabe vocês gostariam de sair para dar uma caminhada? Só queremos ter uma conversa com o sr. e a sra. Cooper.

— Se é sobre Jenny, ela não deveria ficar? — Eu já havia, com obediência, me levantado, mas as palavras de Jane me fizeram sentar outra vez.

— Jane! — exclamou a sra. Austen, mas a sra. Leigh-Perrot assentiu.

— A menina tem razão — interpôs ela. — Jenny deveria ficar.

Ninguém sugeriu que Jane deveria estar presente, mas ela caminhou na ponta dos pés com delicadeza atrás de mim quando a sra. Leigh-Perrot nos conduziu para a sala da frente.

Embora fosse maio, a lareira já estava acesa, e o sr. Austen foi diretamente em direção a ela, fingindo esfregar as mãos na frente das chamas, de costas para o resto da sala. O sr. Leigh-Perrot logo uniu-se a ele; os dois pareciam querer ficar fora da conversa e permitir que as esposas falassem por eles.

Edward-John e Augusta sentaram-se lado a lado no sofá, de frente para as duas tias, que estavam sentadas separadas e eretas em cadeiras acolchoadas. Jane atravessou a sala e sentou-se no banco embutido sob a janela. Quase fui com ela, mas achei que seria covardia. Por fim, sentei-me ao lado de meu irmão no sofá.

A sra. Leigh-Perrot foi a primeira a falar, e eu fiquei feliz por isso, uma vez que a sra. Austen estava meio indelicada e já havia discutido com Augusta e Edward-John.

— É óbvio que querem o melhor para Jenny — começou ela, falando bem brando e com o olhar intrigado para eles quando nenhuma resposta parecia surgir.

— É óbvio — respondeu Edward-John após olhar para Augusta.

— Seus tios e tias acham que esse casamento com o capitão Thomas Williams é muito bom — prosseguiu a sra. Leigh-Perrot. — Ele é um jovem admirável, com uma boa carreira, uma casa própria, certa fortuna e com boas relações. Quem sabe o que o almirante fará por ele! Fiz várias investigações, e ele e a irmã são os únicos parentes próximos do almirante.

— Tudo isso é ótimo... — começou Augusta e depois parou.

Jane levantou-se do banco, caminhou até a lareira e pegou um jarro de duas alças de vidro fino na cor rubi. Segurou-o de modo admirável em direção a janela, ponderadamente passando o dedo nas duas alças grandes que parecem orelha, da mesma maneira que a mãe dela fazia quando verificava se Sukey havia espanado o pó. Fiquei feliz que Eliza não estava lá, pois eu não conseguiria parar de dar risadinhas se olhasse para ela e visse seus lábios formando as palavras: "As paredes têm ouvidos."

— O que estava dizendo, sra. Cooper...? — A sra. Leigh-Perrot parecia meio desnorteada, embora o olhar da sra. Austen tivesse aguçado.

Jane colocou o jarro de vidro de volta no consolo da lareira e foi se sentar ao lado do pai na *chaise longue*.

— Ah, nada, nada. Ninguém quer me ouvir! Com certeza, não desejo interferir. O sr. Cooper pode decidir sozinho sobre o futuro da irmã.

Então Augusta levantou-se do sofá, sacudiu seu vestido de corte elaborado, ajustou o laço em seu pescoço e precipitou-se enfurecidamente para fora da sala.

Houve um silêncio mortal quando a porta fechou depois que ela saiu. Aproximei-me um pouco mais de meu irmão. Senti pena dele com cinco pares de olhos apontando na direção dele.

Por fim, ele cuidou de tudo com dignidade. Virou-se para mim, pegou minha mão e disse, sem jeito:

— Qual é sua opinião, Jenny? Só queremos o melhor para você.

— Estou muito apaixonada por Thomas, e minha felicidade depende de eu me casar com ele — falei, apenas para ele, e não olhei nenhuma vez para os outros na sala.

Quando terminei, ele ficou calado por meio minuto, mas depois assentiu e disse com calma:

— Neste caso, dou minha permissão.

Então todos me abraçaram e me beijaram.

E a sra. Leigh-Perrot começou a discutir os presentes de casamento...

E a sra. Austen declarou que eu precisava me casar em Steventon e começou a planejar uma grande caiação de todos os cômodos da casa antes do Natal...

E o sr. Austen me disse que, mesmo se o arcebispo de Canterbury em pessoa quisesse nos casar, ele insistiria em fazer o casamento...

E Jane começou a planejar como decoraria a igreja para a ocasião...

Quando, por fim, saímos da sala, Augusta tinha acabado de sair de seu quarto, com seu chapéu na mão. Atrás dela, no quarto, podia ver Rosalie ocupada, guardando os vestidos em um baú grande que eles trouxeram na viagem.

— Queridos tios, infelizmente precisamos deixá-los. Lembramos que temos um compromisso urgente, mas não queríamos estragar a satisfação dos senhores ontem à noite falando de nossa partida — disse Augusta.

Ela não olhou para mim, mas manteve um falso sorriso cuidadosamente estampado no rosto enquanto todos caminhavam de um lado para outro, o sr. Leigh-Perrot pedindo a Franklin que chamasse uma sege para levá-los ao correio, a sra. Leigh-Perrot oferecendo suas gotas de lavanda para a viagem, o sr. Austen fazendo questão de garantir a Edward-John o quanto valorizava o presente, oferecendo alguns sermões. A sra. Austen não participou muito disso, mas arregaçou as mangas e começou a ajudar Rosalie. Jane e eu fomos chamadas ao quarto para ajudar e fiquei feliz em ir, porque odiava ver a expressão no rosto de meu irmão tentando fingir que já sabia sobre essa partida repentina.

E escrevi para Thomas.

Esta é minha primeira tentativa — cheia de rabiscos e manchas... estou tão ansiosa que não consigo me concentrar... não consigo pensar direito... fico rindo e chorando... Jane já colocou sua touca e está me dizendo para parar de escrever e me apressar — acho que ela mal pode esperar para contar a Eliza toda a história.

(Ela disse que tem sido como a "Paciência sobre um monumento", Shakespeare — ela me falou para ter certeza de escrever "Shakespeare" no meu diário.)

Meu adorado Thomas,
Eu o amo... eu o amo... eu o amo... ~~Simplesmente não consigo acreditar... você não vai acreditar no que aconteceu...~~ aconteceu algo maravilhoso!
Edward-John deu permissão para que nos casemos.
Meu irmão está feliz porque vamos nos casar.
Temos permissão para casar! Quero escrever essas quatro palavras cem vezes.
Eu o amo tanto e estou tão feliz que quase sinto como se pudesse voar. Gostaria de poder voar sobre o mar ~~e depois pudesse estar com você agora só~~ para ficar ao seu lado.
Ontem à noite sonhei com você. Sonhei que estávamos juntos, olhando para o céu noturno ~~e o mais engraçado é que eu era a estrela ao mesmo tempo em que era a garota.~~ Uma estrela parecia tão linda e disse que eu era sua estrela.
Espero e oro para que você possa voltar aqui para o Natal.
Jane e eu vamos visitar sua irmã Elinor quando eu terminar esta carta. ~~Estou meio preocupada com ela. Ela parece...~~
Com muito amor, meu querido, da sua Jenny.

E agora a casa está silenciosa. O sr. e a sra. Leigh-Perrot levaram os Austen para conhecerem a catedral. Jane e eu escapamos graças à habilidade de Jane de pensar rápido ao se lembrar de um compromisso com Eliza. Depois que eu tiver entregado minha carta para o almirante para que seja enviada para o navio de Thomas, vamos caminhar até a Praça da Rainha, tirar Eliza da cama e contar-lhe toda a história.

Elinor

Jane e eu estamos descendo o Paragon correndo, pela George Street, depois correndo pelo declive íngreme da Gay Street e entrando na Praça da Rainha.

Vamos tão rápido que quase batemos em Harry, parado em pé bem no meio da calçada, o chapéu grudado no peito largo, os cabelos loiros brilhando à luz do sol e um sorriso terno nos lábios enquanto observa Jane passando em disparada pela rua, agarrada à touca.

– Venha conosco, Harry – disse Jane, ofegante. – Vamos para a York Street ver se Elinor Williams quer dar uma volta conosco.

– Não, vocês dois esperem aqui – falei, com pressa. – Só entregarei minha carta para o almirante e depois perguntarei a Elinor se ela gostaria de nos acompanhar. É provável que não, mas vou perguntar assim mesmo. Volto em cinco minutos. – Existe algo na maneira em que Harry está olhando para Jane, e em Jane olhando para Harry, que me faz sentir que eles gostariam de passar alguns minutos juntos.

Sem lhes dar tempo de fazer alguma objeção, continuo descendo a rua sem nem mesmo olhar para trás. É provável que demore mais que cinco minutos, pois tenho certeza de que o almirante vai querer conversar. Isso será bom. Decido que perguntarei por ele assim que o criado me receber.

Mas quando bato à porta da residência na York Street é a governanta quem aparece. Ela a agarra e abre assim que minha mão solta a aldrava – quase como se estivesse esperando ali atrás.

– Onde está Elinor? – pergunta ela, ofegante.

— Elinor? – fico confusa. O rosto da srta. Taylor está branco e seus olhos arregalados e saltados.

— Pensei que estivesse com você. – A voz dela é baixa, um pouco mais que um sussurro, e ela olha por cima dos ombros de modo preocupado.

— Por quê? – continuo confusa.

— George disse que a viu no jardim da pousada Greyhound. Ela disse a ele que estava esperando por você, pela srta. Cooper, ele tem certeza de que ela disse isso. – A expressão da srta. Taylor muda. Seu olhar mira algo atrás de mim, e a mulher dispara: – Obrigada George, isso é tudo. – É o criado que acabou de aparecer na porta além da escadaria.

Ela segura meu braço, passa pela porta do vestíbulo e a fecha. Estamos do lado de fora. Na luz brilhante do sol, posso ver que seus olhos estão cheios de lágrimas.

— Srta. Taylor, o que houve?

— Receio que ela possa estar com Sir Walter Montmorency – sussurra. – Elinor deveria estar praticando música, mas como não ouvi o piano durante dez minutos desci as escadas e descobri que ela não estava. Comecei a procurar pela casa, tentando achá-la. E aí o George voltou de um serviço que foi fazer e me contou que encontrou a srta. Williams na frente da pousada Greyhound e que ela disse que estava esperando por você. Você não... – A srta. Taylor parou. Ela pode ver pelo meu rosto o quanto estou surpresa. Já sabe que Elinor e eu não combinamos nada. – Não sei o que o almirante dirá! – A governanta parece desesperada e seu olhar dispara de um lado para outro, procurando na multidão de pessoas da York Street.

— Volte para dentro. Entregue esta carta para o almirante. – Estou pensando rápido. Além de tudo, o almirante não pode suspeitar de nada. – Diga a ele que Elinor e eu, e minha prima, a srta. Jane Austen, acompanhadas pelo sr. Harry Digweed, fomos dar uma volta. Não se preocupe. Nós a traremos de volta.

Prontamente coloco minha carta nas mãos da srta. Taylor e começo a correr o mais rápido possível, subindo a colina, em direção à Praça da Rainha.

Harry e Jane estão sentados em um banco e rindo. Até mesmo no meio de minhas preocupações com Elinor, acho que os dois ficam muito bem juntos.

– Qual é o problema? – Jane me vê primeiro.

Conto a eles sobre Elinor, e os dois se levantam antes que eu termine de explicar.

– Aquele camarada!

Harry anda tão rápido que Jane e eu precisamos correr para acompanhá-lo.

– Eles devem estar lá dentro, espero que não estejam no quarto dele – sussurra Jane quando chegamos à pousada Greyhound.

O jardim da frente está bem vazio com exceção de um homem cuidando de um dos cavalos.

– Você viu Sir Walter Montmorency, John? – pergunta Harry.

Ele parece ser bem conhecido aqui. A esposa do dono da pousada acabou de acenar de forma amigável para ele de uma janela do andar de cima.

– Sir Walter acabou de sair, sr. Digweed – respondeu John.

– Sozinho ou com amigos? – Harry não é ator, e John lhe lança um olhar penetrante.

– Só a jovem, sr. Digweed – responde ele, mantendo o olhar fixo no dorso lustroso do cavalo.

– Ponha seus cavalos mais velozes em uma sege. Não vou precisar de um postilhão. Confiará em mim, não é? Eu a trarei de volta sem danos para você. O mais rápido que puder, John, por favor.

– Por que partiram sem nós? – Jane faz o melhor que pode e sua expressão é bem casual. – Era uma jovem loira, quase da minha idade, não era? – pergunta a John, e ele confirma de imediato.

– Sim, senhorita; a sobrinha do almirante Williams – diz ele, gentilmente, fazendo um sinal para o cocheiro.

– Para que lado eles foram, John? – fala Harry, com a voz sombria.

– A estrada para Bristol, senhor, passando por Bristol, trocando os cavalos em Falfield, depois indo para Gloucester, que é para onde a sege foi reservada – responde John, guardando no bolso a moeda que Harry dá a ele. – Obrigado, senhor. Vamos arriar o Dasher e o irmão dele, Dancer. São os cavalos mais velozes do estábulo. Bem mais rápidos que os pomposos Greylord e Greydawn que Sir Walter insistiu em colocar. Porém estão com uns quinze minutos de vantagem, e não será fácil ganhar velocidade na estrada para Bristol.

O olhar de Jane se encontra com o meu e ela gesticula silenciosamente com os lábios: "Gretna Green". Receio que esteja certa. Não sou muito boa em geografia, mas sei que Londres teria sido o caminho errado para a Escócia. É provável que Gloucester esteja exatamente na direção de Gretna Green.

– Volto em um minuto – diz Harry, indo a toda velocidade em direção à porta da pousada.

Ouvimos o barulho de suas botas subindo a escada.

John está com tudo preparado quando Harry volta. Ele para ao ver nós duas sentadas na sege, Jane olhando com ar inocente ao longe como se estivesse admirando a paisagem.

– Vocês não vão – retruca Harry com firmeza.

– Sim, vamos – insiste Jane, e, enquanto ele sobe, ela sibila no ouvido dele: – Somos damas de companhia. Não pode trazer Elinor de volta sem suas damas de companhia. Arruinaria a reputação dela!

O olhar firme de Harry desaparece, e ele fica indeciso. John grita para o cavalariço abrir os portões um pouco mais, Harry pega as rédeas, e então passamos pelos portões e subimos a Monmouth Street sem dizer uma palavra.

– Ele deve ter uma pistola no bolso – sussurra Jane, cutucando-me.

Ela parece estar imensamente feliz e muito animada. Eu não respondo. Sinto-me tão ansiosa com tudo. O que acontecerá se não encontrarmos Elinor e Sir Walter? Até onde teremos que segui-los? Alguém sentirá nossa falta?

– Não se preocupe, Jenny. Ninguém sentirá nossa falta. Eles só voltarão da Catedral Wells à tardinha, e Franklin pensará que estamos com a prima Eliza. – Jane leu minha expressão.

Ela fala com a voz normal. As rodas na rua pavimentada com pedras estão fazendo um barulho tão alto que ninguém além de mim a ouve.

Harry é um condutor excelente. A sege vira nas curvas sem perder velocidade. Dasher e seu irmão Dancer fazem jus ao nome deles, incansáveis enquanto seguimos em disparada, desviando de todas as charretes e carroças na estrada.

– Vou pegar um atalho aqui – diz Harry, olhando para trás. – Se eu pegar a estrada de Nailsworth e depois atravessar por Dursley, não passaremos por Bristol e estaremos em Falfield antes de eles chegarem.

Jane abraça a si mesma com alegria enquanto Harry sai da estrada de Bristol e põe os cavalos a galopar em uma estrada estreita coberta por faias. Imagino o que ela está pensando. Este é exatamente igual a um dos romances da sra. Charlotte Smith.

Mas e Elinor?, penso. O que está sentindo agora? Eu gostaria de saber. Está animada? Assustada? Culpada? Está mesmo apaixonada? E, se estiver, devíamos estar indo atrás dela?

Então, lembro-me de vê-la chorando e de seu rosto pálido e sei que temos de conversar com ela. "Eu o odeio", disse, e suas palavras ficaram em minha cabeça.

A pousada Huntsman em Falfield, na estrada de Bristol para Gloucester, estava bem cheia quando chegamos. Um dos cavalariços pega os cavalos com Harry e promete dar água a eles e deixar que descansem.

– O que faremos agora? – pergunta Jane quando Harry volta para nossa companhia.

– Esperamos – responde Harry. – Quando eles chegarem, veremos se você consegue tirá-la da sege. Enquanto isso vou pedir uma sala e chá para vocês. Chamo quando precisar. – Ele atravessa o pátio a passos largos e Jane o observa, pensativa.

– Ele está mudado, não está? – observa ela.

Sei o que quer dizer. Houve uma época, há não muito tempo, em que Harry teria perguntado a Jane o que deveria fazer; agora toma as decisões sozinho. Quando volta com a notícia de que a sala está pronta, ela assente e me segue pela porta.

No entanto, no corredor escuro, ela para, toca meu braço e sussurra:

– Vamos ficar aqui. Quero ver o que vai acontecer.

Devemos ter esperado no mínimo cinco minutos antes que algo importante mudasse o cenário movimentado no pátio da pousada.

Então ouvimos um tropel. Dois cavalos cinza e esplendorosos, inteiramente cobertos de suor, atravessam o portão a galopes. O postilhão salta ao chão e segura as rédeas dos cavalos, e então Sir Walter Montmorency, vestido de forma elegante com um calça justa, e um sobretudo com três camadas de capas nos ombros, desce. Dentro da sege posso ver uma touca azul-clara.

– Troque os cavalos, procure direito, rapaz, vamos ter um bom condutor e um par decente de cavalos desta vez. – O postilhão se enfurece com isso e troca olhar com o cavalariço da pousada Huntsman.

– Sir Walter – Harry toca-o no ombro –, gostaria de uma palavrinha com o senhor, se me der licença.

Por um momento, acho que Sir Walter não reconhece Harry. Ele o olha com a expressão fechada e impaciente, mas aquela parece ser sua expressão normal, e quando Harry dá meia-volta e segue na frente em direção aos fundos do pátio, ele o segue.

– Rápido – diz Jane, e logo nós duas saímos.

Uma criada está passando com uma jarra de cerveja e Jane a toca no braço.

– Poderia pedir à jovem na sege que venha juntar-se a nós na sala? – diz ela de forma bem adulta, e a garota faz uma reverência.

Logo ela vai e pouco depois o rosto pálido de Elinor aparece. Ela não levanta a cabeça, mas segue a criada, a aba larga de sua touca protege o rosto.

– Leve-a para a sala – sibila Jane. – Vou ver o que está acontecendo.

Ela sai de modo despercebido, e seguro a mão fria de Elinor ao mesmo tempo. Ela se assusta ao me ver, mas não demonstra resistência quando a levo para a sala.

Apesar do clima no mês de maio, a lareira está acesa e faço Elinor sentar-se diante dela. Seus olhos estão inchados, e seu rosto, manchado de lágrimas.

– Chá, madame – oferece a senhoria, seguindo-me na entrada.

Posso vê-la olhando curiosa para Elinor.

– Sim, por favor – digo, movendo-me para ficar de frente para a garota.

Nenhuma de nós diz nada até que o chá é trazido – apenas duas xícaras, percebo, e algumas fatias de pão com manteiga cortadas de maneira primorosa.

Quando a senhoria sai, acompanho-a até a porta, depois com calma e precaução viro a chave. Não quero perder Elinor uma vez que a tenho em segurança. A tranca faz um clique leve, mas ela não parece notar. Começou a chorar ruidosamente, limpando o nariz em um lenço ensopado. Eu me aproximo, ajoelho-me no chão ao seu lado e pego sua mão.

– Ele a obrigou a vir com ele? – pergunto, baixinho.

Ela afirma com a cabeça e depois a sacode.

– Você queria que ele a amasse, não é? – Estou começando a compreendê-la. Ela apenas chora sem responder, então continuo. – Ele fingiu amá-la e ninguém havia sido tão gentil com você antes... é isso? – Faço a pergunta com calma e abraço-a.

– Achei que ele me amasse de verdade, mas agora não tenho certeza. – As palavras estão entrecortadas por soluços, mas consigo entendê-la.

– O que a fez mudar de ideia?

Ela me olha com os olhos vermelhos. Penso que ficará muito bonita quando engordar um pouco e ficar mais feliz. Talvez a sra. Austen a convide para ficar em Steventon e a alimente com a nata de suas vacas Alderney.

– Foi minha governanta – diz ela um instante depois. – A srta. Taylor me contou que o almirante disse que Sir Walter tinha dívidas imensas de jogos. Meu tio me disse que eu não podia mais vê-lo. Perguntei ao Sir Walter se era verdade, e ele ficou muito zangado. Ele... Ele me bateu.

– O quê?! – Não consegui dizer mais nada.

Há uma grande confusão aqui. A garota não foi raptada. Saiu de casa por vontade própria. Acho que, provavelmente, até mesmo se encontrou com Sir Walter ontem à noite durante a festa dos Leigh-Perrot. Mas por que ela foi embora com um homem que a tratou desse jeito?

– Mas ele se desculpou depois. Ele me beijou. Foi muito gentil comigo. Eu não sabia o que pensar. Às vezes, ele é mais gentil comigo do que qualquer pessoa...

– Para onde ele vai levá-la?

Ela me deixou muito confusa, não consigo perguntar mais sobre o que sente por Sir Walter. Se um homem me batesse, eu não iria querer mais nada com ele – jamais!

– Para Gretna Green. – Ela sussurra as palavras, embora só tenha nós duas aqui nesta sala.

– Você quer ir? Quer se casar com ele?

Elinor balança a cabeça, negando.

– Não, mas preciso. Se não nos casarmos, ele estará arruinado. Foi o que me disse quando estávamos vindo na sege.

– Mas você saiu de casa para ir com ele!

– Eu não sabia o que estávamos fazendo. – A voz de Elinor é melancólica. – Achei que só íamos passar um tempo juntos. Ele me obrigou a entrar na sege. Fiquei perguntando onde estávamos indo e por fim ele me contou. Disse que eu precisava fazer isso. Tenho medo de não o obedecer.

Fico em pé. Sinto minhas bochechas queimando de ódio. Isso foi um rapto.

– Elinor, fique aqui. Procure tomar um chá. Eu já volto. Não se preocupe, Jane e eu vamos levá-la para casa. Ninguém saberá. Sua governanta já falou para o almirante que você saiu para passear conosco.

Com cuidado, viro a chave na fechadura, e depois que saio, tranco-a novamente. Aconteça o que acontecer, não deixarei Sir Walter obrigá-la a entrar naquela sege outra vez.

– Minha amiga está dormindo – digo à esposa do dono da pousada quando a encontro no corredor escuro. – Não permitirá que ninguém a perturbe, não é?

— Não senhora. Claro que não – diz, cheia de curiosidade e, o que é pior, ela parece estar se divertindo.

Saio com pressa, e Jane vem correndo em minha direção.

— Sir Walter desafiou Harry para um duelo! – conta ela, ofegante. – Mas Harry arrancou a pistola da mão dele e deu-lhe um soco.

A luta ainda está acontecendo quando chegamos ao quintal da pousada. Há vários espectadores, um dos cavalariços até mesmo dá um viva de leve, mas depois recebe uma olhada severa do dono da pousada e começa a tossir.

Sir Walter está levando a pior. Harry tem uma mancha bem vermelha debaixo de um olho; fora isso, não tem hematoma algum, mas o nariz do baronete está sangrando sem parar em seu colete pomposo e seu sobretudo caro. Até mesmo a calça branca está manchada de sangue. Quando Jane e eu nos misturamos com a multidão, Harry nos olha por um momento e depois volta a se concentrar em Sir Walter. Ele abre um leve sorriso, recua o punho e o impulsiona para a frente, acertando o queixo de Sir Walter, e com um impacto o homem vai ao chão. Harry fica em pé sobre ele, e diz com sua bela voz provinciana para o dono da pousada:

— Creio que Sir Walter deseja partir agora. Alguém poderia me ajudar a colocá-lo em sua sege?

E com o cocheiro de um lado e Harry do outro, Sir Walter é arrastado pelo pátio até a sege.

Jane corre e abre a porta com educação. Harry joga o baronete lá dentro, tira a poeira das mãos e diz ao postilhão:

— Leve-o de volta para a pousada Greyhound em Bath.

E Harry vai até a bomba, lava o sangue das mãos e joga um pouco de água no rosto.

— Venha tomar um pouco de chá, Harry – chamo-o.

— Eu já vou – responde ele.

— Você, volte lá para dentro – Jane diz para mim. – Em um minuto, nós a encontraremos lá.

Eu os deixo e volto.

Mas não resisto e olho para trás. Jane está nos braços de Harry, os braços dela ao redor do pescoço dele e seus lábios se tocando! Sinto inveja deles, pensando em Thomas junto de mim.

Então vejo uma das garotas da pousada olhando para mim com um sorriso, fico vermelha e me afasto. Gostaria que tivessem um lugar particular para ficarem juntos, mas nenhum dos dois parece se importar.

Já havia terminado minha conversa com Elinor quando eles entram. Os dois estão sorrindo e de mãos dadas. Os dois recusam o chá, e Harry oferece o braço para Elinor e a conduz para fora até a sege.

Jane e eu estamos sozinhas na aconchegante sala escura da pousada. Olho para ela, que sorri para mim.

— Ele beijou você? – pergunto, fingindo que não vi nada, e ela assente.

Suas bochechas enrubesceram, e seus olhos castanhos estão cintilando.

— E aí? – Faço a pergunta com meu tom de voz normal.

— E aí... – repete ela de forma provocante. E então me abraça de repente. – Eu o amo, eu o amo, eu o amo, eu sempre o amei! – diz ela.

— O quê?! – exclamo, mas ela apenas ri. – Talvez nós duas nos casemos no Natal.

— Jenny – diz ela, com seriedade –, nem pense nisso. Vamos manter um segredo mortal disso. Nem imagino o que minha mãe diria.

Sábado, 14 de maio de 1791

Vamos partir de Bath esta manhã, por isso não tive tempo de escrever tudo que aconteceu ontem. Tudo está meio obscuro: Sir Walter Montmorency fugindo com (raptando, na verdade) a pobrezinha Elinor. Harry sendo magnífico: alugando uma sege, alcançando-os, em seguida a grande luta com Sir Walter, derrotando-o por completo e o mandando de volta para Bath feito um cão de rua açoitado (esta é frase que Jane usou). Esta manhã, quando nos encontramos com Harry, ele nos contou que Sir Walter Montmorency partiu de Bath, então Elinor agora está livre dele.

Levamos Elinor para casa antes de o almirante voltar, e a governanta ficou muito grata. Sussurrou para mim que o almirante pegou minha carta e disse que ia entregá-la para o amigo dele cujo navio está marcado para encontrar com o de Thomas.

Mas esta é a grande notícia.

— Jane está apaixonada!

Realmente apaixonada!

Ela quer se casar com Harry!!!!

Harry tem um grande plano, segundo Jane. Ele espera alugar uma fazenda em Chawton, perto de Alton, onde a terra é boa. Pretende fabricar cerveja. Disse que a água no rio Wey é excelente para fazer cerveja e que conhece quarenta pousadas que farão encomendas para ele.

— E, é claro — acrescentou Jane —, um cervejeiro é um homem importante. Um padeiro não é ninguém, mas um cervejeiro é um cavalheiro. Li isso na revista *A Dama*. Dei uma lida rápida nela quando estávamos esperando Eliza na biblioteca.

— Espero que sua mãe também o tenha lido — digo, rindo. — Talvez você devesse comprar a revista e a colocar debaixo do nariz dela. Só custa seis centavos.

— Mas não diga nada — avisou Jane. — É um segredo mortal. Mamãe não pode saber ou entrará em um estado de apoplexia e me culpará por isso. Daremos a notícia a ela assim que Harry tornar-se um homem de fortuna.

E então ela deu um pequeno sorriso enigmático, abraçou a si mesma e me abraçou. É magnífico que nós duas estejamos apaixonadas e tão felizes. Tenho certeza de que os Austen não insistirão em que ela se case com um aventureiro.

Terça-feira, 17 de maio de 1791

Jane está tentando me alegrar, dizendo-me que eu deveria ser a garota mais feliz no mundo. Sei que deveria, mas de alguma forma não acredito até ver Thomas.

Ainda temos 14 dias em maio
30 dias em junho
31 dias em julho
31 dias em agosto
30 dias em setembro
31 dias em outubro
30 dias em novembro
São 197 dias ainda até o dia primeiro de dezembro chegar!
Como posso suportar isso?

Tento desviar meus pensamentos de mim mesma para Jane. Ainda não consigo acreditar que ela está apaixonada por Harry Digweed e com certeza não consigo acreditar que nunca pensei que Jane – a garota que flertava com tantos homens em Bath – estaria tão apaixonada por um homem. Ela me disse que Harry anda conversando com o pai dele sobre alugar uma fazenda em Chawton. Fica a uns vinte e sete quilômetros de Steventon. Será o primeiro passo para se tornar cervejeiro. Ele precisa fazer a plantação de algo chamado lúpulo. A planta cresce em estacas altas, amarradas com arames. Jane disse que Harry contou para ela que o lúpulo cresce tão rápido que quase dá para ver o crescimento. Ele dá umas florzinhas no final do verão – ao que parece se faz cerveja com elas. Durante o resto da tarde, conversamos sobre Harry e os planos dele, e de alguma forma me sinto melhor. Acho que amanhã perguntarei à sra. Austen se podemos comprar algodão para que eu possa começar meu enxoval e fazer algumas camisolas e chemises.

Quarta-feira, 25 de maio de 1791

Por que não recebo notícias dele?

Já deviam ter chegado a essa altura.

O navio com a correspondência devia estar de volta à Southampton.

Quem sabe amanhã.

Quinta-feira, 26 de maior de 1791

Ontem à noite tive um pensamento horrível! Phylly escreveu para Thomas? Uma daquelas terríveis cartas anônimas, cheia de maldades e mentiras.

Talvez ela tenha exagerado as brincadeiras de Eliza sobre mim e o *comte* francês. Talvez até mesmo tenha dito que eu ia me casar com aquele mercador de escravos repugnante.

Se Thomas soube disso, talvez fique tão enojado que nunca mais queira ter nada comigo.

Não consigo suportar esse pensamento.

Não consigo suportar essa infelicidade. Ontem à noite, não dormi. Passei a noite toda me revirando na cama.

Está tarde demais para escrever uma carta agora.

Neste momento, o navio de Thomas já partiu em sua longa jornada para as Índias Ocidentais.

E só voltará em dezembro.

Frank

Lá fora está claro, mas sei que ainda é muito cedo. Os pássaros estão cantando daquela maneira especial que fazem ao amanhecer, e o sol ainda está bem baixo no horizonte, brilhando diretamente em nossa janela. Não há nenhum ruído matinal de vacas sendo levadas para a ordenha, ou o retinir da bomba na cozinha, ou de Sukey batendo as portas enquanto traz a lenha para o fogão.

Mas tem alguém vindo, alguém a cavalo, alguém muito apressado. Ouve-se o som dos pedregulhos se espalhando com uma freada, o som de um cavalo relinchando e depois uma batida rápida e violenta na porta.

Ao som da batida, deito de volta em meu travesseiro. Somente Frank bate daquele jeito. Por um momento, meio adormecida como eu estava, pensei que pudesse ser Thomas. Passei a noite inteira sonhando com ele. Com sono, fiquei imaginando por que Frank tinha vindo para casa. Ficara no navio dele em Southampton enquanto os oficiais supervisionavam os tripulantes com a limpeza e manutenção antes de uma longa viagem para as Índias Orientais.

Suas passadas estão subindo as escadas agora, barulhentas, passadas ruidosas de alguém com botas pesadas correndo a toda velocidade pela escadaria sem tapete. Sorrio para mim mesma. Típico do Frank! Nunca passaria pela cabeça dele, já que está em movimento, que os outros na casa podem estar dormindo.

Mas há uma batida em nossa porta. Jane dá um salto e tira a touca de dormir da testa. Depois se deita de novo e puxa o cobertor até as orelhas.

Saio da cama e visto meu roupão. Vou até a porta e abro-a e lá está Frank, todo sujo de lama, seu rosto jovem com uma aparência de exausto.

E só então penso que Frank deve ter cavalgado a noite toda para sair de Southampton e chegar em Steventon tão cedo.

Mas por quê?

O que há de errado?

E há uma expressão em seu rosto que me deixa com muito medo.

Digo alguma coisa... Não sei... Talvez não diga nada... Talvez apenas olhe para ele.

Tenho uma sensação estranha... É como se uma névoa bizarra preenchesse o ar, deixando-me doente e fraca.

Olho-o fixamente.

Ele me abraça.

Um meio choro interrompe a respiração dele por um momento.

Não quero que ele diga nada.

Mas sei que não posso impedi-lo...

E sei o que vai dizer...

– Ah, Jenny – diz ele –, tenho uma notícia péssima sobre o navio de Thomas...

Ouço minha voz – muito estranha, muito distante, e a voz está dizendo:

– Ele está morto.

– Não, não. – Ele me abraça bem forte e fala em meu ouvido, porém ainda leva um tempo para que suas palavras façam sentido. – O navio está desaparecido há duas semanas. Ele se perdeu em uma grande tempestade. Outro navio por perto viu a vela mestra se quebrar. Mas nenhum sinal do navio foi encontrado. Jenny, ainda há esperança... Jenny, Jenny...

Então mergulho... em um poço profundo, escuro e sem-fim, onde não há luz nem calor...

– Mamãe! Jane!

... E estou deitada em minha cama. A sra. Austen está sentada a meu lado, segurando minha mão; o sr. Austen está parado aos pés da cama com o braço nos ombros de Frank.

Jane está deitada a meu lado na cama me abraçando. Está chorando.

Mas eu não estou chorando.

Nem mesmo tentando parar de chorar.

Não resta nada mais em mim. Estou congelada.

Segunda-feira, 30 de maio de 1791.

Nunca mais escreverei neste diário. Acho que vou queimá-lo.

Solstício de inverno gélido

Houve uma tempestade durante a noite, e até agora o vento continua assobiando e batendo nas árvores. Espalhados pelo gramado, há pequenos galhos e filamentos de líquens verdes-claros arrancados dos arbustos de pilriteiros, e o céu está nublado, com nuvens negras movendo-se rapidamente no céu cinza-claro. Jane e eu subimos a colina, lado a lado, em direção a Deane. Vamos pegar as cartas da pousada. Houve uma época em que isso fazia meu coração bater, quando eu esperava que pudesse haver alguma notícia, embora soubesse que não haveria nenhuma.

Essa esperança terrível e cruel que se estende quando toda a esperança já deveria ter acabado!

Mas até mesmo isso acabou, e nada assumiu seu lugar.

Só uma solidão triste e sombria.

Mas mantenho o diálogo. Eu falo. Tento rir, ter interesse. Tento apoiar Jane em sua felicidade assim como ela me apoiava durante aquele breve período de amor e entusiasmo, durante aquela primavera maravilhosa quando todos os meus sonhos se realizaram.

– Olhe, lá está Harry ao lado da igreja – digo a ela.

Ela ri. Anda muito feliz esses dias.

– Ele está ensopado – comenta, fazendo careta e fingindo estremecer. – E a cadela dele também. Olhe para ela!

– Vá lá falar com ele – digo.

Não sou enganada pelas palavras ou expressão dela. Não importava o quanto Harry estava, não importava com que frequência uma pointer preta sacudisse a chuva de seu pelo sedoso, nada disso importava para Jane contanto que pudesse estar perto dele, pudesse ouvir a voz dele, pudesse tocá-lo, pudesse sentir seus lábios nos dele.

Sei de tudo isso porque um dia fui como Jane.

Um dia, tive alguém que amei mais que o resto do mundo. Alguém com quem pensei que fosse me casar.

– Vá em frente – digo. – Pegarei as cartas. Só demorarei dez minutos, depois podemos voltar a pé juntas para a paróquia.

Então, viro-me e deixo-a subir correndo o caminho da igreja até o homem que ela ama e continuo, triste, subindo a estrada íngreme e lamacenta, enrolando minha capa em meu corpo quando o nevoeiro pesado começa a surgir no vale, colocando o capuz sobre meus cachos quando as gotas das árvores se transformam em chuva.

A tempestade está aumentando. Sinto como se estivesse no mar. A força do vento rouba o fôlego dos meus lábios. O riacho ao lado da estrada se transformou em uma corrente enfurecida, suas águas espumantes estão ressoando colina abaixo e os galhos acima de minha cabeça se dobram e rangem.

Posso ver alguma coisa no topo da colina. Um vulto.

Retiro o capuz de minha cabeça e deixo os cachos loiros baterem em meu rosto.

E naquele momento o vulto começa a correr.

E o vento em meu rosto parecem mãos gélidas, uma em cada lado, congelando minha carne e entorpecendo meu cérebro. Ainda não sei; não posso me permitir ter esperanças.

– É Frank – me obrigo a dizer em voz alta, mas sei que não é Frank. Frank não é alto, não tem ombros largos e pernas longas como esse homem.

É o fantasma dele, penso então. Um gentil e adorável fantasma que voltou para a terra para visitar sua futura esposa.

E então ele está ao meu lado. Suas mãos estão cobrindo minha face. O calor fumegante substituindo o frio gélido. Sua boca está na minha...

Quinta-feira, 1 de dezembro de 1791

Acabei de tirar esse pobre diário do baú. Um dia escreverei toda a história sobre como o navio de Thomas foi pego em uma terrível tempestade, como as velas quebraram, como foram levados para uma ilha deserta e rochosa, como ele e seus marinheiros viveram lá durante meses consertando o navio, indo atrás de comida...

Mas só quero escrever sobre meu casamento.

Ele acontecerá daqui a duas semanas.

Thomas foi a Londres. Precisa prestar contas do naufrágio para o almirantado. Andam dizendo que ele poderá ser condecorado por bravura, contou Frank, mas Thomas falou que isso é besteira...

O sr. Austen escreveu, esta noite mesmo, para Edward-John e Augusta, convidando-os para virem a Steventon comemorar meu casamento.

A sra. Austen escreveu para os Leigh-Perrot.

Jane e eu conversamos sobre meu vestido de noiva.

Segunda-feira, 5 de dezembro de 1791

Estamos em Bath! Foi assim que aconteceu.

O sr. e sra. Leigh-Perrot chegaram há três dias.

Trouxeram uma carta do almirante. Ele espera nos ver na Ilha de Wight no Ano-Novo. Passou um bom tempo explicando por que não pode vir a Steventon nesta época do ano (Thomas disse que o tio não quer sair de Bath) e mandou de presente um lindo manto forrado com penugem de cisne.

Mas o grande evento é que o sr. e a sra. Leigh-Perrot convidaram a mim e Jane para irmos a Bath passarmos uma semana a fim de escolhermos meu vestido de noiva, então aqui estamos! Chegamos ontem à noite e estamos prontas para a grande jornada de compras.

A loja era tão linda quanto eu me lembrava.

No entanto, passei por todas as cores, pelos tons do arco-íris de delicadas musselinas finas.

E lá estava o cetim branco!

Pendurado em uma pilastra na parte mais escura da loja.

Havia apenas um abajur perto dela, mas era o suficiente. O próprio material parecia ser cheio de luz. Brilhava intensamente.

— Ele deve drapejar de maneira bela — disse a sra. Leigh-Perrot com satisfação.

Demonstrando apreço, Eliza pegou o tecido e o segurou na minha frente.

— *Parfait!* — exclamou ela, assentindo com aprovação.

— Mas é um pouco comum, não é? Que tal alguma coisa sobre ele! O que a senhora acha, madame? — A sra. Leigh-Perrot estava determinada que eu deveria levar o melhor vestido da cidade, mas eu não tinha certeza de que queria algo mais além daquele glorioso cetim branco com seu brilho maravilhoso.

— Não é tanto assim — disse Eliza. — Deixe o material se sustentar sozinho. *C'est très beau.* — Como sempre, em se tratando de roupas, Eliza era decisiva e confiante.

Ela saiu andando depressa — podíamos ouvir seus saltos altos estalando enquanto ela movia de prateleira em prateleira. Jane a seguiu, mas eu fiquei bem parada, olhando para o maravilhoso cetim branco e pensando no momento em que Thomas o veria pela primeira vez.

— Tenho uma ideia. — Eliza tinha voltado, seguida de perto pela lojista, e com um embrulho de papel pardo nas mãos. Esperou pacientemente enquanto Eliza explicava como pensou que o vestido deveria ser feito. — E então — concluiu ela —, o centro do corpete em forma de V será coberto com isto...

E, como um ilusionista, ela rasgou o papel pardo e mostrou a gaze mais divina, totalmente bordada com um fio dourado.

— E as mangas, longas assim, terminarão com uma ponta para que possamos encontrar algo que chame a atenção para as mãos, *n'est-ce pas*?

— Eliza com as roupas sempre me faz lembrar uma pequena terrier sentindo o cheiro de algo gostoso! — sussurrou Jane em meu ouvido enquanto Eliza continuava apressada, seguida de perto pela lojista.

A sra. Leigh-Perrot, como fiquei feliz de ver, ainda para com um sorriso tolerante. Esperava que Eliza não envolvesse os Leigh-Perrot em muitos gastos, mas sabia que ela não ficaria satisfeita com algo menos que perfeito.

Porém quando voltou com uma renda, branco bordado no branco, a sra. Leigh-Perrot deu um grito autêntico de satisfação.

— Perfeito! — Levaremos o suficiente para o véu e também para os punhos. — Ela ficou entusiasmada. — E um bordado no estilo espiga de milho, mais adequado para um casamento!

— Fertilidade, ela quer dizer — sussurrou Jane em meu ouvido, enrubesci e falei com pressa que devíamos procurar agora o material para o vestido de Jane.

— Um belo cetim cor-de-rosa — sugeriu a sra. Leigh-Perrot, mas Jane já havia saído, caminhando confiante pelos corredores, entre as pilastras cobertas com tecidos.

— Achei — gritou ela.

Era um pedaço de cetim vermelho-papoula que flamejava em uma explosão de cor. Era a cor mais brilhante e exuberante que eu já vira. Eliza o pegou e colocou diante de Jane. Com seus olhos e cabelos escuros, ficou maravilhoso!

— Vermelho para um casamento, para uma igreja. Isso é meio antiquado? Dizem que branco é a última moda. — A sra. Leigh-Perrot pareceu meio ambígua, embora eu pudesse ver que ela era incapaz de conter um sorriso de prazer com a linda imagem de Jane.

— Querida tia — disse Jane formalmente. — Acho vermelho tão adequado para uma igreja. Na verdade, tirei a ideia do livro de sermões escrito pelo irmão de Jenny. Assim que li a frase: "Embora os seus pecados sejam vermelhos como escarlate, eles se tornarão brancos como a neve." De repente, achei que adoraria um vestido vermelho. Jenny usará o cetim branco, branco como a neve, e eu usarei vermelho — explicou Jane, seus olhos enormes e inocentes.

— Entendo — disse nossa tia, apenas, enquanto Eliza observava sua jovem prima com admiração. Abracei Jane e disse a ela que os vestidos ficariam lindos juntos.

Hoje chegou uma carta de Edward-John e Augusta. Eles temem que não possam vir ao casamento. É uma carta bem fria... sem presente... sem desejos de felicidade...

Até que a morte nos separe...

A sra. Austen, Cassandra e Jane estão todas me ajudando a me vestir. Posso ver meu reflexo no espelho de chão: uma imagem pequena e frágil com o vestido mais lindo do mundo. A costureira fez um ótimo trabalho; o corpete serve como uma luva, com o belo decote V de gaze bordada em dourado na frente. As mangas são boca de sino, terminando com um babado de renda branca, e a saia desce formando ondas da cintura fina.

– Fique quieta – diz Cassandra enquanto me viro para ver as costas.

Ela está montada em um banquinho e prendendo um véu curto de renda refinada atrás de minha cabeça debaixo dos cachos presos.

– Está nevando – grita Charles, abrindo a porta de repente, e todas, menos eu e Cassandra, nos viramos para ver.

– Fique quieta – repete Cassandra, e ela arruma o manto de penugem de cisne em meus ombros, deixando-o aberto para que o vestido seja visto com clareza.

– Caminhe devagar e mantenha a cabeça erguida. Jane, tire o capuz quando ela chegar na igreja. Faça isso com cuidado. Não tire a renda do lugar!

Quando chego ao pé da escada, Thomas aparece vindo da sala. Acho que está magnífico com seu uniforme azul-marinho e galão dourado. Está com uma espada do lado e o tenente Price também.

O sr. Austen queria alugar uma carruagem para mim, mas recusei e disse que preferiria andar como todo mundo.

E estou tão satisfeita por ter dito isso.

Somos uma verdadeira procissão nupcial. Thomas e eu primeiro, Jane e Cassandra atrás, em seguida a sra. Austen com seu filho mais velho, James, Henry e Frank lado a lado, seguidos pelos Leigh-Perrot e Eliza, com Charles correndo entre todos. Seguro o braço de Thomas com uma das mãos e, com a outra, o vestido de cetim. O chão ainda está ondulado e congelado, e está perfeito para caminhar. Meu manto de penugem de cisne me faz incandescer de calor.

E a neve está caindo delicadamente, devagar, descendo em flocos bonitos e refrescantes, pousando com leveza nos galhos negros e desfolhados dos olmeiros e cristalizando nos pequenos ramos verdes das campainhas-brancas.

O sr. Austen, já vestido com sua batina e sobrepeliz branca, nos encontra na porta de entrada da igreja e é ele quem tira meu capuz. Ele me beija como um verdadeiro pai e depois me diz para esperar um momento enquanto os outros vão para os seus lugares.

Jane e eu esperamos no pequeno vestíbulo com James. Ficou combinado que James me conduzirá; por um momento, me entristeço que Edward-John não se incomodou em fazer a viagem de Bristol até Steventon, mas tiro isso da cabeça.

Então James abre a porta da igreja, e eu suspiro.

No dia anterior, Jane e Cassandra saíram para "arrumar os vasos de flores" na igreja. Tom Fowle, Charles, Frank, Harry Digweed, Henry e até mesmo James estavam com elas quando voltaram gritando felizes e lamentei por não tê-los acompanhado. No entanto, a sra. Austen me manteve ocupada com algumas costuras e então entendo por quê.

A igreja pequena e sem ornamentos está cheia de luz com quase vinte velas altas. Os peitoris de frente às janelas de seis pontas foram enfeitados com galhos grandes de teixo, os frutos vermelhos cintilando na luz de velas. Fileiras de hera decoram os bancos, e em certos pontos há uma pequena rosa de Natal presa no meio do verde liso e brilhante.

A mesa do altar parece uma tapeçaria em vermelho, verde e branco. Cada vaso está cheio de uma mistura de três cores: os azevinhos com seus frutos vermelhos presos com firmeza atrás das delicadas rosas de Natal e espirais enormes de hera foram costurados com cuidado em um tecido que cobre a frente do altar.

Então sinto um toque em meu ombro. Olho para o lado. Edward-John está ali. Com delicadeza, ele pega meu braço e James recua.

– Você está linda – murmura Edward-John. – É tão parecida com a mamãe.

Devagar caminho pelo pequeno corredor da igreja, minha mão no braço de Edward-John, e Jane segurando a cauda do meu vestido, embora os ladrilhos tenham sido esfregados e ficados tão limpos quanto a leiteira da sra. Austen. Por todo canto que olho, vejo o cuidado e o amor da família Austen. A pequena lareira no corredor da parte norte está acesa com lenhas de pinho, e a igreja está tão aquecida que sei que Frank ficou cuidando daquele fogo desde antes do amanhecer – ele passou a maior parte do dia ontem cortando madeira e levando-a para a igreja em um carrinho de mão bem cheio. Nos degraus do altar, tem um arco grande e um tanto instável que vi Charles montando a marteladas no celeiro. Ele é feito de galhos de olmeiro decorados com tranças de hera pregados juntos. Debaixo dele, tem duas almofadas novinhas para ajoelhar-se – andei vendo de relance a sra. Austen e Cassandra bordando-os durante esses últimos dias – e reconheço a caligrafia de James na ordem de serviço de decoração que o sr. Austen me entregou na porta. Quando chegamos ao arco da capela-mor, Jane me cutuca e sussurra em meu ouvido:

– O Harry subiu lá ontem.

Olho para cima, e presos nas vigas do teto alto há vários ramos de viscos, pendurados com uma longa fita vermelha. O sr. Austen também olha para cima, mas apenas sorri.

E a cerimônia começa.

Cassandra chora, e ouço a sra. Austen sussurrando:

– Controle-se, garota. – Mas quando olho de lado posso ver lágrimas escorrendo pelo rosto de minha tia.

As velas tremeluzem, o fogo estala, palavras passam por minha cabeça e saem de minha boca...

– Eu o aceito... como meu legítimo esposo... na riqueza e na pobreza, na saúde... – e a terrível solenidade do – ... até que a morte nos separe.

Então Thomas coloca a aliança de ouro em meu dedo...

Seus lábios encontram os meus e fico envolvida em seus braços. Estamos juntos e nunca nos separaremos.

Nota da autora

Muitos leitores do meu primeiro livro sobre Jane, *Eu fui a melhor amiga de Jane Austen,* me escreveram para dizer o quanto gostaram do final, em que registro quais partes do romance são verdadeiramente biográficas, quais partes tirei de provas e quais partes inventei.

Agora quero fazer o mesmo com o segundo livro, *Jane Austen roubou meu namorado.*

Acho que minha inspiração para este livro e pelo seu título divertido foi uma citação de Mary Russel Mitford sobre a Jane adolescente.

— Mamãe disse que naquele tempo ela era a borboleta mais bonita, mais boba, mais afetada e caçadora de maridos de que se lembra.

Gosto dessa citação. Sinto que ela faz Jane se sobressair em meio às garotas exageradamente bem-comportadas da alta sociedade, na época, e foi uma grande ajuda para mim enquanto criava sua personagem e descrevia o quanto as garotas se divertiram em Bath.

Como eu disse em minha nota do autor no primeiro livro, mudei o nome de Jenny de Jane Cooper (não poderia haver duas Janes) e a fiz mais jovem do que era na verdade para que sua idade se aproximasse da idade de Jane Austen.

Então o que é verdade? Bem, Jane e Jenny eram mesmo grandes amigas. O sobrinho e biógrafo de Jane, o filho mais velho de James, fala disso. Jenny (Jane) realmente se apaixonou por um capitão Thomas Williams, e ele pediu mesmo a mão dela em casamento três semanas após se conhecerem, e de fato se casaram na igreja de Steventon no mês de dezembro.

Na casa do sr. e da sra. Leigh-Perrot de fato trabalhou como criado ou mordomo um homem das Índias Ocidentais. Na realidade, ele se chamava Frank, mas lhe dei o nome Franklin para distingui-lo do irmão de Jane. A sra. Leigh-Perrot foi acusada de roubo em uma loja, levada a julgamento em Taunton e absolvida quase exatamente da maneira que sugeri. Os arquivos do julgamento dela ainda existem e eu os li com muito cuidado.

Fiz uma visita maravilhosa à cidade encantadoramente preservada de Bath antes de escrever este livro e espero ter acertado nos detalhes. Você pode visitar os Salões da Assembleia, onde Jane dançou, ver os candelabros, ver o Pump Room e os banhos citados no romance *A Abadia de Northanger,* passar pela casa na Praça da Rainha, onde ela ficou com seu irmão, Edward (onde acomodei Eliza, em meu romance), e ver a casa dos Leigh-Perrot no Paragon.

A prima de Jane, Eliza, é uma de minhas grandes favoritas. Sinto que, por meio de cartas que foram preservadas, conheço muito bem seu caráter generoso e amante da diversão. Muitas delas eram para sua prima, Philadelphia Walter (Phylly). Creio que tive uma grande aversão a Phylly por causa de suas cartas (algumas que também foram preservadas). Ela era muito rude sobre Jane quando a pobrezinha tinha apenas 12 anos, chamando-a de "afetada e hipócrita" e "feia", mas acho que o pior foi a carta que ela escreveu para o irmão quando a coitada da mãe de Eliza morreu. Eliza havia cuidado da mãe, que morreu de câncer de mama, com dedicação durante meses e meses, mas, ao receber a notícia da morte da mulher, Phylly pareceu regozijar-se com o fato de que Eliza seria deixada "sem amigos e só" e isso era bem feito para ela depois da "vida lasciva e esbanjadora" que levou.

Acho que a parte de pesquisa mais importante que fiz para este livro foi a história de Harry Digweed.

Como descrevo no livro, Harry era filho de um vizinho dos Austen, literalmente, o "garoto da casa ao lado". Embora eu tenha certeza de que a irmã mais velha de Jane, Cassandra, queimou a maioria das cartas em que ela menciona Harry Digweed, uma delas – que é principalmente sobre como a escrivaninha dela foi colocada na carruagem errada – foi bem reveladora, pois Jane refere-se ao rapaz como "meu querido Harry". No século XVIII, isso não era muito comum. Jane geralmente, já que havia crescido, fala do sr. Lyford, do sr. Chute etc. Acho que o fato de ela usar essas palavras possa indicar que Cassandra sabia tudo sobre o caso de amor dela, mas não queria encorajar Jane, visto que Harry não tinha dinheiro, e Jane ficaria sem um tostão.

Segui a carreira de Harry Digweed da melhor maneira possível, procurando documentos no cartório de Hampshire, e descobri que ele alugou duas fazendas (de Edward, o irmão rico de Jane) em Chawton e as usou para plantar lúpulo. O lúpulo foi usado na fabricação de cerveja e era uma plantação muito lucrativa naquela época. Parece possível que Harry então tenha entrado para o ramo de produção de cerveja em Alton, a alguns quilômetros de Chawton. A dona da cervejaria principal de lá era uma senhora idosa, e há grandes chances de que ela tenha precisado de um jovem como gerente. Harry alugou uma casa em Alton naquela época.

No entanto, mesmo assim, ele não teria sido considerado um bom partido para Jane. E ao que parece a família dela conspirou para separar os dois.

Cinquenta anos mais tarde, o filho mais velho de James escreveu sobre uma carta escrita pela sra. Leigh-Perrot que expressa a opinião de que os Austen se mudaram para Bath para separar Jane de Harry Digweed.

Agradecimentos

Qualquer um que escreve um romance biográfico está sempre consciente de que um trabalho delicado de ficção recai nos ombros daqueles que já se foram – aquelas pessoas maravilhosas que passaram anos estudando livros, seguindo pistas em arquivos, investigando pilhas empoeiradas de cartas escritas à mão, vagando por cemitérios frios, inspecionando os locais de prédios que não existem mais, e sempre verificando se cada palavra que escreveram pode ser comprovada.

A principal pessoa desse grupo heroico, a quem devo tanto, deve ser Deirdre de la Faye. Ela não só revisou a edição definitiva das cartas de Jane Austen – encontrando todas as referências com aquela capacidade infinita de se esforçar ao máximo que, obviamente, atinge a genialidade – como também fez o mesmo com Eliza de Feuillide, a outra prima de primeiro grau de Jane, e me permitiu sentir a personalidade dessa mulher amante da diversão, corajosa e afetuosa. Deirdre de la Faye também escreveu um livro, *The World of Jane Austen*, que ficou na minha cabeceira durante os meses em que eu escrevia estes livros e que provou ter um valor inestimável para mim.

Os três grandes biógrafos Claire Tomalin, David Noakes e Park Honan contribuíram com a descrição que formei. Penelope Byrde e Sarah Anne Dowling escreveram livros informativos e deleitáveis sobre a moda na época de Jane Austen. Maggie Lane em *Jane Austen's Bath and her world* foi outro livro essencial de se ter.

Por fim, devo agradecer os Arquivos de Hampshire por suas respostas imediatas e fotocópias dos documentos relacionados a Harry Digweed e sua vida como fazendeiro em Chawton. Foi fascinante ver todos os detalhes dos campos onde ele plantou o lúpulo e o aluguel que ele pagou pelas duas fazendas e especular sobre sua possível carreira como cervejeiro.

Impressão e Acabamento:
INTERGRAF IND. GRÁFICA EIRELI